Best Time

白 马 时 光

追企鹅的人

〔英〕黑兹尔·普瑞奥 著　　肖心怡 译

百花洲文艺出版社
BAIHUAZHOU LITERATURE AND ART PRESS

图书在版编目（CIP）数据

追企鹅的人 / (英) 黑兹尔·普瑞奥著 ; 肖心怡译
. — 南昌 : 百花洲文艺出版社，2022.2
ISBN 978-7-5500-4562-0

Ⅰ . ①追… Ⅱ . ①黑… ②肖… Ⅲ . ①长篇小说－英
国－现代 Ⅳ . ① I561.45

中国版本图书馆 CIP 数据核字（2021）第 268911 号

江西省版权局著作权合同登记号：14-2021-0235

追企鹅的人
ZHUI QI'E DE REN

〔英〕黑兹尔·普瑞奥 著　肖心怡 译

出 版 人	章华荣	
出 品 人	李国靖	
特 约 监 制	王俊艳	
责 任 编 辑	黄文尹	
特 约 策 划	王俊艳	
特 约 编 辑	陈玉潇	
封 面 绘 图	MR. 圆珠笔	
封 面 设 计	林 禾　QQ:450611716	
版 式 设 计	童 磊	
版 权 支 持	程 麒	
出 版 发 行	百花洲文艺出版社	
社 址	南昌市红谷滩区世贸路 898 号博能中心 Ⅰ 期 A 座 20 楼	
邮 编	330038	
经 销	全国新华书店	
印 刷	三河市金元印装有限公司	
开 本	880mm × 1230mm　1/32	
印 张	10.5	
字 数	279 千字	
版 次	2022 年 2 月第 1 版	
印 次	2022 年 2 月第 1 次印刷	
书 号	ISBN 978-7-5500-4562-0	
定 价	45.00 元	

赣版权登字：05-2021-468
版权所有，侵权必究
发行电话　0791-86895108　　　　网 址　http://www.bhzwy.com
图书若有印装错误，影响阅读，可向承印厂联系调换。

献给乔纳森

"我发现，目前企鹅是生活中唯一的安慰……一个人看着企鹅的时候是无论如何也生不起气来的。"

——约翰·拉斯金（英国作家）

01　薇若妮卡

苏格兰，埃尔郡，巴拉海斯庄园

2012年5月

　　我叫艾琳把所有的镜子都扔掉。我以前喜欢镜子，但现在肯定是不喜欢了。镜子太诚实了。女人能接受的真相可是有限度的。

　　"您确定吗，麦克里迪太太？"她的声音仿佛在说，她比我更了解我自己。她总是这样。她有无数让人厌烦的习惯，这是其中之一。

　　"我当然确定！"

　　她用舌头弹出点声响，把头偏向一侧，好让那头螺旋状的鬈发拂过自己的肩膀。这动作可不太容易完成，毕竟她的脖子真的很宽。

　　"壁炉架上那个镶金边的特别好看的镜子也不要啦？"

　　"没错，那个也不要了。"我耐心地解释。

　　"浴室里的镜子也全都拿掉吗？"

　　"浴室里那些尤其要拿掉！"浴室正是我最不想看到自己的地方。

　　"您说怎么办就怎么办。"她这口气简直无礼。

　　艾琳每天都来，她主要的职责是打扫卫生，但她的能力我实在不怎么敢恭维。她似乎以为我眼睛瞎到看不见脏东西。

艾琳的面部表情很有限，它们包括：开心、多管闲事、忙碌、发怔和放空。现在她显露出的表情是忙碌。她从房子里的各个地方拿下镜子，一个一个地堆在门厅里，口中低声哼着，发出一种类似音乐的声音，像无聊的蜜蜂。她的双手都占着，所以没法关上身后的门，我只好跟在她身后把门一扇一扇地关起来。要说生活中有什么事是我不能忍受的，那一定就是没关上的门了。

家里有两间客厅，我悠闲地走进大的那间。现在，壁炉架上方的墙纸上有一块难看的黑色，我得找点别的什么来把这空间填上。我想，一幅漂亮的绿色调的油画就不错，就康斯特布尔的画吧，那样就能衬托出林肯绿的天鹅绒窗帘。我想要的画是那种宁静的田园风光，有山有湖，如果是一幅人迹罕至的景象就再好不过了。

"好啦，麦克里迪太太，我想就这些了。"

至少艾琳还没有直呼我的教名。如今这时代，大部分年轻人都抛弃了"先生""太太""小姐"这样礼貌的称谓。要我说，这可真是现代社会的悲哀。艾琳为我工作的前六个月，我一直叫她汤普森太太，最后她请求我改口我才改过来。（"麦克里迪太太，请您叫我艾琳吧，这样我感觉更舒服。"而我回答她："嗯，请继续叫我麦克里迪太太，艾琳，这样我感觉更舒服。"）

现在，薇若妮卡·麦克里迪的可怕幽灵终于不再从每个角落冒出来嘲笑我，我觉得这房子让人感觉好多了。

艾琳把双手放在自己的臀部，说："好的，那我就把这些收起来。我把它们放在后面的房间，好吗？那里还有点空间。"

后面的房间特别暗，还有一点冷，不太适合给人用，蜘蛛们以那里为家。自以为聪明的艾琳把它用来当储藏室，存放我叫她扔掉的东西。她坚定地认为，为了"以防万一"，所有破烂儿都不能扔。

她扛着镜子穿过厨房。她来回走动的时候，由于考虑到这会让她更费劲，我好不容易才忍住了跟在她身后关门的冲动。我安慰自己，想着它们很快就能再关上了。

　　五分钟后，她回来了。"麦克里迪太太，冒昧地问您一句，我得把这个挪开才能放下镜子。您知道这是什么吗？里面是什么呢？您还需要吗？不要的话，我可以让道格下次顺路把它带去垃圾场扔掉。"

　　她把手中的旧木盒扔在厨房的桌子上，滴溜着眼珠看着上面那把生了锈的挂锁。

　　我故意没有理会她的问题，而是反过来问她："道格是谁？"

　　"呃，道格嘛，我丈夫。"

　　我忘了她已经结婚了。我还从没和那个不幸的男人见过面。

　　"好吧。我不会要求他在不远的将来把我的任何东西带到垃圾场扔掉。"我告诉她，"你可以先把它放在桌上。"

　　她的手指划过盒子顶部，在厚厚的一层灰尘间擦出一道痕迹。现在她脸上出现的是二号表情（多管闲事）。她抱着这八卦的小算盘朝我凑了过来，我马上向后靠了一点，并不想让她得逞。

　　"我试过能不能打开挂锁，看看里面是不是有什么值钱的东西，"她承认，"但它卡住了。您需要密码才能打开。"

　　"我很清楚这个事实，艾琳。"

　　她显然以为我和她一样对里面的内容一无所知。

　　一想到艾琳朝里窥视的画面，我就汗毛直竖。我之所以把它锁起来，正是因为不想被别人看到。在这个世界上，我只允许一个人看到盒子里的东西，那个人就是我自己。

　　我并不羞愧。不，从来都不。至少……但我绝对不愿意走上那条路。那个盒子里的东西我已经有几十年不曾去想了。而现在，只要一看到它，我的膝关节就颤动得厉害。我赶紧坐下，说："艾琳，你能帮我把水烧上吗？"

钟声敲响了七下。艾琳走了，我一个人在房子里。对像我这样的人来说，独处应该不是什么好事。但我不得不说，我觉得这让人感到非常满足。我承认，人与人之间的相互陪伴有些时候是必要的，但无论从哪方面来说，别人的陪伴又几乎总是让人讨厌。

此刻我坐在家中"雅室"的壁炉边的一把安妮皇后椅上。"雅室"是我的二号客厅，它相对更私密一些。这个壁炉不是真正烧木头和煤炭的，而是一个能模拟出假火苗的电烤炉。我不得已在这个问题上妥协了，正如我在生活中的很多其他事情上妥协一样，至少它满足了产生热量这个基本要求。埃尔郡可是很冷的，即使在夏天也很冷。

我打开电视，屏幕上是一个瘦得皮包骨的女孩在疯狂地尖叫，手指在空中乱戳，哀号着什么"钛"之类的东西。我赶紧换了台。接下来被我切掉的节目包括：一个智力竞赛，一部犯罪剧，还有一个猫粮广告。切换回原来的频道时，那女孩的号叫还没停，她喊着："我是钛合金！"真该有人告诉她，她不是。真是个愚蠢、吵闹、被宠坏的小屁孩。她可算闭嘴了，让人松了口气。

终于到了《关注地球》（*Earth Matters*）节目的时间。这是一整周里唯一还值得看看的节目。其他节目全都是广告、名人做测验、名人学烹饪、名人在荒岛上、名人在雨林里、名人采访其他名人，还有一大堆想成为名人的人无所不用其极地做各种事情（他们让自己看起来像个傻子的成功率倒是奇高无比）。《关注地球》在这中间是个例外，这还算是个让人愉快的节目，它以多种方式证明了动物比人类更懂事。

可是，我沮丧地发现，《关注地球》系列好像停播了。取代它的是一个叫作《企鹅困境》（*The Plight of Penguins*）的节目，看到这是罗伯特·萨德尔博做的节目，这让我又有了一丝微弱的希望。这个人的存在让人相信，在偶然的情况下，一个人能够成为名人还是有其合理性的。和绝大多数名人不同，他的的确确做了一些事情。几十年来，他在世界各地进行宣传活动，提高人们对于环境保护问题的认识。他是为数不多的几个让我钦佩的人之一。

这天晚上，罗伯特·萨德尔博的形象通过电视天线被传送到我的壁炉边。他在一大片白茫茫的荒原里，身上裹得严严实实，雪花在他的面前飞舞。在他身后，有一大团黑色的影子。摄像机镜头拉近，我看到它们都是企鹅，闹腾腾的一大群，有的簇拥在一起，有的趴在那儿睡觉，有的在伙伴身边摇摇摆摆地走着，执行着各自的任务。

萨德尔博先生告诉我，世界上一共有十八种企鹅（如果把白鳍小蓝企鹅也单独算作一种的话，那就是十九种了），其中很多种类都濒临灭绝。他说自己在拍摄这个节目的过程中，对这些鸟类产生了极大的尊重和敬佩——对整个种群、对每一个企鹅品种、对每一只企鹅。它们生活在地球上最恶劣的环境中，但每一天都以惊人的热情和精神来迎接挑战，这足以让人类感到羞愧。罗伯特·萨德尔博蓝蓝的眼睛透过屏幕盯着我，说："如果这些物种中的任何一个在地球上消失了，那将是多么惨重的悲剧啊！"

"的的确确是个悲剧！"我回答道。如果罗伯特·萨德尔博这么关心企鹅，那我也关心。

他说，他将会每周挑选一个企鹅品种，向观众展示它们的独特之处。本周的主题是"帝企鹅"。

我被深深地吸引了。每一年，帝企鹅都要走过大约 70 英里①的冰原到达它们的繁殖地。这的确很了不起，尤其是徒步旅行并不是它们的强项。它们走起路来就像艾琳似的，拖着脚步向前挪，毫无优雅可言，那身皮囊看起来也让它们不怎么舒服，然而它们的坚持鼓舞人心。

———————————
① 1 英里约为 1.6093 千米。

节目结束后，我从扶手椅上站了起来。我必须承认，这对我来说并不像对许多我的同龄人那样困难。我甚至会把自己归为精力充沛的那一类。我知道自己的身体也不是那么可靠——过去它能算是一台完美的机器，但近年来这台机器在弹性和效率上都大不如前了。我必须做好它会在不久的将来让我失望的准备。不过，到目前为止，它一直都还保持着惊人的良好状态。艾琳以她惯常的魅力，常常说我"结实得就像旧靴子"。每次她这么说，我都很想回上一句："用来踢你一脚是再好不过了，亲爱的。"我抑制住了这种冲动。人必须努力避免粗鲁的行为。

现在是八点十五分，我去厨房泡了一杯大吉岭茶，取了一块焦糖华夫饼，这是我每天傍晚的点心。我的目光落在了那个木盒上，它还在桌子上，依然紧锁着。我有点想打开密码锁，看一眼里面的东西。想让我这样做的，是我身上毫无逻辑、嗜虐成性的那一面。可我不能这么做，那样的行为实在太愚蠢，就像神话中的潘多拉，打开盒子放出了一千个恶魔。那盒子必须回到蜘蛛的领地，我得远离它。

02 薇若妮卡

巴拉海斯庄园

生活的困难程度又上升了一个台阶。今天早上我想要把头发梳整齐一点，但浴室的镜子不在了。我赶忙回到卧室，发现那里的镜子也消失了。大厅和会客厅里的镜子也全都没了。

我只好去吃早餐。眼下这种新的、不合理的状况我一点也不满意。

九点，艾琳来了。

"早上好，麦克里迪太太！今天天气又很棒呢！"她非要每天摆出一副让人不爽的欢呼雀跃的样子。

"你把我的镜子都弄到哪里去了？"

她慢吞吞地眨着眼睛，跟青蛙似的。

"根据您的吩咐，我把它们收到后面的房间去了！"

"太荒谬了！没有镜子我怎么整理头发和化妆？"她真是个毫无理智可言的人，"你能不能在开始做别的事前先把它们放回去？"

"什么？全都放回去？"

"没错，全都放回去。"

她发出一阵微弱的"嘘"声，说："您说怎么办就怎么办，麦克里迪太太。"

她要真能做到就好了，毕竟我付给她那么多钱呢。我想起那盒子还放在厨房桌子上的时候，她的目光已经转了过去。

"您还没打开这盒子呢？"刚看到那盒子她便开始发问，她以为我是打不开它，却不知道我是特意没开。"如果您忘了密码，我或许可以让道格用钢锯把锁锯掉。"

"我记得密码，艾琳，我的记忆可是好得很，我甚至还能背上几十行当年上学时学的《哈姆雷特》。"她迅速翻了个白眼，她以为我没注意到，但我注意到了。"我也不想让你的道格碰我的盒子。"我接着说，"如果你马上开始处理那些镜子的事，我将不胜感激。"

"好，没问题，麦克里迪太太，你说怎么办就怎么办。"

我看着她把镜子从后面的房间里拖出来，挂回原来的地方，口中还自顾自地喃喃自语着。

镜子挂回去后，我便开始整理头发。这些天来我的头发所剩不多了，发丝还都变得雪白，我喜欢让它们保持整洁。但我不喜欢看镜中的自己，与过去相比，她已经不怎么令人愉悦了。多年前我还真是很好看呢——那时候人们称我为"真正的美人"，说我"惊艳"，叫我"佳人"。梳子划过头上细软的发丝时，我发现自己当年的风华早已不再。我的皮肤变得苍白松软，脸上满是皱纹，眼睑也早已下垂。我的颧骨曾经有那么独特的好看的曲线。到了现在，我早该习惯这些令人讨厌的身体缺陷了，可看到自己现在这个样子，还是让我很难受。

我尽最大努力调整自己的妆容，尽量把唇膏、粉底和腮红涂得更好看。但事情还是没变：我不喜欢镜子。

风从我身边刮过，只有苏格兰才会有这么潮湿、野性的风。我把自已裹在大衣里，沿着海岸线上的小径向北走。我一直相信每天散步对健康有好处，也从不让恶劣的天气影响我的这项活动。在我的左边，大海翻滚出灰色的石板般的纹路，向空中狂野地吐着白色泡沫。

我的手杖让我在不平整的草皮和沙地上保持平稳。我带了一个紫红色金边的手提包，它一直拍打着我的大腿，我真该把它留在大厅的挂钩上。不过，你永远也不会知道自己什么时候需要手帕或止痛药。我还带了我那把捡垃圾用的小钳子和一个小垃圾袋。我这辈子都保持着随手捡拾垃圾的习惯，这是由于我亲爱的父亲曾经对我说过的一些话。这算是个小小的纪念，也是一种象征性的姿态，一种对人类给大自然带来的混乱略微进行弥补的姿态。即使是埃尔郡海岸这崎岖的小径，也因人类的轻率而遭到了玷污。

同时拿着手杖、钳子、垃圾袋和手提包走在这路上不是件容易的事，尤其风还这么大。我全身的骨头都开始抗议了。我好不容易找到了一个站立的角度，让风能成为我的助力，而不是对抗力。

一只海鸥尖叫着穿过云层。我停下来，欣赏了一会儿这波涛汹涌的大海。我特别喜欢岩石、海浪和荒野，可这时我看到一个红色的东西随着海浪上下起伏。那是薯片还是饼干的包装呢？换作是我年轻的时候，一定会赶紧跑到海滩上，直接涉水把它捡上来。但现在，唉，我已经没法做这样的事了。浪花溅到我的脸上，汇集成泪珠往下滴。

在这乡下地方乱扔垃圾的人真该被一枪打死。

我逆着风回头，艰难地往回走。好不容易回到自家大门前的时候，我感到有些虚弱。

巴拉海斯庄园有一条宽敞的车道，周围环绕着 3 英亩^①漂亮的土地。整片花园几乎都被围墙圈起来，这也是我如此喜欢这个地方的原因之一。围墙内，有雪松，有假山，有喷泉，还有各种雕像和四面树篱。照料它

① 1 英亩约等于 4000 平方米。

们的是我的园丁帕金斯先生。

走近房子时，我抬头看了看它。这是一件晚期雅各布风格的杰作，外墙覆满了常春藤。巴拉海斯庄园的主建筑是由圆润的砖块和石头修建的，有十二间卧室和几段嘎吱作响的橡木楼梯——这显然不是我理想中的家。维修保养这房子是项艰巨的任务，它墙上的灰泥已经开始脱落，通风系统简直是个噩梦，屋顶上还有老鼠。它是我在 1956 年买的，没有什么理由，反正有钱就买了。我喜欢私密性，又喜欢这里的风景，因此也就懒得搬家了。

我走进屋里，把垃圾袋和钳子放在门廊，挂好外套。一进厨房，我的视线就落在了那个盒子上。又是那个讨厌的盒子，我差点把它给忘了。我在桌边坐下，看着那盒子，盒子也看着我。它的存在已经渗透了整个房间。它真是无礼啊，这样嘲弄着我，勾引我打开它。

所有人都知道，薇若妮卡·麦克里迪是一个敢于面对挑战的人。

我面对了这个挑战。我转动起密码锁，把数字一个一个对好。你会发现我对这数字的记忆是多么完美：1，9，4，2。1942。尽管已经过去这么久了，它依然铭刻在我的记忆里。锁有些卡顿，但这并不奇怪，毕竟已经过去七十年了。

盒子打开，首先映入我眼帘的便是那个吊坠盒，小小的椭圆形的吊坠盒。失去光泽的银质盒子上蚀刻了一个"V"字，周围装饰着弯弯曲曲的卷须纹。那链子十分精细，我用手指轻轻抚摩，却不小心弄断了锁销，吊坠盒弹开了。我的喉咙一阵抽紧，不自觉地吐出一口气。全部的四件"标本"都在那里。我知道它们都在那里。它们都是如此的小——不然也无法一起挤在这么小的一个容器里。它们看起来真是疲惫，是那么、那么的脆弱。

我不会哭的。不，绝对不会。薇若妮卡·麦克里迪才不会哭。

恰恰相反，我凝视着它们：从四个人头上剪下的四缕头发。其中两绺纠缠在一起，分别是棕色和赤褐色。另一小绺头发是黑色的，它是那么迷人，当年的我常常会将它取出来亲吻。紧挨着它的那一绺就更小了，它是那般纤细，那般轻盈，近乎透明，让我甚至不忍心触碰。我"啪"地一下连忙关上了吊坠盒，闭上双眼，镇定，深呼吸，数到十，又强迫自己睁开了眼睛。我小心翼翼地把吊坠盒放回盒子的角落。

里面还有两个黑色的皮面笔记本，我把它们也拿了出来。一阵熟悉感扑面而来，就连那气味都是那么熟悉——那旧皮革的陈腐味道，混合着我早年常用的铃兰香水的余香。

既然潘多拉的盒子已经打开，我就无法停下。我打开第一个本子，它的内页上，满是蓝色墨水写下的潦草字母。我眯起眼睛，在没戴老花镜的情况下读了几行，脸上浮现出伤感的笑容。我十几岁的时候拼写不是特别好，但字写得却远比现在要整洁。我又把本子合上了。

我一定要读它，也肯定会读它，但如果我的过去要把我吸进去，我必须要振作起来。

我煮了一壶上好的伯爵红茶，在盘子里放上一些姜汁薄饼。那是粉红芙蓉花图案的韦奇伍德瓷器①。我用活动茶具台把茶和点心推到客厅，在靠窗台的扶手椅上坐下。我吃了两片薄饼，喝完一杯茶，又给自己倒上一杯，才把第一个本子拿到手里。又等了五分钟，我才重新打开了它，戴上老花镜。

就像打开一扇窗看到阳光和夏季的新鲜空气一般，它就在那里——我的青春温柔、活泼，在我面前缓缓铺展。尽管知道这将让我痛不欲生，我还是忍不住继续往下读。

---

① 英国著名高档瓷器品牌。

03　薇若妮卡

巴拉海斯庄园

要是还年轻，我一定会去奔跑、尖叫、大喊、砸东西，现在的我是绝对不可能这样的。现在的我只会轻轻啜着茶，静静沉思。

我从深夜一直读到了次日清晨，还处在深深的震撼之中，好几个小时都沉浸在十五岁时的呐喊中，这让我感觉那个更狂野、更脆弱的自我又回到了体内。这种感觉很奇怪，又让人很不舒服，好像一把手术刀在我的皮肤下面一刀一刀地划。这么多年来，我一直在拒绝这些回忆，可现在，仿佛是为了弥补失去的时间，它们冲破了我的精神堡垒，盘旋在我心里，再也不肯离去。

在这样的混乱当中，我脑海中突然冒出一个狡黠的小问题。我在吃早饭的时候一直在考虑这个问题，艾琳到的时候我还在考虑。在我上午出去散步的时候，在我读艾米莉·勃朗特的小说的时候，在我午餐吃千层酥三文鱼的时候，在我饭后午睡的时候，在我做《每日电讯报》（*Telegraph*）上的填字游戏的时候，在我采摘装饰餐桌的玫瑰的时候，我全都在考虑。后来，等我修完指甲，我开始意识到，只有这个问题得到回答，我才能得到平静。

我回到了卧室，我已经把日记本放回盒子锁了起来，但把吊坠拿了出来，那吊坠现在在我的枕头下面。

我从枕头下掏出吊坠放在手中，再次抚摸着挂着吊坠的那条项链。这一次我没有打开它，思绪却无法离开最稀疏、颜色最浅的那一绺头发。我费了好大的力气，才终于抵挡住奔涌的情绪，强迫自己的大脑运转。

今天的钟声似乎格外地响。我不喜欢钟表，可它们就像政治家和扑热息痛，不知怎的就让自己成了这个世界上不可或缺的存在。我扯下助听器，那嘀嗒声终于停了下来。我终于能听到自己思考的声音了。

艾琳干完家务后，我已经做好了决定。

我去了厨房，从我第四号的那套瓷器里挑选出几件，煮了一壶上好的浓郁的英式早餐茶。我坚持要自己煮茶，我煮的茶是最好的。

"来坐一会儿吧，艾琳。我有事情想让你帮我做。"

她扑通一下坐到了椅子上，嘴里还咕哝着什么。

"我希望你能大声点说话，艾琳。"

"你的助听器呢，麦克里迪太太？"她的嘴唇翕动，组合出这么几个词，还疯狂地做手势，用手指着自己的耳朵。

"应该是在卧室吧。你能不能帮我——"

"没问题。"她站起来，大步走出了房间。

"艾琳，关门！"

她大叫道："可我只出去几分——噢，算了。"她猛地关上了门。过了一会儿她回来了，手里拿着我的助听器，这一次她倒是自觉地把门关上了。

我戴好助听器，倒了两杯茶。

艾琳再次坐了下来，吮着杯里的茶发出难听的噪声。我也小小地抿了口茶，整理了一下自己的思绪。我的决定肯定会对我将来所剩无多的日子造成巨大的影响。

我不算是个迷信的人。要是路上有架梯子，我并不会介意从梯子下走过；我还挺喜欢黑猫的，它们从我眼前经过我也毫不在意[①]。但我这辈子没有立过遗嘱。我一直认为，做那种事就是给自己找麻烦。但我也清楚，如果不提前安排，我的财富大概就会交给政府充公，或是让一些不怎么样的受益人得利。毕竟我已经八十多岁了，我想也确实到了该好好计划这个的时候。我的这副皮囊很有可能还能撑个十五年，说不定我还会收到一张女王亲自寄来的卡片祝贺我的百岁生日，但我也很有可能活不到那时候。

据我目前所知，我在世上已经没有亲人了。不过，在重温了过去之后，我突然想到这还真是不一定。不管怎么说，要造一个人并不是什么难事。不是每一个婴儿的出生都会被大肆庆祝，这个世界上肯定也有很多父亲根本不知道自己已经做了父亲。眼下，这个小小的却不可否认的怀疑已经在我心中发了芽，让我有了执念。我决心一定要找到答案，一定要马上就干。

艾琳坐在我对面，双手围住茶杯，她现在的面部表情是"放空"。我发现她的头发比平常更加蓬乱和卷翘了，我真希望她能把头发好好收拾一下。

"艾琳，我要请你帮个忙。能不能请你用你那神奇的因特网，帮我找一家名声好的、值得信赖的机构？"

"好的，没问题，麦克里迪太太，您说怎么办就怎么办。您要找什么样的机构？"她傻乎乎地笑着又喝了一口茶，又问，"婚介机构？"

我可没心情去回应她的傻气。"别闹了，当然不是！我要找一家能帮忙挖掘老文件，找到失散多年的亲属的那种。"

她扬起手，从她那粉涂得过厚的脸颊旁挥过，她脸上的傻笑消失了，

---

① 国外有说法认为黑猫从眼前经过是非常不吉利的预兆。

取而代之的是大大的好奇。"噢，麦克里迪太太！您认为您可能还有失散的家人？"

她等待着，翘首以待我会说出更多的信息。我可没打算再和她多说一句。到了我这个年纪，应当想怎么做就怎么做，不用宣告世界。

"所以您想让我帮您在网上搜索，找一家中介机构，帮助家庭团聚之类的那种，对吧？"她问。

"嗯，差不多是那意思吧。用你说的那什么谷歌之类的玩意儿，或者其他什么你能搞定的东西。一定得是办事谨慎的那种机构，"我警告她，"要名气大、名声好的。你要是能确保这一点，我将不胜感激。"

"好的，麦克里迪太太。这太令人兴奋了！"她高声说。

"不管是不是令人兴奋，我都非常想要调查一下。所以，如果你能尽早给我一个这种机构的地址和电话，那我真是感激不尽。"

"没问题，麦克里迪太太。我今晚就去搜索一下，到家就办，肯定能帮您找到一些联系方式。我明天来的时候就带过来。"

"太好了。谢谢你，艾琳。"

我打开壁炉的开关，橘色的假火焰瞬间亮起。我又打开电视，准备看我最爱的节目《关注地球》，结果发现这个节目已经换成了关于企鹅的纪录片。不过仔细想想，我最近倒好像也确实看到过类似的节目。我已经被那些有害无益的想法纠缠了一整天，这个节目对我来说算是个不错的调剂。

这周的主题是"国王企鹅"。我承认，我被这些走路摇摇摆摆的勇敢生物迷住了。摄像机拍到一只企鹅的蛋滚进了一条陡峭的、无法进入的沟壑，我看到这只失去了孩子的小鸟是怎样的悲痛。它抬起头，喙绝望地指向天空。这一幕真是让人动容。

罗伯特·萨德尔博充满激情地讲述了企鹅的数量在这些年里是如何

锐减。造成这样的结果应该是环境变化，但人们还需要对此进行更多的研究。我真不愿意去想，这些高贵又可人的小鸟有可能会从这个星球上消失。

我想起父亲的话，那些我童年时坐在他膝盖上时他对我讲过的、在我后来的成长过程中又对我强调过多次的话。我几乎能听到他温柔而诚挚的声音在耳畔回响："薇薇（他叫我薇薇），这个世界上有三类人，有人让这个世界变得更糟，有人不会给这个世界带来任何变化，有人则让这个世界更好。你要尽可能成为让世界变得更好的人。"

我这辈子，算是见过几个能归到第三类的人。我也做了一些让世界变好的事情。在我的理解里，三类人是这样区分的：在郊外乱扔垃圾的人，看到垃圾也不去管的人，以及会去捡起别人扔的垃圾的人。我用我的钳子和垃圾袋，使自己的良心得到了餍足。除此之外，我不觉得我的生活对这个世界还有一丝一毫的用处。

此刻，一个想法开始在我心中生根发芽——或许我的逝去能够在某种程度上有所作用。除非找到些什么证据，否则我必须假设自己早已没有了血亲。如果我能为这个星球带来一些小小的改变，那可就太好了。我越这样想，就越为这想法着迷。

当天晚上沐浴的时候，这想法已经让我不能自拔。我甚至没法等到手边有纸笔的时候，便拿了身边离我最近的能写字的东西——由于我在浴室，所以拿到的是一支眉笔。（没错，即使到了现在这个年纪，我还是有些虚荣的。我自己的眉毛已经太过稀疏，只剩下几撮可怜的浅灰色，所以几乎每个早晨，我都会不辞辛劳地稍微给它添上几笔颜色）我用那支眉笔在镜子的右下方写上了"企鹅"这两个字。

我的记忆完全没有问题——我还会经常背诵《哈姆雷特》的选段来安慰自己——但万一有我绝对不想忘记的事情，在一个我肯定能看见的地方留下点书面的提醒终归是没有坏处的。

特里的企鹅日记

2012年11月3日

　　让我来告诉你阿德利企鹅的可爱之处吧。它们有一个相当浪漫的习惯：雄性企鹅会精心挑选一块特别的鹅卵石来讨好它的女伴。雌性企鹅怎么可能不被打动呢？不仅如此，雄性企鹅还会摆出自己最帅气的样子，头朝后仰，鼓起胸脯，发出粗声粗气的尖叫。当然，如果你是一只雌性企鹅，这样的魅力将让你无法抗拒。

　　如果幸运的话，雌性企鹅从海里回来时，雄性企鹅还会准备好一个漂亮的新巢。事实上，作为礼物的鹅卵石代表的不仅仅是忠诚与爱情：作为筑巢最关键的材料，鹅卵石是企鹅间最有价值的硬通货。企鹅也是有偷窃的坏习惯的，我们见到过一些企鹅趁其他企鹅不注意时从对方巢穴中啄取鹅卵石的滑稽事例。

　　很多去年同居的企鹅夫妇现在都快乐地重聚了。总的来说，阿德利企鹅是一种对爱情忠诚的动物。当然了，它们之间的关系偶尔也是会出现问题的。

　　例如，有这么一只企鹅就让我们很感兴趣。阿德利企鹅通常长得都很相似，但你看到这张照片就会明白，为什么这一只这么好认，即使从远处也都能一眼认出来。阿德利企鹅通常全身大部分为黑色，胸部和腹部则为白色，而这只雄性企鹅则几乎全身都是黑的，只在下巴下面长了一小块颜色稍浅的羽毛，它的伴侣——一只普通的黑白配色的雌性企鹅，在过去四年的交配季节里都和它在一起，可现在它在哪里呢？它没能熬过南极的冬天吗？它被海豹吃掉了吗？抑或这是一起罕见的企鹅不忠案？我们永远也不会知道了。不管怎么样，"煤球"（我们管这只雄性企鹅叫"煤球"）现在正独自坐在它的巢穴里，非常非常孤独。

04 帕特里克

博尔顿的公寓里

2012年5月

　　我听过的每一首关于孤独的歌都在我脑海中回荡，一遍又一遍。我都快疯了。

　　已经两周了。那是我极度痛苦纠结的两周，没有一丁点儿她的音信。老天，这好歹是一段四年的感情呢。在一起四年，我以为她离开时至少会给我个解释，可是丽奈特什么都没有留下。她带走了她所有的东西，就那么从我的生活中消失了，没留下一张字条，没留下一句话。我完全不知道自己做错了什么，我最近什么也没做——至少没做那些通常会惹她生气的事情。我有忘记把可回收垃圾放回去吗？没有。我有把擤过鼻涕的手帕丢在床上吗？没有。吃完晚餐后舔过盘子吗？也没有。我们最近也没有吵过架，至少那天没有。

　　我完全不明白她在耍什么把戏，不明白这一切到底是怎么回事。还是当盖夫告诉我他见到那两个人手牵手的时候，事情的真相才"啪啪"

打到我脸上。我做了一点调查，在自行车行、酒吧和其他我能想到的博尔顿的八卦温床四处打听了一圈之后，才知道了她的出轨对象是个建筑工人，据说满身腱子肉，常常在炸鱼薯条小店粗鲁地抱怨波兰人和巴基斯坦人抢走了我们的工作。

丽奈特啊丽奈特！你往我的心上插了一刀。你到底看上了那搬砖工的哪一点？你，一个有着人类学硕士学位，穿设计师品牌牛仔裤，顶着完美埃及艳后发型的人；你，满嘴职业道德、积极生活的道德，各方面的道德，现在却彻底颠覆了你的道德准则。你抛弃了你满满的书架，奔向了鼓胀的二头肌。世界上这么多人，怎么居然是你做出了这样的事情！

而这又给我带来了什么呢？让我这么说吧：我崩溃了。丽奈特，过去是你把我变成了一个生活习惯健康得要命的人，让我开始做起了尽是水果、蔬菜和超级食物的健康餐。可我现在吃的是蛋糕和薯片，喝的是啤酒，然而如今你大概丝毫不会在意了吧。而我曾经还有那么点引以为傲的肱二头肌，现在已经被一层可爱的肥肉覆盖了。腹部也是一样，每天都比前一天变得更圆润。很快，这台精瘦、凶狠的机器就要变成一团软绵绵的果冻糖了。干得好啊，丽奈特，真是谢谢你了。

三周了。到底是哪里出了错呢？是我的问题吗？我想大概是吧。我知道丽奈特不喜欢我做饭。她倒是不介意下班回到家后有一顿美味大餐等着她，但与此同时，她认为厨房是她的地盘。咖啡机是她买的，煮锅是她买的，榨汁机是她买的，洗碗机坏的时候给房东打电话的也是她。现在想来，她或许是有点控制狂吧。还是说，这一切都是我的错？

我想我们确实有过争吵，但我以为那没什么。我依然认为她就是我的女孩，我依然会幻想她脱掉衣服的样子，我依然想要和她在一起。

我无法摆脱对她的思念。她是依然生活在这房子里的一个幽灵。上一刻她还低垂着头读玛格丽特·阿特伍德的小说，头发扫过书页，下一秒她尖锐的笑声便回荡在了楼梯间，再下一刻，她又穿着高跟鞋摇摇晃晃地把鱼食撒进我们的宠物鱼缸。那条金鱼是我们唯一的宠物，名叫"霍雷肖"，她把它也带走了。

我整个人都要疯了，完全摆脱不了这噩梦的纠缠。不过，现在即使她求我，我也不会愿意和她复合的。即使她脱光所有的衣服，全身涂上希腊鱼子酱也不行。

星期一我上班迟到了很久，快半小时吧。我顶着巨大的黑眼圈走进店里，指甲里全是污垢，身上还臭烘烘的。

"还没好起来呢？"盖夫冲我说道。他就是这样的人，完全不会责备我，尽管开这家自行车行是他自己的生意，是他白手起家开起来的，他对这家店的在意就好比……这么说吧，就好比他对妻子和孩子的爱。现在他都快付不起我每周来上班一天的工资了，他要是因为我的不靠谱而破产，那肯定全都是我的错。

"对不住了，兄弟。"我咕哝了一句。

"我只是不想看到你老成这个样子，帕特里克。"他伸出一只手搭着我的肩说。

"早上有什么要修的吗？"

"嗯。有几辆得你来，放在后面了。"

我晃进后院，庆幸接下来有一段时间能面对着机油、自行车的外胎和内胎。可整个上午我都在想丽奈特，连装链条都对不好位置，不是这里抓不稳，就是那里会滑掉。老天，我需要来点大麻……

来点大麻……这念头一旦冒出来，便在我脑海中挥之不去。我想，或许可以找茱蒂丝（她是个还和我有联系的前任）……

四周了。我的房东把我赶了出去。没错，没有了丽奈特在本宁菲尔德律师事务所的高工资，我确实付不起房租了。我本以为自己要流落街头了，但我想我还是幸运的吧，盖夫的朋友的朋友租给我一个小单间。是盖夫帮我找的。他就是这样的人。他信教信得很虔诚，但不令人讨厌，他发自内心地对人好，却不把自己的宗教观念强加于人。

爬上两段脏兮兮的楼梯便是我的新家了，楼下还住着一对整天冲着对方大喊大叫的夫妇。不过呢，房间里有沙发有电视。和之前的家相比这地方确实是差太远，但房租大概也只是那儿的五分之一。

我整个人还是一团乱麻，心情委顿。我想这种疯狂就是人们所谓的爱吧。我一定是比自己以为的要更爱丽奈特。

老天，我恨搬砖的。

周二我去见了茱蒂丝。她不愿意送走她的任何一棵植物，但最终我那不知有没有的魅力和一大笔现金加在一起，还是起了作用。她新染了一缕蓝色的头发，骨瘦如柴，整个人油油腻腻的，看起来倒还不错。我们就着薯条一起抽了一根，我还指望着她能念旧情和我睡上一觉，这等好事却并没发生，她说她不想给自己找麻烦。

噢，对了，我带走了一些装在罐子里的干大麻叶子，还有，由于我知道自己没有钱来买，便找她要了两株种在花盆里叶子茂盛的大麻回家自己种，那是我的宝贝，我给它们取名叫"小麻麻"和"小叶叶"（我肯定比表面上看起来更想念那条金鱼）。我把桌子拖到窗台前，花盆放在那上面，好让它们能照到清晨的阳光。我还装了盏大功率的电灯，那玩意儿贵死了，但非要它不可。我已经用掉一些干掉的小芽了，它让压力一扫而空，但我一点也不为自己又走上这条道路而骄傲。还有，在植株长好之前，我得严格控制用量才行。

我依然一团糟。我的住处一团糟，我整个人一团糟，我的事情都做得一团糟。周一我问盖夫为啥还没开除我。

"我也说不清楚啊，兄弟。"他说。

"你可以叫我滚蛋的，"我对他说，"我不会记恨你的。"

"呃，我也不是没想过……不过你简直是个单车万事通，你能修别人修不好的东西，再说……嗯，要是给你两个安全销、一块电池和一个胡萝卜，你都可以去造个那什么强子对撞机出来了。再说你很诚实，你工作很努力，还有——至少到最近为止，你很可靠。"

"可我在顾客面前忍不住发脾气。"我说。

我实在做不到再耐着性子去讲那些客套话，你懂的，就是类似这样的："女士您好呀，你这真是辆不错的单车呢！是出了什么问题吗？""噢，是的，我们分分钟就能修好的。""当然没问题，我可以教您怎么给轮胎打气。""不，别担心，它不会爆炸的。"我仿佛失去了这个能力。

周三，无所事事的一天。细细长长的一道阳光从窗帘边缘偷偷洒进来。我打算先下楼看一眼，再回到房间看上一整天电视。

我下楼来到公共走廊。住楼下的那个家伙的信把整个信箱都塞满了，有一封信被放了架子上，看到信封上写着我的名字，我突然一阵哆嗦。这信一定是丽奈特寄来的，因为从来没有人给我写过信。电子邮件我倒是收过，手写信还真是没有。可等到冷静下来，仔细查看过后我便知道，那不是她写来的。丽奈特的字写得就像学校老师写的：修长、干净、十分整齐，像是要证明些什么。这封信的字迹却歪歪斜斜，像是铜版印刷体。寄信人用的是钢笔而不是圆珠笔，笔画特别细，写得还挺小心，却又很潦草，就像猫爪留下的印记。而邮戳……老天，我不知道这是哪里，看起来像是苏格兰的某个地方。信是寄到我之前的地址的，然后大概是被我的前房东转到这里来的。我倒真是惊讶他居然还会做这等好事。

我撕开信封，里面只有短短的几段话，和信封上那老派的手写体如出一辙。

亲爱的帕特里克：

　　你一定过得还不错吧！我写信要告诉你的消息可能会让你非常意

外，反正我自己是非常意外。在通过一家很有声望的机构做了一些非常谨慎小心的调查之后，我发现了我失散已久的儿子的一点信息。很显然，我首先对这些信息的真实性提出了质疑，但看起来，好几个方面的证据都证明了这一点，包括出生证明、人口调查，还有其他的一些法律文书。

我有个儿子，刚出生就被送去领养了。不幸的是，他现在已经不在人世了，不过，我得知他在年纪不小的时候和一位女士在一起了，还有了个孩子。而据我得到的可靠信息，那个孩子就是你。尽管我与你从未见过，但我们有非常亲密的血缘关系：我是你的奶奶。

你肯定能想到，我的青春已不再如初。但尽管如此，我还是非常想要和你见面。我的身体情况还好，如果你没有问题的话，我随时可以去拜访你。

期待尽快收到你的回复。

谨致问候，

薇若妮卡·麦克里迪

05　帕特里克

博尔顿

2012年6月

我该怎么处理这个？一个奶奶？我现在可不怎么需要这个，她也不在我的梦想清单上，尤其她还是我爸的妈妈，而我爸呢，我就直说了吧，我从来也不怎么喜欢他——在他对我妈做过那些之后。

我"咚咚咚"地上了楼，把信揉成一团扔进了垃圾桶。没扔进去，信弹到了地板上一堆脏衣服的旁边。这里没有洗衣机。我迟早要振作起来，去找个洗衣房什么的。

我录了几集以前的《疯狂汽车秀》(*Top Gears*)，这会儿便找出来看了，然后又看了一集《谁想成为百万富翁》(*Who Wants to Be a Millionaire*)我喜欢这些琐琐碎碎的节目。看着那些关于死亡、抑郁和谋杀的节目大惊小怪又有什么意义呢？坐在那里被这些沉重的话题搞得心情复杂，对你的生活没有任何帮助。

今天已经过去三分之一了，我还没怎么去想丽奈特。这是件好事。

我站起身，伸了个懒腰，走到窗边。窗外能看到的除了脏兮兮的砖墙和排水管就没有其他东西了。倒是有一棵树，但它长得不怎么样，既不干净也不漂亮。屋顶上的天空十分阴沉。太阳在今早短暂出现了一会儿之后，似乎又开始罢工了。

"小麻麻"和"小叶叶"都长得挺好的，这两株植物在为我展现魅惑的笑容，真是件美妙的事。

我穿过房间，捡起地板上那封揉得皱皱巴巴的信，又读了一遍。

这女人真是疯了。她以为她这是生活在几世纪呢？——"我对这信息的真实性提出了质疑""青春不再如初"……她是吃错药了吗？她真是我奶奶吗？她似乎确实已经查证过了。

我从来没有尝试过去找我爸爸，他才不值得呢。我对他这个人一点印象也没有，但我知道他完全没有把我和我妈妈当一回事。可怜的妈妈，那个噩梦……它让我恶心，一再让我沉沦。

我站在那里，像个木偶般盯着那封来自薇若妮卡·麦克里迪的信。家人，欸，这应该是件好事，不是吗？可这也很复杂。我的生活已经一团糟了，而现在，到了二十七岁的年纪，突然天上掉下来一个说话无比正式、可能脑子还有点问题的奶奶……这真的会对我有所帮助吗？我想应该不会吧。

不过呢，我还是有些好奇。好奇的感觉你明白的——就像有只小虫子一直噬咬着你，不停地咬，直到你无法忍受，不得不妥协。

最坏又能怎么样呢？

薇若妮卡·麦克里迪没有给我留下电子邮箱，也没有留下电话号码，所以要回复的话我也只能给她寄一封像蜗牛一样慢的信了。我没有可以写信的纸，但我想应该有个便签簿之类的吧——嗯，没错，就在那一堆书和杂志旁边，上面还压着把螺丝刀。我把螺丝刀放进外套口袋，拿圆珠笔写了封"回信"，言简意赅，直奔主题：

没问题。你想什么时候见面呢？我下周除了周一都可以。

　　我还在顶上写下了我的新地址和电话号码，她要是留心的话就会看到。如果没看到的话，那我也不管了。

　　我知道这样回信很无礼，但我其实对她很生气。她要是早点来找我多好啊，比如我六岁的时候，急切地需要一个成年人的照顾的时候。那样的话我们能避免多少仇恨呀。

　　我要出去把这封信寄掉，然后去竖琴酒吧，奖励自己一杯啤酒。或许我会给盖夫打个电话，我想我欠他一杯酒。他妈妈几个月前去世了，他的一个孩子生病了，他还有一个像我这样不靠谱的员工。他肯定需要喝上两杯。

　　一想到喝酒，我的脚步瞬间变得轻快了。我再次冲下楼梯，那封信就那么塞了我的牛仔裤后口袋里。外面的空气潮湿，看起来灰蒙蒙的。我沿着街道慢跑，车流隆隆驶过，除了啤酒，脑子里并没有什么别的念头。可刚把信塞进邮箱，我就开始为对薇若妮卡奶奶讲话这么直接而感到难过。她毕竟是个老太婆了，可能很敏感脆弱。即使她的信很奇怪，我也不该把回信写得这么直愣愣的。

　　我不知道她会不会回复。心中有个声音告诉自己她会的，却又有另一个声音告诉我她不会。

　　我开始想象（好吧，可能说"希望"更合适），我奶奶薇若妮卡说不定是个可爱的老婆婆。我能想象出她的样子：丰满圆润，脸颊红扑扑的，身上有香草的味道；她的眼睛应该很明亮，笑容爽朗得像少女；也许她说话有柔软的苏格兰口音，还会给我带来一个用格子布包着的自制苹果蛋糕。

　　站在竖琴酒吧的吧台边喝着我的第一杯啤酒时（我等会儿就给盖夫打电话），我有了个想法。我甚至开始酝酿一个计划。我知道该怎么做了：我奶奶薇若妮卡来的时候，我要做个蛋糕。蛋糕很不错，我完全可以做蛋糕。做蛋糕会是我和奶奶的共同话题，我们可以借此交流感情。我们可以比对我们的不同做法，她会对我说我的眼睛、鼻子和她很像，说她喜欢杏仁精华，而我会告诉她关于丽奈特的一切。她一定会很慈爱，很理解我，就像所有的奶奶那样。搞定。

奶奶一定会很喜欢我的。

06　帕特里克

博尔顿

　　不知道为什么，我醒来的时候感觉好多了。新的生活和决心让我斗志昂扬。我从床上弹起来，一把兜起地板上的脏衣服，塞进一个塑胶袋里。我没有干净衣服可以换了，所以我穿上了那件旧的街头霸王乐队的 T 恤衫和膝盖破了洞的牛仔裤——它们至少没有其他衣服那么臭。老天，我也太自暴自弃了，真是可悲。现在是时候让生活重回正轨了。我去翻冰箱，可里面除了半品脱 ① 过期牛奶啥也没有。看来是没早餐吃了。

　　我冲进公共走廊，下了楼梯，走出房门。

　　我用我最快的速度前进。现在交通还不是很繁忙，也听不到这里通常不绝于耳的暴脾气司机按的喇叭声。今天阳光耀眼，目之所及的树叶全都闪闪亮亮的。真美好。

　　这是一个崭新生活的开始，一个重归单身、却远比之前要振作的我。有一点丽奈特说得很对：人要是不注重自己的健康，一切都会天崩地裂。

_____
① 英美制容量单位，1 品脱约为 0.568 升。

我在路上边慢跑边深呼吸，穿过公园，然后下了一段斜坡，来到乐购超市。我会好好享受这一切的。

我购物车里的东西有：牛油果、椰枣、香菇、冬菇、绿叶蔬菜、一块瘦羊肉、新鲜薄荷叶、土豆、苹果、葵花子面包、藜麦，还有（好吧，我也不是什么圣人）我对自己的奖赏：两提六罐装的拉格啤酒。我用了自己的信用卡，尽量不被账单吓倒。如果我够幸运，我的下一笔工资应该能及时到账。

回家的路上，我在报刊亭停了一下，被几本杂志给吸引了。后来我才想起我在那儿待得太久，肉可能要坏了。我往家的方向走去，购物袋一下一下地打在我的腿上。我两步并作一步地上了楼梯。电话答录机在响，我边把购物袋塞进冰箱边听了听留言。

"早上好，帕特里克，我是薇若妮卡·麦克里迪。"说话的人并没有苏格兰口音，她的口音很英式，发音干脆，一丝不苟。"我打来是要通知你，我现在在爱丁堡的韦弗利火车站，我会在 11 点 17 分到达博尔顿，如果到时能够马上打到出租车的话，我应该会在 12 点左右到你家。"

就这么几句，再无其他。地狱的钟声！

她怎么不早点告诉我呢？我看了一眼手表，都已经快 10 点了。我还没准备好做柠檬波伦塔①蛋糕的原料。我现在饿得要死，远没有早上刚起来的时候精力充沛了。可是，既然马上要见我唯一一个活着的亲人，我最好还是得去把那蛋糕做好。一切全都靠这蛋糕了。蛋糕可能是我和我这个新奶奶能够马上拉近感情的唯一机会。

我再次闪身出了房间，"砰"地关上门，走上街道（现在的交通可糟糕了，满大街的车都在疯狂地按喇叭），穿过公园，下了斜坡向超市走去。真是热得要命，我出了一身臭汗。我都能闻到自己身上的臭味儿。

我在超市里横冲直撞，拿了波伦塔、金色细砂糖、柠檬之类的。我

———————————
① 一种意大利式的玉米糊。

挑了一支最短的收银队伍（只是因为我运气好），结果却碰上了全宇宙最慢的收银员。

"真是个美丽的早晨呢，对吧，亲爱的？"她说着，把我的一袋柠檬举向半空，却迟迟不扫描。她就是那种头脑单线程的生物，说话的时候就不能做事，做事的时候就不能说话。

我咕哝了两句，眼睛直勾勾地盯着那柠檬。

"不过据说今天下午要下雨呢，趁天气还好，好好享受吧！"

"嗯。"

"波伦塔！我一直对这个很好奇呢。"

"嗯。"

她好不容易才扫完了我的六样东西。我正要把信用卡插进刷卡器，她叫住了我，在我面前疯狂挥动自己的手。

"你忘了你的会员卡！"

"我没有！"我说。

"你是说……你真的没有会员卡？"

"没有。"

"噢，那你想办张卡吗？这卡可好了。你每次购物都能积点，买某些商品还能返现。用几次就回本了。"

"现在不用了，抱歉。我有急事。"

她拉下脸来，仿佛我才是那个难搞的人（上帝啊，帮帮我吧）！手上的动作更慢了。

"你的收据和慈善币，"她把一个圆圆的小塑料代币放到我手里，说，"出去的时候随便放到哪个募捐箱里就行了。"

我赶快把这代币放到了第一个出现在我眼前的募捐箱里，看也没看这到底是捐给哪个教师协会还是花园俱乐部之类的。花了这老大的工夫，我终于可以回家做蛋糕了。我气喘吁吁地爬上斜坡，转着弯绕过人行道上的其他人。他们一个个的都慢得要命。

但是，等等，这是什么情况？我前面有两个人缠绕在一起，一个是高大的男人，方方正正的头，宽阔的肩膀，后脖颈晒得黝黑；另一个是瘦得跟水妖似的女人，穿着设计师品牌牛仔裤和熨烫得整整齐齐的上衣，完美的埃及艳后式发型。是她，是丽奈特。

我的五脏六腑瞬间来了个大地震，就好像这些器官突然决定自己来个后空翻，再把自己打成结。我的脑中有声音在尖叫。我的脚无法再支撑身体前进。我呆立在原地，就那么像个白痴一样瞪着眼睛愣在人行道上。

丽奈特！丽奈特丽奈特丽奈特！她整个人都要扑到他身上去了。那个该死的搬砖的。

我呆望着那俩人，直到他们消失在街道尽头。

老天，我需要来支烟。我拖着脚步回到自己的小单间，把买来的东西扔到地上，伸手拿过一支烟迅速点燃。我深深吸了一口，再吐出来，烟味顿时弥漫了整个房间。我的手还在抖，烟灰落在了地毯上。

门铃响了，我一下子弹了起来。是丽奈特？

不，当然不是了。这是该死的薇若妮卡·麦克里迪。

她早到了不只二十分钟。我从来不喜欢早到。

丽奈特认为不管什么事都要早到，可是拜托……迟到一点也没什么啊。迟到一点，能够留出时间让别人为你的到来做好准备。早到二十多分钟，这谁能准备好？

我现在完全没有闲聊的心情。再说了，麦克里迪到底是个怎样的女人，居然能抛弃自己的儿子？我说……

门铃又响了。我朝窗外瞟了一眼，正好看到一辆出租车绝尘而去。有个女人站在大门口。我在这里其实不太看得到她，只能看到她头顶的一点点白发，她手上的一个紫色文件夹，还有一个大大的猩红色手袋。

我想，把她关在外面也不太合适，对吧？她可是个老太婆。我下楼开了门。她从上到下把我审视了一遍：我手里拿着一支烟，牛仔裤破破烂烂，T恤皱巴巴的，头发乱糟糟，胡子也没有刮，浑身上下臭得像猪圈。她穿得整洁上档次，浆得笔挺的外套配百褶裙，没到穿两件套毛衣配珍珠首饰的程度，但也差不多了，满是褶子的嘴唇上还涂了鲜艳的唇膏。

"帕特里克？"

"没错，是我。"

我想她那副像是见了鬼的表情也是情有可原吧。我甚至都替她感到难过。我这副样子，一定比她想象中最差的情景还要差得多吧。

"上来吧。"我甚至没法挤出一个笑容。她跟着我上了楼，眼睛死死地盯着破旧不堪的栏杆和那脏兮兮的 20 世纪 80 年代的墙纸。我打开小开间的门，挥手让她进来。

"那么，这里就是你住的地方了，是吗？"她语调中的不满越来越明显。那个装脏衣服的袋子现在整个翻了过来，衣服又全被倒在了地板上，床也没有铺，房间乱成一团。但我会在乎吗？不，才不会呢。我满脑子都是丽奈特和那个搬砖的。我没法硬装成另外一个人，没法硬装成很为薇若妮卡·麦克里迪的到来而高兴的样子。

我慢慢吐出一口烟，说："请坐吧。"

她拿开一条搭在扶手椅上的内裤，小心翼翼地坐了进去。她紧紧抱着那只看起来就很贵的手提包，是女王通常会拎的那种，又红又闪亮。除了涂着鲜红的唇膏以外，她看起来和其他老妇人没什么区别。你懂的，白头发，凹陷的脸颊，凹陷的眼睛。要问我和她长得像不像，也许我们的骨骼结构有相像的地方吧，但这很难说。反正我并没有觉得像。

我自己的情况也很糟糕。看到她并不是什么可爱的老婆婆，我甚至松了口气。她和慈爱老妇人的形象完全搭不上边。她就是以前会被丽奈特称作"鳟鱼"的那种人，僵硬、乏味、拘谨。不，她没给我带什么蛋糕。除了一张拉得老长的脸，她什么也没给我带来。

特里的企鹅日记

2012年11月10日

生存是一件很难的事。南极的生物都进化出了一套应对这里恶劣环境的方法，例如南极海燕的胃部会产生一种特殊的油脂，在长途飞行中作为一种提供丰富能量的食物来源，这种油脂还能通过嘴喷到捕食者的脸上，起到防御的作用；而多数生物身上也会长出厚厚的皮毛：海豹皮下有厚厚的脂肪层来保护它们免受严寒的侵袭，企鹅的羽毛下则有一个空气夹层，帮助它们在水下保持温暖。

企鹅还必须做到能够长时间不进食。在南极洲的冬天，雄性帝企鹅在不进食的情况下存活了四个月，真是令人难以置信。它们把蛋放在自己的脚上为其取暖，雌性企鹅则要为即将出生的雏鸟储备食物。我们的阿德利企鹅则更加明智一点：它们的繁殖期在11月（那是南极的春季），那时候气候条件要稍微好一点。但它们仍有许多问题需要解决：捕食者众多，冰雪也很危险。它们要想生存，就得有令人惊叹的坚韧。

07 薇若妮卡

博尔顿

2012年6月

　　为了生存，我做了我必须做的一切。如果这让我变得强硬或者刻薄，那也只能这样了。我就是这样一个人。我必须接受的事实是：帕特里克也就是那样一个人。可我还是很难掩饰我的失望。我并不指望完美，也没指望自己会喜欢上他。我没那么天真。可眼前这样的情况……我太绝望了。这是来自那个被称为"命运"的残酷独裁者打在我脸上的又一记耳光。

　　这个肮脏可耻的毒虫怎么可能会是我的亲孙子？他不知道这个世界上还有肥皂和水吗？还有他这个单间！我真是不明白怎么会有人生活在这样恶心的地方。就连兔子都会觉得它太小，就连老鼠都会觉得它不干净。

　　我特意没有提前告诉这孩子太多，因为我想看看他真实的生活状况。我现在已经后悔这么做了。他明明有好几个小时的时间可以收拾，却没有为迎接我付出哪怕一点点努力。看来他从小就没有学会尊重别人。毫无疑问，肯定都是他母亲的错。

　　他完全背对着我，跺着脚走到房间的另一头，嘴里咕哝着什么我听不懂的东西，像是"踏马的板砖拱"之类的。接着，他又绕回来站在我面前。他抽烟抽得太凶，简直像根烟囱。我不知道他抽来污染这已经够臭的空气、破坏他的肺和脑细胞的都是什么鬼东西，但反正肯定不是烟草。我尽自己最大的努力，透过表面上的那一层层污垢来审视他。他的面部结构与我的相似，颧骨略为突出，下颚线条粗壮。他是一个高大的小伙子，橄榄色肌肤，凌乱的棕色头发（头顶上头发太多，侧面头发又太少）。他的眼睛是黑色的，除此之外，我完全看不出他和我曾经爱过的人有什么相似之处。我的五脏六腑都在向下沉去。我该让自己更坚强些。

我现在坚强起来了。"那什么，你认为你是我奶奶？"我刚刚经历了长途旅行，他居然没有请我喝茶。

我真想说，这是一个非常不幸和让人难以理解的错误，实际上我并不是他的奶奶。但我从小到大都被教导要诚实，不能说假话，这已经深入我的骨髓了。"没错，"我说，"看起来事实就是如此。我这里有一些打印的资料。"我从文件夹里把它们拿出来给他看。"这是你的出生记录，"我告诉他，"这上面写着，你父亲的名字叫作乔·富勒。这是我儿子的养父母带他去加拿大生活的时候给他取的名字。还有其他各种参考资料证明这个乔·富勒就是我的乔·富勒。如果有必要的话，DNA 检测还能提供更进一步的证明。但有法律专家向我保证，现在的这些资料都是百分之百可靠的。"

帕特里克几乎懒得看上一眼，好像他失散已久的家人对他来说根本不重要。"我跟我妈姓，"他说，"我出生后，父亲并没在我身边待多久——实际上，连一个星期都不到。"

他似乎认为我应该为此道歉。我有什么好道歉的？

"所以，你打算告诉我发生了什么吗？"他的问话令人不悦。

"关于你父亲？"

"对，我父亲，那个抛弃我和我妈妈的人，你的儿子。你说你和他'失散已久'，究竟发生了什么事？"

我可无法让自己和他一样粗鲁。我提供了对事实最简短的概述："我和你父亲分开的时候，他还是个婴儿，才几个月大。遗憾的是，我后来再也没有见过他。我没法找到他——再后来就晚了。"

这些年来我试着找过很多次。一直到1993年，我才收到一点消息：那封可怕的信被寄到了巴拉海斯。

帕特里克发出类似"哼"的声音，他问："那他是什么时候死的？"

"我的儿子是1987年死的。"我冷冷地说。

"好吧。"他不为所动。他踱到了窗前，又走了回来，向空中吐出一长串恶臭的烟雾。

"他是怎么死的？"

"他是个狂热的登山爱好者，"我冷淡地答道，"他去落基山脉登山时，不幸坠入峡谷身亡。"

"真聪明。"

他的冷漠无情让我心中一颤。我开始讨厌帕特里克了，但我还是继续往下说去："我与收养他的那对夫妇从未有过任何联系。大概他们自己生不出孩子。到他出事的时候，他们都已经过世了。几年后，他们的一些亲戚——我想是表亲吧——终于在整理家庭档案的时候发现了一份旧文件，上面写着我是他的生母。他们中的一个，是个生活在芝加哥的女人，给我写了一封信，告诉我发生了什么事。那是1993年的事了。"那时我已经完全放弃了见到我儿子的希望，但他的死讯还是我最不想听到的消息。收到那封信的记忆依然鲜活。"由于地理位置遥远，她和他见面的次数十分有限。她并没能像我所期待的那样给我太多关于他的信息。他死的时候没有结婚，她在信里写道他没有孩子。我当时也并没有理由怀疑这一点。"

"但现在你说他是我爸爸。"

"没错。"我知道我现在正冷冷地瞪着他。我很少经历如此令人痛苦的失望。"最近我突然想到，这位表亲的假设也有可能是错误的。我想这件事值得我深入调查一下——哪怕确定一下我的儿子没有留下任何后代也好。然而，让我万分惊讶的是，这家机构发现了这一切。"

"那个家庭没有人知道我的存在？"

"似乎是这样。正如你所说，他在你出生后不久离开了英格兰。"

我的儿子，他曾经是个那么小的婴孩。他在空中挥动着他的小手指，想要抓住我松散的发卷，在我给他读故事时趴在我的大腿上凝视着我……他最终长大成人，生下了自己的儿子。多年前当他还在这个国家的时候，他有没有找过我呢，还是他甚至根本不知道我的存在？那位表亲之前也不知道他是领养的，所以他很可能也不知道。我们分开的时候他还太小，而他的加拿大父母可能一直都没找到合适的时机告诉他。我不知道。而我面前的这个人，我这个不讨人喜欢的孙子，他似乎同样什么也不知道。许多问题依然没有答案。

帕特里克冷哼了一声："他倒是毫无压力地就把我和妈妈给忘了嘛。"

谁说他是忘了？虽然他似乎确实切断了与伴侣和孩子的所有联系。我不知道为什么一个男人会做这样的事情，但我想我的儿子有他的理由。在历史的长河中，不断地有男人抛弃自己的女人和孩子。毫无疑问，只要这个星球上还有生命，这样的事情就会继续下去。

我能看到帕特里克的脑子在试图运转。我希望他能坐下来。他看起来很紧张，充满敌意。他用一只手拨弄着头发，另一只手上还握着那支烟。

"那么关于他的生活，你还有什么发现吗？"

"有，但很有限，是从他表亲那里听来的。"我就把准备好要告诉他的要点一条一条说了出来，"他大半辈子都是在加拿大度过的；他喜欢做危险的事，比如滑雪、跳伞和登山；他经常旅行；他四十岁出头的时候在英格兰住了短暂的一段时间，就是在这段时间里，他遇到了你的母亲，很快就有了你。"

"我勇敢的父亲，我那毫不为我骄傲的父亲，"帕特里克咕哝着说，"我可怜的母亲。"他的脸拧成一团，紧接着又开始质问我。

"那你又是为什么在他还是婴儿的时候就把他给送走了？"

他的提问是如此生硬，充满指责的意味。我感到越来越愤怒。不得不向这样的人做出解释，这让我很讨厌。不过我认为他是有权知道的。

"我当时太年轻。"

"然后呢？"

"而且没结婚。"

帕特里克在房间里来回踱着步："看来抛弃孩子还是家族遗传啊。"

他哪里来的胆子这样对我说话？我可是他的血亲，我还这么辛苦千里迢迢地专程来找他。我现在算是明白了，这件事就是一个巨大的错误。历史太复杂，距离太遥远。帕特里克就是帕特里克，而我就是我。我们是完全不同的生物。

我默默地问自己，我是否希望这段新找来的亲情走得更远呢？答案来得非常快：我不希望。

"你生下我父亲的时候多大？"帕特里克继续追问。

我回得也是很没好气："太年轻了。"

我注意到他的眼睛里闪动着什么，可能是对我的同情，但我对此表示怀疑。

"那你现在多大？"

"太老了。"

"多老算太老？"

我注意到他没有问我多年轻算太年轻。我叹了口气："6 月 21 日，也就是下个星期四，我就满八十六岁了。"

他皱了皱眉："我知道了。你一个人住吗？"

"是的。不过，我请了个女人来帮忙打扫卫生，她叫艾琳。我的房子太大了，又破旧，我一个人可打理不过来。"

"好吧，奶奶。"他说。这个词让我浑身一哆嗦。"看来你日子过得不错嘛。"

我低头表示认可："这要看你对'不错'的定义了。不过，没错，这房子值个几百万英镑吧。"

他呛了一口，一大片烟灰撒在了地毯上。我马上就对自己生起气来——我完全不应该提到自己的财富。这下好了，他就会自然而然地认为他有继承权了。至少我还没说我还有几百万英镑存在不同的银行账户里，积累着巨额利息。

帕特里克沉默了一会儿，然后便似乎不想再看到我，眼睛盯向了窗外。

"那么，你又是怎么会这么有钱的？"他对着窗外的排水管说。

"我结了婚，丈夫是做地产生意的，离婚前我一直做他的帮手。"关于我自己，我就只打算说这么多了。

现在轮到我提问了，就像帕特里克拷问我一样拷问他。我尽管没能调动起太大的热情，但比起他可要文明多了。我知道了帕特里克每周只在一家自行车行工作一天。即使是这么个工作，也是他一个朋友、也就是那里的老板好心才给他做的。至于剩下的钱，就要靠政府的救济金了。他最近和女朋友分了手。我对此真是毫不惊讶。让我惊讶的是，这样的一个男人居然还能找到女朋友。我不敢去想她是个什么样的女孩。我忍住了没问帕特里克有没有洗过澡。在这里待了这么久，我倒是觉得我自己需要好好洗一洗了，但我连看都不想去看一眼他的浴室。

我们很快就聊不下去了。我迫不及待地想离开这个臭气熏天的男人。我很肯定，没能早认识这个人我并没有什么损失。等到时机合适，我马上请他给我叫了辆出租车。

我如释重负地离开了。

08　薇若妮卡

巴拉海斯庄园

"那么，我相信您的孙子很快就会来这里拜访喽？"艾琳边给吸尘器装刷头，边高兴地大声说。

"我真心希望不要。"

我没法不告诉她我去找小帕特里克的事，但就这么一句，已经是个最省事的总结了。我可不想让她有机会再问下去。

"真的吗，麦克里迪太太？"她停顿了一下，急切地想要相信我和我的孙子彼此之间必定怀有感情。"如果他现在来敲门，你一定会欢迎他的，不是吗？"

我没有回答。听力不好有时候也是有好处的——你可以不用回答一些愚蠢的问题。

艾琳兴致高昂地耸耸肩，说："好吧，我想吸尘器是不会自己工作的。"她拖着那玩意儿穿过厨房，走进大厅。她没有关门。

"艾琳，关门。"

"抱歉，麦克里迪太太。"她说完关上了门。

我浏览了一下园艺目录，喝完了杯里的茶。近年来除了修剪玫瑰，我几乎已经不做园艺工作了，不过我偶尔还是会自己订购一些花坛植物和灌木。在巴拉海斯，我有一些非常引以为傲的杜鹃花标本。人的一生中，明艳的花朵都会对你有所助益，我对此深信不疑。此外，园丁帕金斯先生（他已经为我工作了二十六年，看起来已经不复当年的激情了）也需要一些新的事情做，好保持他的兴趣。

我穿上大衣，戴上手套，走了出去，呼吸着清新的苏格兰空气。在帕特里克那恶心的房间待过，我至今还觉得自己全身脏兮兮的。

那个小吊坠盒现在还放在我的枕头下面，下次上楼的时候我该去把它拿出来放回盒子里。我得把盒子放回密室的最深处。我将再次努力忘记我痛苦地回忆起的这一切。这些东西一开始就不该被翻出来。

今天晚上，罗伯特·萨德尔博来到了南极洲设得兰群岛南部一个偏远岛屿上的企鹅聚居处做节目。

"南极半岛是地球上变暖最快的地区之一，"他在一座白雪皑皑的小山坡上告诉我，"近几十年来，海冰的数量显著减少。"

"噢，老天啊！"我说。

他那张粗犷的脸变得更大，最后（相当令人愉悦地）占据了大半个屏幕。他继续说道："科学家把企鹅作为生态系统变化的指标。它们的繁殖表现或种群数量的任何变化，都能反映出整个南极的变化。因此，监测像阿德利企鹅这样的物种能够帮助我们更加深入地了解大规模的环境变化情况。"

"噢，罗伯特，你真是太棒了！我们这些无知的人都需要知道这些事情。"我喃喃道。

他微微一笑，补充道："阿德利企鹅也特别讨人喜欢。"说完，摄像机的镜头再次拉远。

我完全同意这一点。聚集在一起的鸟群使这片荒芜的土地充满了喧闹的生机。这个物种是以 19 世纪一位法国探险家的妻子命名的，除了名字以外，它们看起来并不显得女性化。它们身披光滑的黑白相间的皮毛，就像一群穿着燕尾服的矮胖小个子男人。阿德利属于企鹅中体形较小的品种之一，只有 28 英寸①高。它们有一对明亮的镶白边的眼睛，看起来很聪明，特别讨喜。在欣赏了它们在陆地上的滑稽动作之后，我看到了一些极好的画面，是这些小鸟在水下游泳的画面。它们粗胖的身躯这时候成了优雅和芭蕾般精确的典范。

　　节目还介绍了一群住在那里研究企鹅的科学家。罗伯特·萨德尔博采访了其中一位名叫迪特里希的德国人，他自称为"企鹅学家"。我不喜欢他的口音，但他言谈间的热情给我留下了深刻的印象。他说，尽管阿德利企鹅并不是最濒危的物种（不像北凤头冠企鹅和竖冠企鹅那么濒危），但它们也被归为"近危物种"级别。此外，这一特别的种群近年来数量急剧下降，没有人知道这是为什么。七年前科学家们就在这座岛上建立了一个新的研究中心，试图搞明白这件事。他们每一季都要过来深入研究，但现在经费快要花完了。节目拍摄的时候，中心只有四位科学家，却要做本应该是五位科学家做的工作。今年他们就只负担得起三位了。在这之后，如果找不到新的资金来源，这个项目可能就得叫停了。他的这番话似乎触动了我潜意识里的某根神经。

　　这位迪特里希先生毛发茂盛的脸上写满了忧虑，他边说边疯狂地舞动着双手。我通常不会喜欢这种夸张的腔调，但罗伯特·萨德尔博（我对他还是有一些好感的）看起来似乎也很受触动。他表达了对科学家们能找到资金继续这项宝贵研究的美好期待，握了握这个男人的手，并祝他好运。这时镜头一转，画面变成一只结实帅气的企鹅站在一块岩石上，直角状向前伸出它的大脚板，晾干那沾满水的表面。它的眼睛直直地盯

----

① 1 英寸约为 2.54 厘米。

着我，从它在南极洲所站的那块岩石上，一直盯到我在巴拉海斯舒适的扶手椅上，居然产生了一种奇怪的共鸣。

"如果你想了解更多关于阿德利企鹅族群的信息，"罗伯特·萨德尔博的声音响起，"请上网搜索'特里的企鹅日记'。它将定期更新关于科学家和吊坠岛上企鹅的最新情况。"

吊坠岛？这个词似乎触动了我的某根神经。这只是个奇怪的巧合，还是某种预兆呢？

开始播放演职员表了，我关上了电视。为了不在椅子上睡着（这会加重颈部肌肉的负担），我很快上了楼。走进浴室的时候，我惊讶地嘘了一口气：在我面前，镜子底部有棕色眉笔写上的"企鹅"这个词。这个提醒对我来说一定是非常重要的，因为我甚至采取了涂鸦这一行为。这很有趣。

我又拿起了眉笔，加上"阿德利"和"南极洲"这几个字。又想了一会儿后，我再写上了下面这个词："吊坠岛"。

一只企鹅摇摇晃晃地朝我走来，脖子上还挂着一个小吊坠盒。它的嘴开开合合，仿佛是要告诉我什么，却没有发出任何声音。那是无忧无虑的还年轻的我，浓密的栗色头发随风飘扬。但我身边的一切都是白色的。白色的花、白色的树、白色的羽毛在空中盘旋。我朝那只企鹅走近了几步，弯下腰去倾听它。我几乎能捕捉到从鸟喙里传出来的企鹅语。可就在这时，我的梦被打断了。一阵刺耳的铃声刺痛我的耳膜。

我倏地从床上坐起来，立刻反应过来是电话铃声打断了我的美梦。我从椅子上拿起睡袍，披在肩上，瞥了一眼时钟：晚上九点三十分了。什么样的白痴会在这种时候打电话呢？我跌跌撞撞地穿过房间，拿起话筒。另一端的声音很低沉。

"请稍等。"说完，我摸索着给自己装好助听器，准备好后才继续道，

"我是薇若妮卡·麦克里迪。"

"你好，奶奶。"

我愣了一会儿，才想起来我和自己那最近才找到的孙子的令人不悦的会面。奶奶——呃，他为什么要这么叫我？

我马上又想起了他的名字。"帕特里克。"我说。真幸运我这么厉害，记忆力还这么好。不过，我觉得把自己的电话号码留给他还真不是个好主意。这在当时似乎是一种必要的礼节，可现在我很担心他会滥用我的善意。

"抱歉，我忘了你的生日。是前天，对吧？"

我查看了一下放在窗台上的那本日历。每过一天，我就用红色的笔仔细画掉一天。

"再之前一天。"我不知道这和他有什么关系。

"噢，那就是……"他停顿了一下，试图用他那糨糊的脑袋想清楚，"22 日？"

"21 日。"

"那就 21 日。那你现在多大了？八十八，对不对？"

"再试一次。"

"八十七？"

"不对，帕特里克。"

"八十六？"

我逗他："很好，干得好，非常棒，完全正确。"

"嗯，呃……回想起那一天我很开心！那真是……真是次愉快的会面呢。"

他似乎在试图做出一副兴高采烈的样子，却并不怎么成功。我的存在给他的生活平添了多少烦恼啊。要是我死了，他立马就会大松一口气。

"你有做什么特别的事来庆祝吗？"他问。

"没有。艾琳带了个蛋糕来。"他不会知道艾琳是谁的。

"噢，那很棒啊。艾琳是那个护工，对吧？"

"当然不是了！我不需要护工。我又不是完全不能照顾自己。艾琳只是偶尔过来给我帮忙，负责家务和杂事。"

（短暂的停顿）"这样啊，好吧。好艾琳！好吃吗，那个蛋糕？"

"还行吧，"（事实上它简直糟糕透顶。蛋糕上全是杏仁和甜得要命的粉红色糖霜，吃起来有蛀牙的味道。我都八十多岁了，难道还没受够这个吗？）"艾琳在烹饪上实在没什么天分，但这也算是好意。她尽力了。"

"我就没有。"我的孙子说。他敏锐地捕捉到了。

"你现在也算在尝试。"我和蔼地指出这一点。

"尝试得挺牵强。"

我倾向于同意，但控制住自己没有出声。

"是这样的，我不知道该怎么开口，但这件事一直困扰了我很久。我觉得我……我觉得我们的第一次见面不太顺利，奶奶。那不是我期待的会面，我知道我那天表现得一定特别浑蛋——抱歉我说话不太好听。我在想，我们是不是可以重新开始呢？"

这毫无新意的虚情假意并没有打动我。我一听就知道，他不过是想着我的钱。

"好啊。"我假作耐心地答道。

接着是一段让人不适的停顿。"你过得怎么样？"我问。我倒并不是特别想听到答案，毕竟他的生活都是由粗俗琐事组成的。但总得有人说点什么吧。

"噢，就那样吧，没什么特别的。周一去修车。雨天。账单。做饭。吃饭。偶尔发发简历找找工作——试了好久了，但毫无进展。但我也没啥好抱怨的。去酒吧喝一杯，看两集《谁想成为百万富翁》就让我挺开心的。"

"看起来你想。"

（短暂的停顿）"呃，如果碰巧有那么一百万砸到我头上，我当然也不会因此哭鼻子。"

我被他冒犯到了。他真是毫不掩饰地在暗示。他一定已经发现了我没有其他人可以继承财产，就是说没有其他的家庭成员。我最近确实对这种窘境做出了许多思考。拥有这么多财富是一项重大的责任。我有可能把这笔钱交给艾琳，她尽管有缺点，但这么多年来一直对我忠心耿耿。但她有可能会直接把一切交给帕特里克，因为她的良心会不安。她在教堂唱诗班唱诗（如果那也能叫"唱"的话），并且认为自己是一个正直有道德的人。

电话那端又是一阵漫长的停顿。要是以为帕特里克对和他奶奶聊天有兴趣，那你可就大错特错了。这对话已经进行不下去了，一味地延长这痛苦毫无意义。

"谢谢你打电话来，帕特里克。"

我放下话筒，心中充满了怨恨和愤怒。他竟敢半夜打电话来祝我生日快乐，还晚了三天！更不用提之前我去他那臭烘烘的住所的时候，他对我的态度那么差劲。他对我一点也不尊敬，更重要的是，对我的儿子、他已故的亲生父亲的回忆那么不尊敬。很显然，他现在后悔了，不过是因为太想获得我的遗产。

就让他做他的百万富翁梦去吧。我凭什么要对堕落和纯粹的懒惰给出奖赏呢？目前，我那并不虚幻的财富正由各家银行和建筑协会看管，我将不得不联系我的律师并对它们做出安排。人们说血浓于水，可在我身上，这完全不成立。不，看来麦克里迪家的血还比不上水呢。那个男孩需要为他自己的人生做点什么，而不是把我的遗产浪费在酗酒、嗑药或更糟糕的事情上。我已经决定了，我的遗产将被用于更有价值的事业。帕特里克可别想用他那肮脏的小指头来碰我的钱。

09　帕特里克

博尔顿

　　我想要摆脱她带给我的那种抓心挠肝的不适感。我尽力了，不是吗？我原本不想打这个电话的，但内心有个声音一直在不停地对自己说：去吧，伙计，去给她打电话吧。我只好强迫自己去打了。像往常一样，我把事情搞得一团糟。我本想修复关系，却搞错了日期。其实星期几这件事情，我从来就没有搞清楚过。周一我要上班，这没问题，可周二到周日我就完全记不住了。总之我把奶奶的生日记错了，结果得罪了她；后来又把她的年龄记老了两岁，更是给自己挖了个大坑。她肯定是生气了。要是有个什么讽刺比赛之类的，她肯定能拿金牌。我觉得太压抑了，还不小心说了一些脏话。接着我开始喋喋不休，想让这变成奶奶和孙子之间该有的正常而放松的谈话。再后来不知怎的，话题就变成了我想成为百万富翁什么的。这也太莫名其妙了，真是离题万里。我希望她不要觉得我是在暗示些什么。

　　至少我努力过了，我想我该奖励自己一杯啤酒。现在时间还早，才晚上十点左右，所以我给盖夫发了条短信，出了门。他把孩子们哄上床后，通常会想喝上一杯。

我到的时候他已经在龙酒壶酒吧了。我们点了酒，走到角落。

"都还好吗，哥们儿？"他喝下去两大口之后问道，"好些没？"

"我觉得我想通了些，嗯。"

"真不错。你终于忘掉丽奈特啦？"

"不好意思，你刚才是说了句脏话吗？"

"好吧，我明白了。我们不提这个人了。"

我想，她和搬砖的那个样子被我撞到，也算是件好事吧。我的心真是很痛，时机也不可能更糟了，但至少它已经发生了，我没有别的路可以走。丽奈特现在已经彻底离开了我的生活。

"告诉你件事啊，"我对盖夫说，"大新闻——我有了个新奶奶。"

盖夫总能让你觉得你说的话很重要。我讲述情况的时候，他就那么静静地听着。我对他说了我和奶奶那可怕的第一次见面，说了我试图打电话和她修复关系却表现得很糟糕。我提到奶奶住在苏格兰的一幢豪宅时，他低声"咻"了一声。

他端着自己的酒杯摇晃了一会儿，说："知道我怎么想吗？"

"不知道，但你马上就会告诉我的。"

"好吧，哥们儿，你说得对。我知道你俩不太合得来，但我觉得，你应该再试一试和你薇若妮卡奶奶修复关系，毕竟她是你唯一的家人了。假以时日，你们会成为彼此生活中重要的人的。"

我咧嘴一笑："你没见过她，她是个冷酷无情的人，和她一比，连冰柱看起来都算挺温暖蓬松呢。"

他也朝我笑笑，说："好吧，我听出来她不太讨人喜欢了。"

"那可不。"

然后他的脸色变阴沉了些，说："但是呢，说真的，哥们儿，你应该继续努力。老一辈人都有点……"

他找不到合适的词语来形容，所以我给他列出了几个选项："无聊？自私？刻薄？"

"不不，我不是要说这个。他们对事情的看法不同，因为他们经历了太多。他们有的不光是皱纹，还有……故事。再说，太多时候，我们总是在他们离开后才懂得理解和怀念。"

他的声音听起来有些哽咽。他还没有从自己母亲去世的阴影里走出来，我把这事给忘了。他妈妈也很有钱（当然和薇若妮卡奶奶没法比，但也不差），不过，她甚至从来没想过要在经济上给盖夫一些帮助，即使他八岁的女儿得了癌症。尽管如此，盖夫还是很爱他的妈妈。

这对话对我们来说都太沉重了，所以我们跳过了这个话题，开始聊自行车的事。他在考虑增加店里高档电动自行车的库存，眼下我们对高端车的业务并没有太多涉足，这太冒险了。

在回家路上，我又想起了我的奶奶。盖夫说得对，我要继续努力。

脏兮兮的袜子似乎到处都是，都快把地板铺满了，我把它们一一捡起来，塞进塑胶袋里，打算下班后直接拿去洗衣店。我一直在努力让自己的生活回到正轨，要不然我又会堕落到遇上丽奈特之前的状态，我可不想那样。所以，我开始对公寓大整改。这个周末，我终于换了床单，给地毯吸了尘，还擦掉了烤箱里面的陈年老垢。

另外我也开始努力恢复身材了。昨天我骑行去了乡下，晚上还做了健康餐：柠檬鸡、蒸菜豆配嫩煎土豆。更厉害的是，我没有边看电视边吃，而是听着音乐吃的。我选择的音乐是 Sixx:A.M. 乐队的《这将不会是坦途》(*This is Gonna Hurt*)。我跟着节奏捅向我的土豆，扎向我的豆子。太棒了。

我还做了之前想做的柠檬波伦塔蛋糕，花这么多钱买的原料怎么能浪费呢？我倒是也可以这周坐火车去苏格兰，把它送给奶奶，但我实在做不到。我敢肯定她讨厌我，而我发现我也很难喜欢她。我没法不去想她是怎样放弃了自己的孩子，这又怎样影响了我父亲的整个人生——当然，还有这一切最后又给我的生活带来了多大的改变。

可是，我还是不该那样和奶奶说话。

我踱步来到"小麻麻"和"小叶叶"身边，快速给它们浇了点水。蛋糕就在桌子上，两盆植物的旁边，温暖的柠檬香气在整个公寓房间飘散。光是看到它就让我觉得很内疚。

于是我做了一个决定：带它去上班。

"给你的蛋糕，盖夫。"我嘴里含混不清地咕哝着，把蛋糕放到了店里的柜台上，"只是想说……哎，你懂的。谢谢你的支持，谢谢你为我做的一切。"

即使是在最好的时机，我也很不善于表达，更何况是在现在这样声音哽咽的情况下。

"帕特里克，兄弟！"他满面笑容地叫了起来，"你不用这样的。"

"我应该做的。我已经好几周都跟个呆瓜一样。"我说，"带回家给你的太太和孩子们。"

我没法用太多言语表达我的抱歉，但我想他能懂。

下班后（我今天状态好多了——"夫人，我很高兴地告诉你，你的自行车现在运行状况非常良好"），我终于去了洗衣房。现在我正提着一包干干净净的衣服回汽车站。耳机里放着酷玩乐队的歌，我忍不住跟着音乐摆起了头——你懂那种感觉。我现在一定看起来像个白痴。过马路的时候我遇到一个大水坑，往旁边绕了一下，结果就在这时，一辆大卡车突然呼啸而来，差点撞到我身上。司机及时打了方向盘，猛地摁响喇叭，发出刺耳的刹车声。我差点没给吓出心脏病。

司机是个满脸通红的秃头男人，他透过挡风玻璃冲我骂起了脏话。

我用唇语说出"对不住了，哥们儿"，继续往前走。我为说了这句话而懊悔不已。没错，我过马路前是该先好好看路，但他可是严重超速了。我在疾驰而去的卡车后面做了个"V"字手势，但太晚了，他肯定没有看到。

这倒是让我开始想，要是我死了，有谁会在意呢？盖夫可能会吧。嗯，盖夫会很难过的。茱蒂丝（她说："帕特里克，你是个好人，只不过是个糟糕的男朋友。"）说不定会流两滴眼泪。丽奈特？她才不会在乎呢，她都有那个搬砖的了。其他人呢？奶奶？不知怎的，我不觉得她会在乎。

我想奶奶肯定会活很久，至少比我久，尤其是照我现在这个状态。我猜，要是我真的死了，她大概根本都注意不到。她那个护工会同情地感慨两句，而奶奶则会说："艾琳，你能打住吗？我正忙着整理餐巾纸呢。"

到你快死的时候，你过去的日子会在你眼前闪回，不是吗？好吧，这并没发生在我身上。我眼前只有那司机的怒目相向。反倒是这会儿，这种感觉后知后觉地来了。耳机里的音乐回响时，童年的点点滴滴也在我脑海中浮现。我看到我的五个寄养家庭——没错，五个，足足有五个！这些家庭对待孩子从极度严格到完全放养，什么样的都有。我记得在米尔拉德家，我因为骂脏话被锁在房间里；我记得珍妮·范肖和阿德里安·范肖夫妇喋喋不休地对我强调我有多么幸运；我记得我偷偷去翻格雷格森的钱包——那很可耻，但我控制不了自己，我需要钱买药物。我曾是个问题少年。

但总的来说，我过得还不错。我总能填饱肚子，有地方遮风挡雨，也受到了各种各样的教育。有过一些谨慎的爱，可这些人都算不上父母。

十七岁时，我开始为本地的一个名叫查理的机修工工作，我还挺喜欢把汽车拆成零件再组装起来的。查理很不错，我跟着他干了四年，直到他破产。后来我失业了一段时间，又为一些富豪做了一段时间园丁，再后来就遇到了茱蒂丝，之后又和她分了手。

茱蒂丝之后我又和丽奈特在一起了。初次见面时她的车抛锚，她站在街上，发疯似的在手机上摁号码。她看起来很慌张（不是一般的那种慌张——她穿着短裙，头发乱糟糟的，噘着嘴唇，是那种性感的慌张），所以我主动去帮忙。我对汽车还挺懂的，分分钟就打开了发动机盖，帮她把车修好了。

丽奈特后来告诉我，她迷上了我粗犷邋遢的男人味。她可一点也不邋遢，完全不是这样。她在各个方面都和茱蒂丝完全相反。她衣着光鲜，博览群书，用心良苦。我们很快就搬到了一起住。意思是，我搬去了她家。她是一名律师，租了套又大又漂亮的公寓。她试着"拯救"我，该怎么说呢，算是起了一定的作用吧。她倒是让我养成了健康的饮食习惯。从没想过有一天我会迷上花椰菜这种东西，但这真的发生了！有一段时间我还戒掉了药物，将对那些东西的瘾转移到了跑步和骑行上。我从盖夫那儿给自己买了一辆不错的二手自行车，还在那里给自己找到了一份工作。丽奈特说这只是权宜之计，我迟早还得找一份全职的工作。我到现在也没有找到。

不管怎么说，丽奈特已经是过去时了。现在我所拥有的似乎只有一个脾气暴躁的老奶奶。世界真奇妙。

我很难让自己适应薇若妮卡·麦克里迪是我父亲的母亲这一事实。老实说，我并不怎么去想爸爸的事，我对他也完全不了解。我记得当我还是个小孩子的时候，有那么一两次缠着妈妈问爸爸的事，因为幼儿园的小朋友们都有爸爸，可我的爸爸在哪里呢？

妈妈的回答总是那样，既快速又严厉的一句："你没有爸爸。"然后马上转变话题。只有一次，她说："要是他没有走，情况可能会不一样。"不过，后来她再也没有说过那样的话。

刚开始的时候，我和妈妈住在一辆大篷车里。没错，就是一辆破旧的房车，停在一片荒废的灌木丛里。后来我们搬进了政府救济房，但我对这一段没有多少印象，只记得妈妈为了防风，在墙上的所有裂缝处塞上了旧报纸。那感觉不太像家。

妈妈换过很多份工作，却没有哪一份能持续很长时间。她的情绪总是起伏很大，上一秒还在欢快地唱着歌，下一秒便泪流满面。我六岁的时候，就是在她放弃活下去的信念之前不久，有一天她耷拉着肩膀，面颊湿漉漉地走进卧室，那会儿我正忙着用砖块建造一座城堡。"帕特里克，"她叹着气说，"我亲爱的孩子，我为一切感到抱歉。抱歉我这么没用。"

我不明白她是什么意思。在我看来，她做得挺不错的，给我吃，给我穿，送我去幼儿园之类的。但我想，这肯定花费了她太多的金钱和精力。现在回头看，我能看到她做出了多大的牺牲——她的社交。她都没有出去交朋友，她一定很孤独。她尽了最大的努力不让我看到她的不快乐，但是，天哪，那一定很难承受。

因为有一天，她把我留给了一个保姆，一个我完全不认识的女人。我记得那天晚上保姆给我吃了香肠和豆子，她看着自己的手表开始焦躁起来，后来打了很长时间的电话。她放下听筒，又拨了其他的号码。她的声音听起来越来越绝望。

她开始对我说："别担心，帕特里克，我相信她很快就会回来的。"过了一会儿，她说："我带你上床睡觉吧，你妈妈早上就会回来的。"之后，当早晨来临，妈妈依然没有出现，她说："好吧，帕特里克，我们开车出去兜兜风。"

后来我在更多不认识的人之间转手，他们拉着我的手告诉我要做一个勇敢的男孩，妈妈有一段时间不会回来了。后来他们告诉我，妈妈永远不会回来了。再后来，我才知道她把石头放进口袋，走进了海里。

我到了公交车站，和一帮通勤的人和出来购物的人站在一起。他们看起来都很知道自己该做什么——嗯，自我价值，就是这个。那个穿西装打领带、拿着一把黑伞的家伙，我打赌他和妻子每周六晚上会带着孩子去吃泰国菜；那对手牵着手的夫妇，他们迫不及待地想要回到家赤诚相见；那个头发染成金色的女人则在给她的伴侣发消息，说"我在回家路上了，二十分钟后到家。"还附上了好些"亲亲"之类的表情。

回归单身让我无精打采。丽奈特的事我已经翻篇了，但我不得不承认，她曾经主宰了我生活的每一个角落。她在我身边时，我从来没有机会去细细思量那些令人沮丧的想法，但现在她离开了，生活似乎被冰冷可怖的寂静填满。我感觉自己就像个被喝空的啤酒瓶，不被需要，一文不值。完全地空虚。

特里的企鹅日记

2012年11月21日

　　企鹅生性要强又倔强，它们从不放弃。

　　比如我们那位孤独的黑企鹅"煤球"，它仍然坐在它空荡荡的巢里，耐心地等待，希望有一天它的公主回来。

　　还有你在照片里看到的这位大胆的朋友，这只企鹅（可能是"他"，也可能是"她"——这很难看出来，但我估计是"她"）决心要爬上一座非常陡峭的冰山。没有人知道它是为了什么如此看重这件事，但没有什么能阻止它。我看着它爬上一道近乎垂直的斜坡，爬到一半的时候滑了下来，一路滑到了底。它侧面翻倒在地，大脚板摊开成一个不怎么体面的角度。它毫不犹豫地立刻爬起来，抬头向山顶望去——它无论如何也不会被这斜坡吓退。它张开两只脚，好保持平衡，摇摇晃晃地向上爬了一点点，打了个滑，又蹒跚了几下，摔倒在地，又重新站起来。冰山快到顶的部分格外陡峭，它把喙插进雪里，用作爪钩。姿势并不优雅，却有效。它终于成功登顶，看到这一幕的我不由得为它鼓起了掌。它看上去的确很得意。

　　你不得不佩服这种坚持。

10 薇若妮卡

巴拉海斯庄园

2012年7月

我必须时刻振作果决。如果你想在生活中取得任何成就，你就总得这样。

我记得当我还是个孩子的时候，我总期待非常美好的事物会突然降临到自己身上。我相信，很多人都抱有这样不切实际的幻想。他们几乎穷其一生都在期待着奇迹会在下一个拐角处出现。但我很早就不再那样幻想了。大约七十年前的某个时刻，我的一切梦想都化为乌有。那之后的一切对我而言都不再有意义，生活不过是时间向前流逝的过程而已。它只是一系列无关紧要的事情的无用组合：预约医生、牙医、眼镜验光师、儿科医生，在超市排队、指导艾琳洗衣服、教帕金斯先生打理牵牛花、睡觉、阅读、填字游戏、插花、喝茶。

我就这样被惯性推着向前走，一直到现在。然而，那些日记给了我尖锐的一击，让我想起了一些我早已遗忘的事情：我曾经火花四射的青春。自从读到那本日记，内心便总有个声音在嘲笑我：你曾经是个人形发电机，你曾经全力以赴地努力做事，你曾经敢于面对任何挑战，但是在过去的半个世纪里，你真的做过任何有价值的事情吗？

我必须在为时已晚之前做点什么。不只是关于我的金钱，还有我的生活，不管我还能活多久。我曾天真地期望，找到一个新的家庭成员就能一次性地解决这两个问题，但我错了。

我需要重新寻找，找到一个使命，一样能激励我的东西。可惜，在这个星球上，这样的事物实在是太少了。

不过，最近倒是有这样一件事出现在了我的生活里。刷牙的时候我抬头往洗手池上看了一眼。毋庸置疑，它还在那里：在镜子的另一边，是我自己的笔迹写上去的几个字。

"为什么不呢？"我问镜子里的自己。

薇若妮卡·麦克里迪也看着我，眼睛里有火花。

艾琳穿了一件难看得要命的粉白格子工装裤，全身漂白粉味极重。

"您想让我擦浴室的镜子吗，麦克里迪太太？"她走下楼来，好像是专门来问我这个问题的。此时我正忙着找我的老花镜，它们又不见了。它们老不见。

"认真的吗，艾琳？连这都要问我？"我答道，"你的工作不就是清洁需要清洁的东西吗？"

"嘿，我知道。但那上面好像用棕色笔写了什么东西，我不确定它们是不是重要的信息。是关于一个吊坠，一个岛，还有一个叫阿黛尔①的人，还有……企鹅？"

我不喜欢她的语气，那是她怀疑我可能得了阿尔茨海默病的时候用

---

① 英文中人名"阿黛尔（Adele）"的拼法和前面提到的企鹅品种"阿德利（Adeliae）"相近。

的那种一半担心一半逗乐的语气。

"'虽然这很疯狂，但还是有办法。'"我说，"这是《哈姆雷特》里的台词，你知道吧？"

"嗯，我相信是的，麦克里迪太太。但镜子上写的字怎么办？"

"镜子上的字只是个小提醒而已，"我告诉她，"需要纸笔的时候你永远都找不到，所以在有必要的时候，我只好发挥一下聪明才智了。"

"一个小提醒？"

"没错。当然，我是不可能忘事的。我的记忆非常可靠，百分之百完好无损。"

"你倒是一直这么说。"她低声咕哝道。

我瞪了她一眼："你可以把镜子除了那个写了字的角落之外的其他地方擦干净。"

"您说得对。那……那是个什么提醒呢？——如果您不介意我问的话。"她露出一副多管闲事的表情。

我叹了口气。老实说，我介意她问。但不幸的是，我不得不告诉她这个秘密。更糟糕的是，我需要她的帮助。

我告诉她，我打算去一趟南设得兰群岛。

"设得兰群岛？"她大叫起来，夸张地颤抖了一下，"我的天哪，麦克里迪太太，您真是让人吃惊！这度假地好奇怪啊！但至少您决定要去的是南设得兰群岛，我想那里应该没有北边的设得兰群岛那么冷吧？"

"不是的，艾琳，"我得逐字逐句地向她解释才行，"南设得兰群岛是完全不同的一组岛屿，不是苏格兰附近的那个。"

她的脸上现在出现的表情是发怔。

"在南半球。"我对她说。

"噢，好吧，那应该就没问题了。我想，它们应该更像是个度假的地方吧，"她咯咯笑着说，"温暖，异国风情，一定到处是金色的沙滩和棕桐树。刚才我还以为您是疯了呢，麦克里迪太太！"

她还需要进一步的解释。我告诉她："南设得兰群岛在南极。"

我很是花费了一番口舌才让她明白我是认真的，又花了好一番功夫向她保证我的身体状况完全没有问题。

完成了这项艰巨的任务之后，我问她是否愿意利用她的计算机技术，帮我向罗伯特·萨德尔博在吊坠岛上的营地发邮件。

"我相信你可以通过一个博客找到正确的地址，如果用上你那个谷什么歌之类的东西的话，对吧？"

"噢，我明白了，麦克里迪太太。没错，我应该可以。网站上通常会有联系方式的，应该能找到。如果您确定这是您想要的。"

"我有什么时候不确定过吗？"

"麦克里迪太太，您没有。可是……"她低声咕哝了些什么，我听不清楚，现在的人讲话总是不够清楚，不过我并没有要求她重复一遍。我相当肯定，少听的这一句不会是什么睿智的箴言，我并不会错过什么。

一找到我的眼镜（它不知怎的被放到了冰箱顶上），我便在一张纸上写下了所有的细节。我发现这是向艾琳传达精确指示的最好方法。只要我这么做了，她便会知道我对这件事是绝对认真的。

我的思绪又飘向了企鹅。找到了这么一件重要而有价值的事情去做，这让我充满了激情。我感到很高兴。

11 薇若妮卡

巴拉海斯庄园

尊敬的科学家们：

我最近看了罗伯特·萨德尔博的电视节目，你们对南极洲阿德利企鹅的研究给我留下了深刻的印象。我是你们保护物种这一使命的热心拥趸，自己本身也是一个环境保护的倡导者，因此我决定，如果你们的工作真的像现在看起来这样具有价值，我很可能将在遗嘱中给你们留下一大笔钱。所以，我打算在不久的将来去你们的营地访问，好了解更多信息，确保你们的工作真的值得我留下这么大一笔钱。我会自己带些食物和必需品，但我需要一间卧室住三个星期（最好是套房），我希望能在方便的时候，和你们一起观察和研究企鹅。

你们忠实的读者：

薇若妮卡·麦克里迪

附：

你好，我是艾琳·汤普森太太，是麦克里迪太太的日常生活助手。麦克里迪太太让我给你们写这封信，因为她不会写邮件。麦克里迪太太的精神很好，但她经常改变主意，所以我不太担心。如果我是你们的话，我也不会太担心的。

祝好，

艾琳·汤普森

亲爱的汤普森太太：

谢谢你的邮件。烦请将下面这封回信转达给麦克里迪太太，并致以我们的敬意，不胜感激！

再次感谢，并致以最热烈的问候。

迪特里希·施密特

尊敬的麦克里迪太太：

我们很高兴得到您的支持，也很高兴您对我们有关阿德利企鹅的研究工作感兴趣。

不过，营地条件艰苦，几乎没有什么生活设施。我们甚至连冷热自来水都没有，更不用说套房卧室了。虽然我们很高兴见到您，但请恕我们无法按您的建议接待您。

我们随信附上一份关于阿德利企鹅的情况介绍，您可能会感兴趣。当然，无论是现在还是将来，您为保护它们做出的任何贡献我们都将非常感激。

非常感谢您的关注。

企鹅学家，吊坠岛研究小组负责人：

迪特里希·施密特

迪特里希先生，很抱歉再次打扰您，但麦克里迪太太坚持要我再次给您发邮件，转达以下信息。

祝好，

艾琳

尊敬的施密特先生：

感谢您的快速回复。如前所述，如果对贵研究中心的拜访让我感到满意，你们的项目将得到七百万英镑。我现在已经订好了去乔治国王岛的机票，以及从那里乘坐蓝色冰山渡轮的船票。我将于12月8日上午八点三十分到达吊坠岛，如能派一名助手来接我，并护送我和我的行李到达你们的研究中心，我将不胜感激。请不用担心我的生活需要。我在苏格兰西海岸住了五十三年（我今年八十六岁），已经有了一定的韧性，很容易忍受不舒服的环境。艾琳查过你们岛上的温度，告诉我南极的夏天温度常在零度附近徘徊，而这并没有比12月的埃尔郡冷多少。当然，我在你处居住期间，会支付自己的食宿费用。据我所知，伦敦的一间豪华公寓每晚租金约四百英镑，因此我也将按每二十四小时四百英镑的标准付给你们。你说条件和设施都非常基础，我相信这笔费用能覆盖你们为接待我而产生的额外费用以及带来的不便了。我也很乐意为我的拜访支付其他任何不可预见的费用。我会带上我所有必需的药品，和其他用于提高生活品质的东西。

对你们深表感激，也非常期待对你们的拜访。

此致，

薇若妮卡·麦克里迪

亲爱的艾琳：

我们对麦克里迪的上一封邮件感到惊讶和担忧。虽然我们非常感激她的慷慨解囊，但我们不能让她在这里住上三周。事实上，我们没有合适的条件接待任何人，更不用说一个年事已高的人了。虽然这座小岛偶尔也会有游客到访，但这并不是个旅游目的地，再说，我们的人每天都忙于研究和调查。我毫不怀疑麦克里迪的本意是慷慨的，她承诺捐给我们的财产数额也令人吃惊，但请你告诉她，她的计划完全不切实际。

谨致问候，

迪特里希与吊坠岛研究小组全体成员

尊敬的施密特先生：

我实在是很抱歉。我真的以为麦克里迪太太会改变主意的，她通常都会的。但这次她似乎很坚持。阻止她做任何事情都是徒劳的，那只会让她更加坚定。但请不要担心，她的确挺坚强的，90% 的情况她都没问题，所以我相信没问题。她只去三个星期而已。

亲爱的艾琳：

麦克里迪太太有没有亲戚可以通过电子邮件联系上的呢？我们当然无法强行阻止她来，但我们肯定不想为她的健康或幸福承担责任。

谨致问候，

迪特里希

亲爱的施密特先生：

她只有一个孙子在博尔顿，但他们极少见面。如果你需要的话，这里是他的邮件地址。

尊敬的帕特里克（·麦克里迪？）先生：

我想您应该知道您的祖母薇若妮卡·麦克里迪太太已经订了一张飞往南极洲的机票，并明确表示希望拜访我们的营地，这让我们非常担心。我们欢迎她在南极期间到我们的外勤中心参观一个小时，但请您帮助我们向她解释，由于缺乏设施，我们无法接待她进行为期三周的住宿。

虽然有人来关心企鹅的未来和我们的科学任务是件好事，但万一她在这里发生了什么不好的事情，我们会感到非常难过。麦克里迪太太的保姆艾琳·汤普森向我们保证，她90%的情况都"没问题"，但90%是不够的。我真心认为您的祖母不知道这里的条件有多艰苦——寒冷本身对任何人来说都是一个巨大的危险，无论他（她）身体原本有多健康。

我真诚地希望您能劝阻她，并向她解释我们无法接待她长期访问的原因。

谨致问候，

迪特里希·施密特（企鹅学家）与吊坠岛研究小组全体成员

亲爱的帕特里克·麦克里迪：

由于上一封邮件没能收到回复，不知您是否收到，所以我再次给您写信。事关您的祖母薇若妮卡·麦克里迪，情况紧急，请您尽快联系我们。

亲爱的艾琳：

我们试过与麦克里迪太太的孙子取得联系，但没有成功。请您通知麦克里迪太太，她对南极洲的访问我们实在无法接待，但我们祝她假期愉快。

亲爱的迪特里希先生：

我对你没能联系上帕特里克深感抱歉，但原本我也没认为这会成功。麦克里迪太太很想去看看你们和你们的企鹅，恐怕我是没法让她改变主意了。她真的是一个非常独立又固执的人，见到她的时候你就会知道了。我相信一切都不会有问题的。

祝好，
艾琳

12　帕特里克

博尔顿

2012年11月

　　最近发生了一件很奇怪的事情：我的收件箱里出现了一封来自一个叫"Penggroup4Ant"机构的电子邮件。我不常收到邮件，所以我很好奇。不过我可不想冒任何风险。事实上，上个月我就因为打开了一条不认识的人发来的消息而碰上了大麻烦，我的电脑出了很大的问题。电脑商店的格雷格用了三个星期才把它修好，这花掉了我二百五十英镑。老天，可别给我再来一次了。鉴于这个经验，我想这个"Penggroup4Ant"的邮件也不是什么好东西，马上把它给删了。但下一周，嘿，你猜怎么着，我又收到了一封。我又把它给删了。

　　这天晚上，我正给自己做墨西哥辣肉酱。我才刚切完辣椒片，突然接到薇若妮卡奶奶的护工（还是叫什么别的，管他呢）的电话。那人叫艾琳，她喋喋不休地唠叨了半天奶奶的什么远洋计划。我没洗手就直接去接电话了，手指这会儿被辣椒辣得不行。我本想赶紧说完挂掉电话，但这个叫艾琳的女人一直说个不停。她的声音越来越高。

"麦克里迪太太陷在里面出不来了。这都是被她发现的一个什么盒子给弄的——从那以后她就和之前不一样了。我知道她有时候有点古怪，但这件事太让人担心了。很抱歉打扰你，但你是她的孙子，现在我是真的一点办法也没有了。我还从来没见过她对任何一件事如此上心。我想你应该也知道了，一般人根本不可能劝得动她。她下定了决心要去南极，我说什么都没有用。你知道她是个什么样的人——你不让她去做什么，她只会更加坚定地去做。"

"等一下，等一下，慢点！"我叫道，"你说奶奶要去南极？"

"没错，她正是这么计划的。"

我猛然哈哈大笑起来。

艾琳很是震惊，她沉默了几秒，才又说道："你得想办法阻止她，拜托了！"

这也太离奇了。我见到奶奶的时候，她看起来精神还挺正常的。当然了，我也不是什么专家。但不管怎么说，我都不敢相信艾琳会认为这和我有什么关系。

"呃，我想她有这个自由吧。"我耸耸肩，尽管电话那头的她看不到。

"你得做点什么！"她恳求着。我从没见过这个叫艾琳的女人，但我把她想象成一个矮胖、焦虑的人，大概就是一个穿着围裙、不停地绞着双手的形象。

我很困惑。南极？我知道钱对奶奶来说不是问题，可她为什么要去南极？这可不是一般人会去度假的地方。

"为什么要去南极？"我问。

"企鹅！"

"企鹅？"

"企鹅！"

我等着她给我更多信息。艾琳没等我开口问，她就继续说道："她在浴室的镜子上把'企鹅'两个字写得到处都是！她还叫我去联系研究企鹅的人。她看了一个关于企鹅的电视节目，就迷上了企鹅，她想救它们。但在救它们之前，她想先去看看它们。"

"抱歉，但我完全不明白你在说什么。"

电话里传来一阵急促的"嗤嗤"声。"她就说要去，让我给她订机票、船票什么的。我原本也以为没问题，但那些科学家说不行，真的不行。他们说她不能说去就去了。她认为她能帮助企鹅免遭灭绝的命运，如果她……呃，出钱什么的……"

艾琳的声音突然小了下去，像是突然想到了什么。

"我以为你能阻止她。"她喃喃地说。

"她为什么要听我的呢？"

"因为你是她的孙子，她唯一的孙子！你必须试一试！"她的声音带上了哭腔。

和她真是没法讲道理。"奶奶去或者不去，又有什么关系呢？"

"那些科学家！"艾琳抽泣着说，"他们说条件太艰苦了，对于任何人来说都是极端艰苦的，更不用说对于一个老太太了。她让我给他们发邮件说她要去，但他们回复我说不能让她去，她真的不能去。而她又叫我回复说她还是要去，不用担心。但明显他们非常担心。我还给他们留了你的邮箱地址。你有收到他们的邮件吗？"

原来是这样。那什么"Penggroup4Ant"一定就是那个科学家团体了。他们联系我，以为我能有什么办法影响奶奶的决定。我实在没忍住又笑出了声。

"这不是什么闹着玩的事！"艾琳责备起我来，"要是她去看企鹅的时候出了什么事，我绝对不会原谅自己的！"

艾琳一定很喜欢奶奶。不得不说，我虽然讨厌她，但在听了这件事之后也不由得对她生出那么一丝丝敬佩之情。你得承认，这女人很有进取心。

"艾琳，"我说，"你冷静一下。我相信不会出什么事的。她也不会去太久，对吧？"

"要去三周呢！"她的语气很绝望。

"好吧，我跟你说我会怎么做。我会给那些科学家写邮件，说我们会尽力。而你要确保给她打包上足够的保暖衣物，还有，呃，她的药之类的……一切她可能会需要的东西，行吗？"

"嗯，嗯。但是你会打电话给她，叫她不要去的吧？"

我给奶奶打电话的成功率并不高。到目前为止，我只给她打过一次，再说了，让我们面对现实吧，那情况可真叫一个糟糕。

"你说她已经买好票了？"我问艾琳。

"嗯。"

"好吧，那就没什么意义了，对吧？听起来，不管我们乐意不乐意，她肯定是要去地球另一边了。"

特里的企鹅日记

2012年12月6日

　　企鹅有很多种不同的行进方式。大多数人一想到企鹅，便会想到它们直立着、摇摇摆摆地前进的样子，这也确实是它们在陆地上行走的方式。它们坚硬的脚掌上长有天然的冰爪，这能帮助它们在白雪覆盖的岩石地形上移动。但同时，它们并不笨，它们也知道如何利用光滑的冰层来省力——它们常常会趴下来快速滑行。像这样把自己当雪橇的企鹅总会让我会心一笑。下面这张便是我今天下午在企鹅栖息地拍下的照片。你能看到它怎样把鳍缩进身体两侧，双脚拖在后面，偶尔给身体来一个助推，剩下的就全交给物理定律了。

　　当然，企鹅一生中的大部分时间是在海上度过的。它们的身体是完美的流线型，能够在波浪间完美穿梭，它们的鳍则像是鱼鳍和翅膀的结合。在水下，它们可是真正的运动大师，时而猛扑，时而上冲，表演各种令人难以置信的杂技。它们可以在水下保持十五分钟不呼吸，然后像海豚一样，划出一道优美的弧线冲出水面。它们有时会在水面停留一会儿才再次下水，有时则会直接继续扎进海浪，随之上下翻腾。这画面相当精彩，会让你发自内心地觉得它们做这些完全是出自最纯粹的快乐。

13 薇若妮卡

去南极的路上
2012年12月

　　我曾经很享受旅途，但现在对此的感受却很复杂。我已故的前夫在我们刚刚陷入热恋时，带我去过几个很具异域风情的地方：旧金山、佛罗伦萨、巴黎、摩纳哥和毛里求斯。在当时这还挺愉快的，但是呢，唉，那些记忆被这段关系里后来发生的事情给玷污了。近年来我一直都懒得去折腾什么旅行。坐飞机对我来说不算什么问题，真正让我不舒服的是周围挤满这么多人。

　　机票现在都叫"电子客票"（E-ticket）了。我以前以为"E"是"以太"的意思（人家告诉我信息就是通过这种东西传播的），但艾琳告诉我不是这样的，它代表的是"电子"。现在很多东西都带上了这么个前缀，再不然就是有个"I"。这种带"I"的词满天飞，什么"I-phones""I-players""I-pads""I-tunes"，"I"个没完没了。每个人都痴迷于"我"，没人有时间去关注别人，关注任何别的事。

　　我的机票是通过电话向基尔马诺克的一个旅游办公室预订的，他们通过电子邮件和艾琳确认，又通过电子邮件把票发给了艾琳，她再把它们打印出来交给了我。我永远也搞不明白，大家为什么要把事情搞得如此复杂。

艾琳陪我搭出租车去格拉斯哥机场。在她的帮助下，我对此次远征做好的准备达到了人类所能企及的最高程度。我们把所有东西的重量体积都计算到最后一个小数点，好不容易才把我的所有东西都塞进了箱子，包括一管鸡眼膏。考虑到科学家们反复强调的"艰苦条件"，我还为自己准备了一些小小的生活乐趣：一罐新鲜的大吉岭茶叶、一些薄荷软糖、三个我最喜欢的手提包，还有几块依兰和石榴的植物精油皂。我花钱买了最高档的防寒服装：长袖美利奴羊毛衫和配套的毛裤、几条灯芯绒长裤和防水的裤子（我喜欢半身裙，但遗憾的是，那完全不适合南极的自然条件）、双面织的厚羊绒套头衫、厚厚的羊毛开衫，还有一件相当怪异的"山浩"①牌连帽羽绒服，深红色的，搭配我第二喜欢的手提包。鞋子方面，我们准备的是一种特殊的靴子，它的名字叫作"海豹皮靴"②。这些叫"海豹皮靴"的玩意儿实在是太难看了，但据说是极端条件下的理想选择。它们很适合冰天雪地和岩石地形（这是那个叫"互联网"的东西告诉艾琳的，然后艾琳又告诉了我）。当然了，这些东西还得搭配保暖袜。

我还带上了我的吊坠，这是我最后一刻冲动下的决定，鉴于我要去"吊坠岛"，这看起来还挺合适的。我现在就戴着那吊坠，它在我衣服的最里面，紧贴着我的皮肤，就和以前一样。这么说可能显得有点异想天开，但我觉得，它能让我从自己曾经拥有的年轻活力中汲取一些力量。

我和艾琳下了出租车。机场到处都是包装过度、价格过高的商品和穿着制服的人，他们还叫我"亲爱的"，这真是太让人恼火了。叫我什

---

① 美国顶级户外用品品牌。

② 真皮缝制的长筒皮靴，传统上以海豹皮制作。

么都行，但我可绝对不是什么"亲爱的"。

由于时间还早，艾琳坚持说要停下来，一起在一个嘈杂的咖啡厅喝杯咖啡。我好不容易选了唯一一张没有食物残渣的桌子坐下，就在这时，一个又高又邋遢的年轻人突然出现在我面前。

"你好啊，奶奶！"

这可真让人意外："真是见鬼了，你在这里做什么？"

他迅速地朝艾琳的方向瞟了一眼："有只小鸟告诉我你要去冻死人的南极啦！我就想来送送你。"

"为什么？"

"呃，前阵子你费了老大劲来看我，我想我……回报一下也挺好的。"

艾琳的脸涨得通红，她在努力让自己看起来不那么像一个告密者。

"我以为您会很高兴呢，麦克里迪太太。"她低声咕哝道。

要我说，我现在的感受很难称得上是"高兴"。这孩子到底是怎么回事？他是不是想讨好我，好向我借钱？他到底觉得这样夸张的姿态能给他带来什么好处？

"我真的很佩服你远行的勇气，奶奶，"他叽叽咕咕地说着，仿佛在读我的心思似的，"而且我觉得你应该有……呃，家人给你送行，毕竟你要去那么远的地方呢。"

我打量着他，我从他的眼睛里看出了一种真诚地取悦我的愿望，也许我对他的判断略有点草率了。

艾琳买来了咖啡，我们一边勉强喝着这难喝的玩意儿，一边继续进行这尴尬的聊天。但至少我能看出来帕特里克比我们上次见面的时候付出了更多的努力。他的衣服没有破洞，虽然品位很差，倒也还算干净。他的 T 恤上有几个潦草的字母，好像是什么"尖刺"之类的，但也有可能是其他的词。为什么会有人要穿着身上打了广告的衣服到处走？我也永远无法理解世界上为什么会流行腰低到了人类真正的腰身以下的牛仔裤。

帕特里克问我这个季节南极是不是很冷，又继续问了几个类似的无聊问题。他还试着说了几个关于企鹅的笑话，大部分都很糟糕。他和艾琳给我的感觉都是在由于紧张、焦虑而故作欢乐。

"你确定你会没事吗，麦克里迪太太？"艾琳紧皱着眉头啰唆道。

"当然了，"我相当严肃地对她说，"再说了，即使我有事，那又有什么关系呢？"

"噢，别这么说，麦克里迪太太！这当然有关系！"她的眼里噙满了泪水。她有时候多愁善感得到了荒谬的程度。

我们三个人好不容易喝完了难喝的咖啡，走到了等候区。那里的椅子实在靠得太近了，可它们都是被钉子钉死在地板上的，你拿它们也没什么办法。我坐下来，和自己的手提李箱挤在一起，这显然并没有什么威慑力。不到两分钟，一个五口之家带着他们哭闹的熊孩子凑了过来，在离我过近的地方坐下，侵犯了我的个人空间。

艾琳告诉我："我把您所有的尿不湿和要吃的药都放在蓝色旅行袋里了，和内衣、内裤放在一起。"她的声音实在是太大了。

"好了，好了，我知道。"我实在不想在这种时候谈论尿不湿和药片。五口之家的那几个孩子黏糊糊的小脸上堆满了喜悦。

帕特里克看了看手表："抱歉，二位，我现在得去赶回家的大巴了，要不然我得再等上一个半小时。"他不太确定地看了我一眼，又说，"那就再见了，奶奶。"

"再见，帕特里克。"

他朝我稍微靠近了一点，像是要来拥抱我。我很高兴的是，还好他没有。

"多保重。嗯……再见！"说完他便走了。

艾琳还在，她一直待到了登机时间。她一直一遍又一遍地看我的行程表，提醒我各种事情，好像我是个白痴似的。她安排了好些个小伙子负责在上下机的时候帮助我，给我提行李什么的。她坚持要这样。

"麦克里迪太太，如果可能的话，安全到达之后可不可以通知我一下？"

我点点头，我并不想让她担心。"可能的话我会给你寄张明信片的。"

"或者您可以叫那位迪特里希先生给我发邮件？"

"那也行吧。"

"噢，麦克里迪太太，要是我能和您一起去就好了！我还问过道格呢，可他却笑话我，他说我从来没有坐过飞机，所以我可能会晕机。"

"我没想让你一起来，也不需要你一起来，艾琳。"我耐心地安慰她。

"请一定要照顾好自己呀，麦克里迪太太！"她抽噎着说。

她什么事都要大惊小怪的。我始终坚定地直视前方。

由于我孙子今天的样子出乎我的意料，我做出了一个决定。我缓慢而清晰地向艾琳口述了关于某个木盒子的非常具体的说明。她的脸上出现了多管闲事的表情，但并没有提出一大堆问题来轰炸我。

"我在大客厅的桌子上留了一个牛皮纸信封和一个盖子上有郁金香图案的罐子，里面是给你的一点小心意。"我对她说。由于她将有三个星期没有工作，我给她准备了三周的工资，还有一大罐她最喜欢的巧克力棉花糖饼干，是家庭分享装。"好了，艾琳，你肯定还别的事情要做。走吧。"

"祝您旅途愉快，麦克里迪太太！"她一边喃喃说着，一边用软纸巾擦着眼睛。

"再见，艾琳！"我看着她消失在人群中，然后转过身，准备好登机牌，走到候机室。

我很庆幸我穿了这件深红色的山浩牌外套。甲板上特别寒冷，风如一排排的针一般刺痛我的脸。

航班上真是人挤人，幸运的是都还准时。那些被安排来照顾我的各位工作人员都十分高效地完成了他们的任务（这样才是对的，毕竟我们付了一大笔钱给他们）。但他们都很喜欢奉承，尤其是最后一个。昨天，我终于结束了飞行，登上了船，这真是让人松了一口气。我更喜欢开阔的大海。

我已经见到一只座头鲸喷出一股水柱，海豹在岩石上挣扎，还有几只湿漉漉的企鹅聚在某些小岛礁的岸边。

今天我出来得很早，我那个十分小巧但应有尽有的客舱里没什么有意思的，所以我决定冒着严寒走出来。大理石灰的天空上有缓慢移动的图案，巨大的冰山像优雅的海怪一样在海面上漂浮着，海鸥在头顶盘旋，海浪拍打着船舷。水面被冰晶碎片分割成好多块。我凝望着船外的这片白色世界，这世界变得越来越白。

我看得太入神了，所以那人从我身后开口说话时我吓了一大跳——"真酷啊，是吧？"

那是个胖男人，年龄大概只有我的一半，他手里有一大堆的摄影器材。我点点头表示同意，其实并不太确定他是说天气很"冷"，还是风景很"酷"①。

那人慢慢走过来，摆弄着相机镜头。我本能地想离开，但我是比他先来的。他似乎想和我交谈，并以为我也想和他交谈。

我们靠近一座拱门形状的冰山时，他叫了起来："哎，看那个！"我可不需要别人来告诉我该看什么。再说这个人自己也没有好好看，他正忙着用相机对准它。

"耶！这太美了！"咔嚓，咔嚓，咔嚓。

"你一张照片也不拍？"他似乎很难以置信。

"不拍，"我回答，"我宁愿用自己的眼睛好好看，也不要被一块笨

---

① 英文中的"cool"既可以指温度低，也可以指某件事、某个人、某样东西很"酷"，很不错。

重的机器挡住视线。"

"哎哟，这话真伤人！"可他马上又说，"但你知道吗？为未来积攒美好的回忆，这感觉真好。"

"我可没兴趣为未来积攒什么回忆，"我表示，"拥有现在就够了。"

尽管他的闲扯让人厌烦，但这令人惊叹的荒凉的冰雪奇景还是让我感到轻松愉快。

明天我就能到达目的地了，一种孩童般的激动情绪在我心中涌起。我已经好久没有过这样的冒险了。

14 薇若妮卡

南极半岛，南设得兰群岛，吊坠岛

吊坠岛似乎是个多山的地方。海岸线有些地方参差不齐，有些地方又很平滑。船缓缓停了下来，边上是一片狭窄的黑色火山岩海滩，上面覆盖着一道一道的白雪。冰冻的小池塘和溪流反射着苍白的光。我还没看到任何企鹅。

我是唯一一个在这里下船的，船上的公共区域现在也看不到任何其他人。昨晚刚开过一场大派对，场面十分可怕——嘈杂的音乐，酗酒的人群喧闹不休。这帮人一定是闹累了，这会儿还在休息。幸运的是，我的房间远离了这一切喧嚣和放荡，所以我昨晚还是睡得很香，早晨起来觉得既清醒又有活力。

在船上服务我的那个男人是个黑人，他眼神锐利，不怎么会说英语。我让他把我所有的行李放到送我上岸的小船上。他做了个手势，还咕哝了几句，但还是照做了。他伸出一只手，稳稳地扶住我上了小船，还好。

浪花拍打着海岸。小船向它接近时，我看到海滩上有两个人影。我那位帮手扶我下了船，又开始卸行李。尽管脚下崎岖不平，但再次踏上土地真是一种解脱。穿了海豹皮靴，又拄着新的极地手杖，我算是能很好地适应这里的地形，不用怕缠绕在岩石上的那些光滑的彩色海藻。

那两个人走过来迎接我们。他们都穿着厚厚的派克大衣。那个男人上前一步，他大概四十岁，身材矮胖，一头浓密的棕色头发，胡须像把刷子一样，和我握手时也很坚定有力。

"那么……欢迎欢迎！我是迪特里希。你做到了，麦克里迪太太。"他的声音里有温暖，有担心。他的口音很重。

"当然了，我说过我会的。你是德国人？"我说。

"奥地利人。"他生气地回答。

"我是特里。"另一个女孩握住我的手，神采奕奕地说。我知道他们队里有一个叫特里的人（艾琳告诉我就是特里写的博客），但我以为那是个男人。这个特里看起来二十几岁，肤色很白，金发齐肩，戴着眼镜，笑容有些羞怯。"我们看到你的护工发来的邮件，说你的船应该会今天到。我们……嗯，我们很高兴你到了。我们还怕你来不了呢。"

"怎么会呢？"要是艾琳发了这样的邮件，我会认为我要来这件事情已经很清楚了。

"呃，恕我直言，但我觉得您可能还没有完全了解这里的条件有多艰苦。我相信您很健康，适应力很强，可就连我们这些习惯了艰苦条件的人，有时也会觉得这里的生活不容易。"

又来了！"艰苦条件……我自己会判断的。"我说。

那俩人互相看了一眼，很明显是在偷偷交换意见。

迪特里希看了看手表说："麦克里迪太太，这艘船三小时以后又要出发了，您要不要花点时间看看这里？相信您看过之后会明白我们的意思。如果您改变主意，没有人会因此看不起您的。在参观过这里的一切后，我建议您回到船上，好好享受那相对奢华的环境，然后去一个更加适合度假的目的地。"

我说："我费了这么大力，千里迢迢地来到这里，就是为了要和企鹅们共度时光。我就是要做这件事情。"

吊坠岛的科研基地离海岸不远。有那个暴躁的外国男人在，特里和迪特里希还拉着雪橇，我们很快就把我的行李运到了那里。

特里伸出胳膊，指了指前方一间搭在石头和冰面上的、由煤渣块砌成的小屋。它实在不怎么美观。"到家啦！"她说。

小屋后面一块雪白的平地上，几架简陋的金属风车在斑驳的天空下缓缓转动。在这里建造任何东西似乎都是一种亵渎，我非常不喜欢在这一片纯白的自然环境中看到这些丑陋的人造玩意儿。但我想这是必需品吧。

"我们有太阳能，但这些是补充能源。"迪特里希解释道，"太阳能和风能一起，就能满足我们所有电气设备的需要了。"

"企鹅在哪里？"我问。我原以为基地就会有成群结队的企鹅呢。

"没在这儿，但不远。看到那个高高的雪坡了吗？雪坡的另一边就是它们的巢穴了。您休息好之后我们就出去看看它们。"

特里推开小屋的门，带领我们进去。我们把大衣和我的箱子都放在了中间那个大房间。我的帮手跟迪特里希咕哝了些什么，便退出去消失了。

我拒绝了特里的咖啡，下船前不久我才好好享用过茶和牛角包，我专注于检查我的住处。

靠着一面墙有一个丙烷加热器，还有几把椅子和一张大桌子。房间里还有大量的杂物，和一般的家庭杂物不一样，很多东西都用钉子挂在墙上：平底锅、勺子、塑料标签、网、类似滑雪眼镜的东西和钩子之类的东西。我不知道它们都是什么，多半都和企鹅有关吧。一团乱糟糟的电线从天花板垂下来，十分吓人。架子上堆满了褪色的罐头盒和包装袋，还有各种各样自然界的小东西：地衣、骨头和碎蛋壳、羽毛和鱼骨。我很高兴地注意到，还有几本书。

"我们永远没办法带上所有我们想带的书，但这些年来我们也算是攒下了这些。"迪特里希解释道。

"可惜并没有太多时间读书。"特里叹了口气说，"您现在可以躺下休息一会儿，薇若妮卡。"

我很讨厌人们将年老和无能联系在一起。三天来我不是在飞机上就是在船上，没有机会做任何运动，再说我两个小时前才刚刚起床，可他们却想叫我再躺下。

我答应他们在一张硬质的椅子上坐了一刻钟，便马上站了起来，在房间里大步走着，很想证明自己能量充沛。

我注意到墙上贴了几张钢笔画，都画得不怎么样。

"是迪特里希画的。是不是很厉害！"

我实在无法回应特里的激动。那些画上都是拟人化的企鹅：企鹅合唱团在唱歌；一只孤独的企鹅坐在冰山上，头戴鸭舌帽，钓鱼竿在旁边晃荡；一群企鹅孩子在荡秋千。它们无一例外，都非常荒唐可笑。

迪特里希咳嗽了两声，以示抱歉。"只是个小爱好，我有空就给我的孩子们画画，用邮件发给家里，哄老婆孩子开心。特里非要让我把原稿挂在这里。"

特里笑着说："这些画让这里有家的感觉。"

"这地方是七年前专为科研而建造的，"迪特里希对我说，"这里是观察企鹅的最佳位置，是它们从海上回到巢穴的必经之路。我们叫它'鸦窝'。"

"鸦窝？"要我说，作为企鹅的筑巢地，这个名字可真奇怪。小鸡就是小鸡，企鹅就是企鹅，这俩可不一样。[1]

迪特里希十分有激情地向我介绍他们的项目："我们中心的规模很大，你很快就会看到。建造时规模的考量是全年能够容纳五位科学家，而在第一年我们就达到了这个规模。看，这里就有铺位，还有这里、这里。"

他开门的动作很快，我根本没法搞清楚哪个房间是我的卧室。

"但现在只有我们三个人了，"他继续说，"并且我们还是因为同意以极低的工资做事，才能够过来的。另外一个科学家叫迈克，他现在在企鹅那边，晚点会回来。"

"你们三个忙着找出企鹅数量下降的原因？"

"是的。我们决心再试一次。我们这里有一个小实验室，可以对拿回来的取样做一些测试，这主要是迈克的工作。还有一间电脑室，我们需要它来输入数据，然后发回英国的数字运算器。这里的网络时断时续，不过总比没有强。"

"但只有一台能用的电脑，"特里补充道，"原本还有一台，几周前坏了。电脑总是很抢手。"

迪特里希窃笑道："我们尽量不为此打架。"

我不喜欢任何人拿打架开玩笑。打架可不是闹着玩的。

我冲他皱了皱眉，问："能告诉我哪个房间是我的卧室吗？"

我注意到他俩脸上闪过一丝欺骗的神色。"我们最好先请薇若妮卡看看这里的设施。"特里说着，轻轻推着我来到一个世界上最小的房间，"我们非常奢侈地有一个马桶，但恐怕没有洗浴间。这里连热水都很有限。"

洗手池还是很大的。马桶就是一个桶上面套了个硬泡沫坐垫，它放

---

[1] 原文为"rookery"，原本就是鸟类筑巢地的统称，但由于单词"rook"在英文中有秃鼻乌鸦、白嘴鸦的意思，这里薇若妮卡便误解了。作者借此凸显她对自然与动物的知识其实十分有限，并且为人古板较真。

得很高，下面还多垫了一个垫子。

特里和迪特里希又偷偷交换了一个眼神。看来这马桶就是他们的王牌了。

"太棒了！"我宣布，还将我的手杖重重地敲了一下。我承认年龄给我带来了一些不利因素，但那肯定不是不可逾越的。要想劝退我，靠一个不舒服的洗手间可不够。"这盥洗室真不错。那请问我的卧室在哪里呢？"

"我很抱歉，麦克里迪太太，"迪特里希摆出一副愧疚的神色答道，"我们一直都很忙，还没来得及为您整理出来——"

"好吧，既然这样，我想我现在就可以了无牵挂地去看企鹅了。"

送我来这里的那艘船也给他们送来了食物供给，迪特里希需要监督他们卸货，这船的目的地是一个更受欢迎的旅游目的地，它每三周停靠一次吊坠岛，为科学家们送来食物供给，因此特里便成了我的向导。

"您穿得够暖和吗？"她问，"我希望您穿了厚的保暖内衣。冻伤是件很可怕的事情。"

我深深地看了她一眼，我不喜欢被当成白痴。我裹了三件保暖背心和长裤，再套上羊毛套衫还有艾琳给我买的羊毛衬里长裤。光那件山浩牌外套就花了我三百二十五英镑。我被这一堆保暖衣物绑得死死的，都快动弹不得了。

我们走到了户外，太阳已经从云层后面出来了，迎面投来一道白光。我穿着我的海豹皮靴小心翼翼地向前行进，一路将手杖戳进厚厚的雪地里。

特里还以为我速度慢是因为身体不行，上来扶住了我的胳膊，我把她甩开了。她自己背着大量的设备，却走得毫不费力，她是不知道拥有这样的体力是多么幸运。不过，我在她这个年纪的时候，也和她一样。

雪白得晃眼，尽管我戴着防眩光太阳镜，依然几乎没法直视它。我们艰难地爬上斜坡，它既不陡，也不长，但我选择慢慢来。我走两步便停下来看一会儿风景，在我的右侧是一排瓷青色的山峰，它们表现出一种轻微的两分性：有些地方光滑如玻璃，有些地方却又崎岖不平；融雪形成的小溪流闪闪发光地穿过岩石；较低处的山坡颜色亮丽，装饰它们的是石灰绿色、黄色、粉色和火红橙色的地衣。

到达坡顶时，特里朝着一个方向指了指。

"先来看看这边，"她说，"看到了你就会知道这里为什么叫'吊坠岛'了。"

远处是一片狭长的环形陆地，它环绕着一个半圆形的湖，另一边是大海。椭圆形搭配上自然的光圈，这个岛屿在地图上的形状一定就像一个小项链坠。

"现在请看这边吧。"

我照做了。在我们身下平坦的土地上，大片的深色阴影镶嵌在苍茫的白雪中，像是马赛克的图案，那全都是摇摇晃晃的小身体。我们朝那里走近时，一种类似兴奋的感受开始在我的胃部聚集。我的脚步突然就快了起来。

"那些粉红色的东西是什么？"我问特里。

"恐怕是企鹅的粪便。"

"噢！"这样看起来，它们就生活在自己的粪便形成的沼泽地里。真是恶心。

"嘿，你不会以为它们都是不食人间烟火的卡通形象，就像活在圣诞贺卡上那样吧？"

在某种程度上，我的想象正是如此，但我的失望很快又再次变成了兴奋。它们不是某本书里的漂亮插图，它们是真实生活着的生物，是壮观的三维实体，没有什么好羞耻的。它们就在这里，聪明勇敢，生活在一个又大又热闹的社区里。它们脏兮兮乱糟糟的，既吵闹又鲁莽，充满生命的活力。来到这里我感到非常荣幸，看到它们在野外的样子，置身于这群黑白相间、略带滑稽色彩的伟大生灵之中。尽管到处都是鸟粪，但眼前的这幅景象是真的很奇妙。它们沙哑的叫声充斥着我的耳朵，而我的眼睛却出了点问题：它们似乎开始强烈地刺痛，还开始潮湿。一定是因为太冷了。我眨眨眼，眨去眼里的潮气。

到处都是企鹅。它们有的在梳妆打扮，有的趴着睡觉，有的像是在和同伴们闲聊，还有的则只是呆呆地站在那里。不管是集体还是个体，它们看起来都怡然自得，似乎一点也不为我们的存在感到不安。

这些年来我的嗅觉大大地减弱了，但这里鱼类的腥臭气实在是很明显。那是一种黏糊糊的、带着泥土气息的臭味。

特里从肩上拉过一个小相机。"我随时都会拍几张，"她说，"你永远也不知道什么时候能拍到它们完美的姿势。"她在企鹅群的边缘蹲下，几只企鹅转过头来看着她。

"它们一点也不怕人，这对我们来说太方便了。"她解释道。

"太好了！"我说着，也走近一个小群体。它们有点像是一群小个子的年轻人在抽烟。我想研究一下它们的每一个表情，试着找出它们的性格、它们存在的理由。我渴望接近它们，而它们中的一只似乎也对我同样着迷。它微微低下头，在我看来这是一种表达问候的方式。

我们彼此研究了对方一会儿，企鹅又接着和同伴交流去了。特里拿着她的相机咔嚓咔嚓地拍，我则在企鹅群的外围漫步，每一只企鹅都让我很开心。我已经完全忘记了寒冷。这时候，特里突然把相机对准了我。

"不要！"我尖叫起来，抬起手臂挡住脸，却还是晚了一秒钟。

"噢，对不起，"她马上道歉，"只是刚才那一瞬间太美好了。你的脸，你的表情。你看起来完全入了迷，兴致很高，像是换了个人。"

这不等于是说我平时的样子兴致不高吗？但特里身上有种特殊的气质，让人很难对她生气。

"别担心，"她向我保证，"我不会发到我博客上，也不会拿去做任何其他用途的。"

"噢，对，我记得艾琳和我说过一个什么博客之类的东西。"

"粉丝不是很多，但在慢慢往上涨，这多亏了罗伯特·萨德尔博的节目。我在那上面发照片，告诉全世界我们在做些什么。"她摆弄了一会儿相机，然后拿给我看我刚才的那张照片。

我看起来就像是个雪地里的老妇人。

"太棒了，对吧？"

我完全不觉得。

"哇，要是我能把这张照片放在博客上，那可就太棒了！"特里说着，又看了一遍，"这太不寻常了，有你在照片上会吸引很多人的注意。"

然后她快速看了一眼手表。

"噢，天哪，我们得走了，船四十分钟后就要开了！我要是不及时带你回去，其他人会发疯的。"

15 薇若妮卡

吊坠岛

回去的时候我们走得特别慢。我的手杖似乎有点问题，它在石头缝里卡了至少三次，即使有特里帮忙，也很难抽出来，途中我还需要在石头上坐下休息十分钟，"需要"这个词可能有点夸张了。事实上，我正陶醉在纯净、无污染的空气中，感觉自己精力特别充沛。由于我穿得足够厚，那块石头坐起来也并不像想象的那么不舒服。特里疯狂地做手势，对我说话，但我的助听器有点不太好使，我只得让她一遍一遍地重复。

我承认，最终回到基地的时候我有点幸灾乐祸。我和特里爬上坡顶的时候，眼睁睁地看着船开走了。这让特里很焦躁，但她也无能为力。

我们脱外套时，迪特里希说："所以你现在只能留下来了，麦克里迪太太，下一艘船要整整三个星期以后才会来。"他看起来一点也不高兴。

"好啦，我们也不是没有地方。"特里耸耸肩，"我和你说，薇若妮卡可以住我的卧室，那个房间是最暖和的。我可以去住小房间。"

我之前的怀疑得到了证实，他们一开始就没打算让我留下来。不过，既然这女孩都打算牺牲自己的卧室来换取我的舒适，我也就不多说什么了。

"您先坐下来喝杯茶，让我把我的东西收拾出来，"她说，"二十分钟就够了。之后您就可以搬进去拆行李了。"

"我不得不说，我很惊讶你们没有准备好。我很早就通知你们我要来了。"我有些冷淡地指出了这一点。

迪特里希站起来，说："我去泡茶。"他开始烧水，又说，"那么，麦克里迪太太，您喜欢阿德利企鹅喽？"他很有礼貌，噢，真是有礼貌。

"是的。"

我小心地关上了这里所有开着的门，然后坐进了唯一一把有坐垫的椅子。它看起来算是最舒服的了。那坐垫已经破了，露出陈腐的橙色，但总归还是比没有强。

这时前门开了，一个年轻男子走了进来。他穿着最普通的那种派克大衣，身材瘦削结实，下巴很长，双眼炯炯有神。那双眼睛马上盯着我看，转而又给了迪特里希一个指责的眼神，又再转回我身上。

"你好。"他听起来并不怎么欢迎我。

"请容许我介绍迈克。迈克，这位是薇若妮卡·麦克里迪，"迪特里希说，"她要留下来。"他最后这句话的语气十分谨慎。

迈克脱掉外衣，小心地挂起来，再慢慢脱下海豹皮靴（看到他也有这个，我很感兴趣），换了一双橡胶底的帆布鞋，然后才穿过房间，过来和我握手。

"抱歉，我就不站起来了。"我说，"我刚刚第一次去看了企鹅。"

"麦克里迪太太没能赶上回船的时间。"迪特里希对迈克说。我实在是不喜欢他的口音，也不喜欢他的态度。

我尖锐地提醒："我原本也没打算回船的。"他给我递过来一杯茶。那马克杯上有缺口，茶的味道简直像焦油。

"既然你泡了茶，我也来一杯吧，迪特里希。"迈克说。

他从架子上拿了包饼干，递给我一块，甚至都没拿个盘子放一放。那是消化饼干，实在是没有什么味道。我欣然接受了。

我们吃着饼干喝着茶，静静地坐了几分钟。

"今天有什么特别的事吗？"迪特里希问迈克。

迈克摇摇头："没什么。我又看到煤球了，它还是充满希望地坐在它的巢里。"

"麦克里迪太太，煤球是我们这儿的一个小怪胎。"迪特里希对我说。"一只几乎全身漆黑的企鹅。"

在我就这个问题深入下去之前，特里从她的卧室走了出来，胳膊上挂满了鼓鼓囊囊的聚乙烯袋子和床上用品，气氛立即变得明媚起来，她似乎就是能给人带来这种影响。

"噢，嘿，迈克！看来你已经见过薇若妮卡了。"

他点点头："嗯。"这句"嗯"十分简短，还有一些不赞成的成分。

"这房间都是你的了，薇若妮卡，你随时可以进去。"她嗓音清脆地说。

"太好了。"我说。

我们吃了一顿脏兮兮又索然无味的饭，里面有那么几块无法辨认的肉，旁边配了即食的肉酱，还有几块脱水后重新煮的土豆和胡萝卜。晚上做饭的是迈克（还是马克来着？我忘了）。

特里卷起袖子："轮到我洗碗了。"

我主动去帮忙擦干，这是个考验她的机会。洗碗的过程当中，她告诉我项目的负责人是迪特里希，不过他努力要确保每一个决定都是民主的。他是一个毕生致力于研究鸟类的"企鹅学家"。据特里说，他在奥地利有一个漂亮的妻子和三个孩子，他其实比表面上看起来还要想念他们。迪特里希是个"真正的绅士"，他会"为任何人做任何事"。

不管特里怎么说，我都忍不住要提防迪特里希。和这里的其他人不一样，我可是经历过战争的，这样的事情让你意识到每个人心中都潜伏着一个怪物。一个一直面带微笑的人有可能其实是一个恶棍。我得和他保持一定的距离。

她还说，迈克是"一个特别好的人"。这一点他倒是隐藏得真够好的。他尖刻的举止是他长期养成的习惯，几乎已经成了种爱好。"我们都习惯啦。"特里苦笑着说。我发现，年轻男人总是不顾一切地要用各种各样的方式来证明自己。毫无疑问，尖酸刻薄就是迈克试图展示他的坚韧和阳刚之气的古怪方法。这真是十分可悲，但你又能怎么样呢？特里告诉我，他是生物化学方面的专家，只喜欢检测骨头和鸟粪的矿物质含量。他有个女朋友在伦敦，但大家对她都没什么了解。他把她藏得还挺深。

"那你呢？"我问特里，"你有亲密的人吗？"

她的微笑背后有一丝甜蜜，就连像我这样一个硬心肠的人都能看出来。

"我和很多人和很多企鹅都很亲密，"她边说边把一绺浅金色的头发拨到耳后，"但我算是单身。"

我仔细打量着她。在我看来，她要是能好好理个发，化点妆，就会很漂亮。她的皮肤非常苍白，但异常完美。她的五官精致，讨人喜欢。在那副不讨人喜欢的眼镜后面，她的眼睛仿佛一颗鹅卵石镶嵌在一片汪洋大海中。

"你为什么取了个男人的名字？"我问。

"嗯，我其实叫特丽莎，"她皱起眉头说，"但我不喜欢那个名字。"

"为什么呢？"我问。我认为这名字比"特里"要好得多，什么名字都比"特里"吸引人吧。"特丽莎是个很好的名字。"

她很坚决："我一直都叫特里。"

这几个科学家电脑室和实验室的门都没关，我认真地把它们都关上，然后去了自己的卧室。我的身体很累，需要躺一会儿。我在那张凹凸不平的床上躺下，特里已经给它铺了好几层羽绒被和毛毯，但还是很难受。但我不是个喜欢抱怨的人。

看到企鹅让人非常快乐，但不知为什么也让人震惊。这震惊来自它们明亮的眼睛，矮胖的身体，非常特别的鳍和脚；它们那令人厌恶又令人满足的气味，那嘈杂的吼叫、尖叫、呼号；还有它们沿着企鹅高速公路排成一排行走的样子，它们在雪地上滑行的样子，它们摇摆着屁股抖着羽毛、自我清洁的样子，还有它们十分古怪的群居生活方式。

很难相信我真的来到了这里，我终于做了一些有趣又重要的事情。我想着所有的企鹅，它们比我想象中的要真实一百倍。此时此刻，尽管其他人给我带来诸多不便，但我比以往任何时候都更加确信，我想把我的钱遗赠给这里。

接下来的三个星期，将是最有趣的三个星期。我感受到一种强烈的自我认同。我花了这么大的力气来了，这的的确确是值得称赞的。令人愉悦的企鹅形象一直在我脑海中盘旋。

……我听到低声说话的声音。我不知道自己睡了多久，我花了一点时间才意识到自己身在何处，然后现实渗透进来，在我的脸上绽放出一个微笑。我在南极洲，我的目标是开展一段最伟大的冒险，尽情享受它。我的使命是帮助阿德利企鹅。我能感觉到胸前的吊坠触碰着我的皮肤，那温暖的金属质感。一切都很美好。

这间小屋的墙壁很薄。我听到了"薇若妮卡"，语气里还带着酸酸的味道。我确定那是迈克的声音。我坐起来，拿来助听器戴上，把音量调到最大。

现在说话的是特里："但她确实是呀！"我听到她说了这么一句，像是在反驳别人说的话。"我之前和她一起出去，你真该看看她那时候的脸。她一看到它们就被迷住了。她不仅仅是一时兴起而已。"

"我不在乎。三周实在是太长了，"又是迈克的声音，"我们没有任何义务让她留在这里。在所有的邮件往来里我们都说得非常清楚，她不应该来，但她未经任何人允许就强行来了。这很无礼，把自己的意愿强加于人，太缺乏尊重和常识了。"

一阵短暂的沉默。

"她说她会付食宿费用的，会付十倍的价钱。"迪特里希指出了这一点。

"等看到钱了再说吧！"

"但如果她真的要为这个项目捐一大笔钱，"特里喃喃地说，"几百万英镑，我们能错过这样的机会吗？"

"即使那是真的，我想在她死之前我们也见不到几个钱吧。"在尖酸刻薄这方面，迈克还真是总能超越自己的极限。他想了一会儿，又说："话又说回来，她还能活多久呢？"他的声音十分尖锐，说完还笑了，但其他人并没有笑。"我承认，她看起来还挺结实的，"他又继续道，"说不定还能再活个十年吧。我必须说，我可不准备就这么小心翼翼地拍她马屁，等着那一天到来，就为了她那点还不一定能到我们手上的钱。等到她的遗嘱兑现的时候，我们这个企鹅的项目恐怕早就不存在了。"

听到这里，我发现我的眼睛刺痛得厉害，这已经是今天的第二次了。我的眼睛通常都挺好使的，我希望现在这种情况不是某种视力疾病的前兆。我找了一块手帕，轻轻拍了拍眼睛之后，便又把耳朵贴到了门上。

"再说了，有她在这里，我们要怎么完成工作呢？"迈克又大惊小怪地说，"她会把我们逼疯的。我们是朋友，还是共同进行研究项目的科学家，可就连我们，在这种环境下都好不容易才做到和睦相处！"

其他人发出一阵意味深长的笑，看来在这一点上他们非常有共识。

"你现在还好好地坐在那儿，"迪特里希说，"我们现在还没有谁都不理谁，这已经是个奇迹了。"

"但也许，一点新鲜血液正是我们所需要的呢。"特里坚持道。

"没错，听起来是很棒，但事实是，她是个老太婆，"又是迈克，"老太婆就不应该来这里。她们应该被暖气片环绕，坐在一个铺好地毯的房间里看电视。要我说，我们应该马上把她送走。"这时我意识到，不管口音如何，迪特里希都不是我的敌人，迈克才是。

特里清了清嗓咙："这话说得倒是轻松，迈克。"

他们降低了音量，我没能听到后面的小声咕哝，这真是令人沮丧。但随后迈克的声音又提高了："我们完全有权拒绝她。我很抱歉，但我们必须设法把她赶走。她住在这里，我们就对她负有责任，我可不喜欢这个。"

"我也很担心，"迪特里希坦白道，"如果她病了，我们肯定没有办法给她必要的照顾和护理。"

"哎呀，再给她一点时间，好吗？"特里恳求道，"我们还不能把她送走，她才刚到，而且——"

"——而且我们已经开始讨厌她了。"迈克说。

16　帕特里克

博尔顿

博尔顿就业中心——并不怎么欢乐的一段经历。事实上，这是我最不喜欢的地方之一，现在我正走在从那地方回家的路上。我必须在找工作这件事上表现出一定程度的象征性的努力，否则我的社会福利就拿不到了。我想我可以做很多事情，但是没有白纸黑字的技能证书，我便没有任何希望。在一个纯粹理想化的世界里，我应该能找到一个和我周一在自行车店的工作刚好能配合的工作，但这样的好事有可能会落到我头上吗？让我们面对现实吧：一百个不可能。

今天我唯一一个有可能申请的工作是在超市停车场负责管理手推车。根据职位描述，你需要良好的沟通技巧、空间意识和用双脚思考的能力。什么鬼？你需要这么多能力才能把手推车推到规定的地方？你还需要在网上填一个表格，上面有三十五个问题，你提交表格的时候还得附上一封求职信和简历。在完成所有这些的时候，他们无疑还会要求你爬上珠穆朗玛的顶峰，同时鼻头还得顶着一个凤凰蛋。

柜台后面那个刻板僵硬的女人问我："你愿意申请吗？"她的声音就像机器人，全然一副"我不在乎"的模样。

"我会考虑的。"我说。

嗯，我已经考虑过了，我真的不想再考虑了。我沿着"汽车喇叭响个不停的大道"走回家，觉得自己没用极了，心情极度沮丧，和动画片里那头驴子屹耳一模一样。话说回来，我对这个想法并不开心，因为我原以为我还不错，可事实证明我还是个懦夫。

我正要上楼进公寓的时候，视线落在大厅里的一个包裹上，那上面贴满了邮票——寄这个包裹一定花了好多钱，什么玩意儿……

我一度以为这一定是给楼下邻居的，不是我的。我还特意又检查了一遍。不，不是给那对吵吵闹闹的夫妇的，那上面写着我的名字，我的地址。

难道是丽奈特？这个想法让我喘不过气来。说实话，我已经百分之百放下她了。但除了她，还能有谁会给我寄东西呢？一定是她，不是吗？她带走了我的一些东西，比如充电器和耳机。也许她的良心终于苏醒了，决定要物归原主？

不过那包裹不是丽奈特寄来的。我看得出来，那不是她的字迹。会不会是她让那个搬砖的替她写的地址呢？她最擅长指使别人帮她做事情了。也许那个搬砖男现在当上了她的秘书吧。不过这可能性也不大，我甚至怀疑他会不会写字。反正呢，这看起来像是女人的笔迹，圆润，矮而宽，用的是蓝色圆珠笔。

我把包裹搬上楼，打开了。层层牛皮纸和绳子的包裹下，是一个破旧的盒子，它还挺重的，有一种古老的木质气息。那上面还有把挂锁，你得知道密码才能打开的那种。是不是很奇怪？

这时我又看到一张折叠起来的纸，我将它展开。

亲爱的帕特里克：

希望你一切都好。

麦克里迪太太（你的祖母）出发之前让我把这个寄给你。我知道它上了锁，但她说还是要寄。她说请你好好保管，但不能打开——她不许你打开它——除非你拿到密码。她还说你现在不会拿到密码。

天气真恶劣，是吧？

艾琳

我开始怀疑奶奶自己是否需要被关起来。这一切都变得越来越不真实了。

盒子里到底有什么呢？曾经属于我父亲的东西？从 16 世纪流传下来的传家宝？维多利亚时代的餐巾环？一个古董松鼠毛绒玩具？

我真希望自己在那两次见面期间能多了解一点奶奶的情况。可我那时却一直深陷在自己的问题里不能自拔，我现在真是很自责。

我试着在那密码锁上扭出几个数字组合，但都不对。其实真要想打开，我也可以拿出工具箱，锯开它就好。我不该这么做，但人总有好奇心……

不，我要听奶奶的话。如果她决心要保持神秘，那我就照做好了。也许当她从南极回来的时候，一切便都会揭晓了。不知道她现在过得怎么样呢？

我把箱子推到了床下。

17　薇若妮卡

吊坠岛

"请随便吃吧，薇若妮卡。"

这是我在这里的第一顿早餐，桌上堆满了各种各样热气腾腾的食物：培根、鸡蛋、茄汁焗豆、炸薯饼和吐司，但每一样东西都是干巴巴刚解冻过的——这一桌的重点在于食物的数量而不是质量。几个科学家正在大吃特吃，仿佛这是来自天堂的甘露。想必如此豪吃一顿，是帮助大家度过这一天的必要步骤吧。我从壶里倒了一杯茶，喝了一口，那味道真让人恶心。我的行李里还有一些香喷喷的大吉岭，我得把它找出来。

空气中飘满对我的怨恨。我往自己的盘子里放了一片吐司、一些貌似是鸡蛋的黄色糊状物和一片看起来像皮革的培根片，便直奔主题："我还没有支付我的食宿费用，我想早餐后马上解决这个问题。我打算支付一笔比我在邮件里建议的更高的费用。"

我看到他们的脸上写满了怀疑。

"支付比您邮件里提出的还要高的食宿费用？"迪特里希重复了一遍。

"是的。"

几个人呆呆地看着我，马克（还是迈克来着？）窃笑起来："为什么呢？这里可不是什么五星级酒店。"

"我知道。但我想马上提供一些实质性的东西，以帮助你们完成这个项目，帮助企鹅们。"

迪特里希皱起了眉头："麦克里迪太太，我不确定我们能允许这个。事实上——"

我打断他："就这么定了。"

特里把目光从我身上移开，看向迪特里希，又看向我，说："您真是太慷慨了，薇若妮卡。"

我迎上"马克"的目光，他看起来很不高兴，似乎认为我在行贿。毫无疑问，我的确就是。我能看出他又在鼓足勇气要说点什么来赶我走了，他似乎认为他是做决定的人，尽管负责人实际上是迪特里希。

我对食物很挑剔，今天的早餐我就很难以下咽。昨晚我睡得也很少，因为一直在想事情。我把不好吃的培根和鸡蛋清理到盘子的边缘，好让浪费的食物看起来没有那么多。我可不愿意自己看起来像个不领情的人。

"特里，我一直在想你说的那玩意儿。"

她瞪大了眼睛："我说的那玩意儿？"

"我可不是傻瓜，小姑娘。我知道你和迪特里希还有马克，都想让我赶紧离开，还你们清净。"

"我不叫马克，叫迈克。"那个无礼的人尖锐地插嘴道。我选择无视他。

"但如果我在这里住三周，这对我们双方都有利。我可以和企鹅待在一起，这是我在这个世界上最后的愿望。至于你们，你们将得到足够的钱来支付我的食宿费用，并在适当的时候得到我的全部遗产，以确保你们的项目能够继续下去。另外，特里，如果你想的话，我可以让你把我的那张照片放在你的那个博什么客之类的东西里。"

特里的脸色立刻灿烂起来："噢，那个玩意儿啊！"

"我不是个很好的社交媒体噱头的代言人，"我继续道，"但我已经做好了心理准备，让你把我的照片放上去，还可以接受你的采访，或是做任何你可能要求我做的事情，只要对宣传有好处。因为你似乎觉得这会很有帮助。这都是为了企鹅的未来。"我极少对任何事情如此宽宏大量。

"噢，太感谢您了，薇若妮卡！"特里叫了起来，"那真是太好了！我们现在缺的就是人类对企鹅的兴趣这个角度，您正好能帮助弥补这一切。这真的很有帮助！"

她转向迈克，给了他一个"我就说吧"的表情。他的脸色十分阴沉，"啪"的一声重重地放下刀叉，迅速起身离开了房间。

薇若妮卡·麦克里迪可不是一个会被心胸狭窄的人的阴谋随便打倒的人。我经历了一次愉快的胜利。

特里今天继续当我的向导，她飞快地套上防风防雨的衣物等着我。我的速度比较慢，因为我的腿比较僵硬——毕竟已经八十六岁了。我们准备好的时候，其他人早就走了。

"他们具体做些什么呢？"我问。

"我们每人负责一块区域。我们会检查巢穴并标记它们的位置，对企鹅进行计数和称重，还会观测哪些是去年就来过这里的。"

"你们怎么知道哪些是去年来过的呢？你们会像鸽子那样在它们脚上套个环吗？"

"不会，"她告诉我，"企鹅的脚太粗，肉太厚。以前有人尝试过这个办法，但指环摩擦皮肤会让它们感染。所以我们在它们的鳍上套一个金属臂环那样的东西，每个臂环上都有个编号，这样我们就可以认出以前见过的企鹅了。"

一走到室外，空气便灌进了我的肺里，这是最令人振奋的。阳光照在雪地上，银光闪动，像是在跳舞。我戴上了我的太阳镜，还有艾琳给我的紫丁香围巾。我还拿上了我第二喜欢的那个红色手提包，里面装上手帕和止痛药以防万一。当然，还有我的手杖。我敏捷迅速地爬上了那道斜坡。

特里似乎被我折服了。今天她的面颊微微泛着粉红，她还戴着一顶两侧耳朵处都有流苏垂下来的帽子。那一点也不好看。

"你还年轻，"我说，"你不觉得这里有点与世隔绝吗——在这南极洲的小岛上，只有两个奇怪的男人做伴？"

"实际上我更喜欢周围有很多空间，"她回答，"这很不寻常，但我就是这样。我第一次意识到这一点，是几年前我和一帮朋友去参加格拉斯顿伯里音乐节的时候。我喜欢泥泞，喜欢那里的音乐，我一点也不介意那些臭气熏天的移动厕所和在帐篷里度过的那些寒冷夜晚，尽管所有人都在抱怨。可是，我无法忍受的是人群。那让我感觉不知所措，感觉窒息。"

"真的吗？"也许我们的共同点比我想象的还要多。

"真的。别误会，我喜欢人，非常喜欢人。我只是无法面对一大群人。我很清楚他们的情绪，他们的计划、梦想和渴望，还有所有的算计。这就仿佛给我的系统输入了过量的信息。我非常能够了解其他人，但我觉得这太难以承受了。"

这激起了我的兴趣。"也就是说，大群的人会让你无法忍受，但我想，大群的企鹅又是另外一回事了吧？"

"没错！"她的声音顿时充满激情，"企鹅永远也不嫌多。它们的能量场和人类是不一样的，那更基础，更质朴。它们不会为什么事情而烦恼。它们没有烦恼。"

"我也不喜欢大群的人，"我坦承，"但和你不一样的是，我也不喜欢单个的人。"

"噢？"

"我吓到你了吗？"我问。

"没有，"她答道，"但你会这样想，我感到很难过。或许你只是遇到了错误的人吧，还是因为有什么人做了什么让你有这种感觉呢？"

我怒视着她，我可不想谈论我生命中的种种悲剧。我很清楚，对于像特里这样的人来说，我就是"金钱不能让你快乐"的鲜活证明。钱能买到舒适吗？当然。钱能买到健康和长寿吗？如果你幸运的话，可以。钱能买到快乐吗？这就很难了。

我们在山顶停了下来，我尽情享受眼前的风景。远处群山密布，雪顶巍峨。朝南的山坡上覆盖着一层斑驳的白雪，半月形的湖泊像是淡色的绿松石般闪耀。湖对侧的陆地清晰可见，形成一条细线，将它和海洋分隔开来。湖的前面，五颜六色的地衣给岩石披上了华丽的外衣。在清晨阳光的照耀下，每一簇小植物和纤维都很醒目。这里的雪是一块一块的，它塞满了每一个角落，每一条缝隙，堆在石头上，蜿蜒穿过沟壑。

"我好像看到雪地里有一些粉红和琥珀色，是因为我戴了太阳镜吗？"我问。

"不，不是因为您的太阳镜，这是一种由微小藻类发出的彩色光芒，是不是很美？"

我们走进企鹅群，叽叽喳喳的叫声穿过空气传到我们耳畔，阳光给成千上万只小生物描出了金色的轮廓。

"这样的景象会让人觉得活着真好，是不是？"到达它们的聚居地后，特里一边从肩上取下相机，一边还发表着感慨。

企鹅群散发着欢乐的气息。我能理解特里的意思。尽管企鹅很吵，气味很重，大量的粪便像沼泽，但我对企鹅的喜爱已经超越了人类。今天这些企鹅似乎在跳某种部落舞蹈，它们上下摆动着头，来回行进，还自言自语。它们加快了速度，有些企鹅已经趴了下去，在冰面上滑行。它们张开双鳍和喙迎向扑面而来的狂风。它们看起来特别开心。

特里朝它们飞奔过去，同样特别开心。"真是一个美好的早晨啊，就让我拍几张照作为开始吧。"她"咔咔咔"地拍了起来，还经常把镜头对准我。

她朝我喊："薇若妮卡，笑一笑！"但这其实大可不必，我已经在笑了。

特里发现远处有一只套了鳍环的企鹅，便把望远镜递给我。我目不转睛地看着这些小鸟。这只企鹅似乎并没有被鳍上套着的这个小累赘所困扰，尽管它看起来的确是很紧。

"这不妨碍它们游泳吗？"

"一点也不会。顺便告诉您，这也不会给它们带来任何伤害。"

"真是让人放心的消息。如果我发现你们以任何方式伤害了它们，我就得重新考虑在经济上支持你们这件事了。"

她点点头："这很对！"

我们在企鹅间的通道里漫步。特里在她的笔记本上记录回来的企鹅夫妇的数据，我则在欣赏美景。她一边潦草地记着，一边还向我指出其他的一些本地动物。对我来说，它们看起来都像海鸥，但据她所说，一只是信天翁，几只是贼鸥，还有一只是风暴海燕。特里又把望远镜递给我，我仔细观察着那只在天空中旋转的海燕，试图辨认出它的特点。

突然一声尖厉的大叫，我的腿上一阵刺痛。我吓得扔下望远镜，尖叫起来。我身边有一只企鹅，正愤怒地举着两边的侧鳍，喙也摆好了姿势，准备下一步的行动。我还没来得及做出任何反应，它已经在我的胫骨上又狠狠地啄了几下，随后又紧紧咬住我的腿，像个老虎钳似的挂在我膝盖下面。隔着防水裤和保暖裤我都能感觉到疼痛。

"走开走开走开，你这个小浑蛋！"特里大声喊着，用戴着手套的双手抱起它。它立刻松开了我的腿，却又咬住了我第二喜欢的红色手提包。我尖叫着，使出全身的力气摇晃着那个包。这凶猛的小动物就是不肯松口，它被甩得团团转，双脚在空中飞舞。一直到皮包被完全撕破，已经无法修补了，它才终于松开，像是喝醉了般蹒跚着走开了。

"唉，真是对不起！"特里气喘吁吁地说，"您没事吧？"

"我……我没事，没事。"我撒谎了，"再说了，应该说对不起的不是你，而是那只企鹅。"

"我知道即使穿了这么厚的衣服，被企鹅咬还是很痛的。"

她弯下腰，开始轻轻地揉我的腿。

"不要！"我冲着她狂吼。

"我以为这会缓解一点疼痛呢。等回到基地我们可以涂点药膏，但在这里我没法检查瘀青的程度，也不能让您把伤口暴露出来。情况有多糟呢？您想回去吗？"

"我没事。"

她皱着眉头："您看起来不太好。"

"我吃片止痛药就行。你能帮我把这个打开吗？"

我把我那被咬坏的手提包推到她面前。

"噢，真可惜，您的，呃……您这么漂亮的手提包！"

她脱下手套，打开我的包扣，取出药片。她让我从她的水壶里喝了一口水，吞下一片药。

我对这只企鹅非常生气。它现在已经跑了回去，和企鹅群融为一体。

"它为什么会这么做？"我问，"为什么？"

"它就是……暴脾气，您可以理解为'自然的激情'。通常两到三岁的企鹅有可能会这样。它们还太小，不能繁衍后代，除了调情、打架和试图证明自己以外，没有什么别的事情可做。它只是个傲慢的少年罢了。"

"我明白了。"我仍然感到很受伤，不管是身体还是内心。

特里试图安慰我，她说："我不知道它为什么选择了攻击你。其实攻击我也是很有可能的。"

"嗯，这很正常，"我对她说，"每个人见到我都会马上就不喜欢。"

她猛然回过头看着我，说："噢，别这么说，薇若妮卡！"

"为什么？这是实话。"

她太诚实了，不知该如何否认这一点。

18 薇若妮卡

吊坠岛

特里坚持要护送我回基地，还一路不停地道歉。我有尊严地保持了沉默。

她帮我脱下我的海豹皮靴，把我带到那把带靠垫的椅子上坐下。那已经成了我的专属座椅。

"我倒杯茶给您压压惊，然后帮您看看腿的伤情。"

"都听你的。"

我拿到了一杯热气腾腾的焦油味液体，他们将这称为"茶"。

"你没关厨房的门。"我告诉她。

"这有关系吗？"

"如果你能把它关上，我将不胜感激。"

她耸耸肩，走过去关上门又回来。我允许她把我的防水裤和保暖裤脱掉，露出伤口。那地方呈现出紫色，样子很难看，但并不太严重。她从急救箱里取出消毒药水轻轻拍了拍，再贴上创可贴。疼痛已经减轻了。

"好啦，我想您没有生命危险。"

"当然没有。"

"也许您需要休息一下？"

"或许是的。"

她想上来扶我去我的房间，我甩开了，我不需要帮助。她踌躇着，十分担心的样子。

"请回去做你重要的企鹅研究工作吧，特里。我在这里没事的，我需要一个人待着。"

"您确定您没事吗？"

"万分确定。"

她看起来很是犹豫不决："说实话，我确实有一些工作要做，我的进度有点落后了……"

"那就去吧。"

"我过几个小时就回来，请您在这里好好休息，别拘束，要用什么随便拿就行。"

我讨厌人们大惊小怪。

她走了真是一种解脱。我躺在凹凸不平的床上，内心依然沸腾不止。这次南极冒险就是一场灾难。科学家们不想让我待在这里，这已经很清楚了，可让我难过又失望的是，就连企鹅也不想让我待在这里。真是忘恩负义的鸟类！我曾经以为——不，我曾经确信——在这个天涯海角的地方，有我的某种宿命……但一切都不一样了。

我的愤怒慢慢消散，剩下的是一种泄气的感觉。我对企鹅的仁慈幻想破灭了。我需要坚韧。

我又爬起来，吃了一片止痛药。这真是个恰如其分的提醒，提醒了我之前曾经不得不吞下的其他苦果。有那么一秒，我的思绪被过去淹没，但我努力将思想集中在现有的问题上。

我不喜欢企鹅了。

改变主意是女人的特权。

我毫不怀疑，世界上还有许多其他高尚的事业值得我捐赠遗产。

"嘿，薇若妮卡，实在抱歉，我吵醒您了吗？"

我头脑空白了一会儿，才反应过来是特里的脑袋从门口探了进来。

"不，我只是躺在这里休息，因为没有舒适的椅子可以坐。"我缓缓坐起身。

她的行为举止依然写满焦急，这让她的前额和嘴唇都变了形。"您怎么样？腿现在感觉如何？"

"已经完全恢复了，谢谢你。"

"谢天谢地！这事也真是……我为那只粗鲁的企鹅道歉。"

"老天，别再道歉了！"

"需要我帮您拿什么东西吗？"

"不用。"

"好吧，这样的话，我就去电脑房待一会儿啦。我得把今天的数据输入系统里去。"说完她便消失了。

"特里！"我叫道。

"嗯？"

"门。"

"门？好的，对不起。"她关上了门，我又清净了。

没过几分钟，她又来敲门。"薇若妮卡，我们刚收到了一封给您的电子邮件，我想您可能会想马上阅读，所以给您打印出来了，给。"

她往我手里塞了一张纸，又退了回去。

我开始寻找我的老花镜，我翻遍了我那个被咬破了的红色手提包，和我那个没那么好、但至少也不是大路货的紫红配金色手提包，都没有找到，于是开始搜寻行李箱。我在箱子深处发现了一罐香喷喷的大吉岭茶叶，但还是没看到老花镜。

这茶至少也算是一种安慰吧。我走进厨房，烧上一壶水。幸运的是，一个橱柜的深处藏着一个"棕色贝蒂"的茶壶和滤茶器。我给自己煮了一壶茶。尽管这里缺少茶杯，我不得不使用一个缺了口的茶缸，但真真正正的茶的味道还是让人心情大振。喝下第一口，我便感觉到麦克里迪式的决心回到了我的血液中。

再次放下茶缸的时候，我发现我的老花镜就在一个架子上。一定是我早些时候看书时留在那里的。我在椅子上坐下，开始看艾琳的邮件。

尊敬的麦克里迪太太，

我收到了两封电子邮件，一封来自迪特里希先生，一封来自那个写博客的特里，他们说您已经顺利到达了，这让我放了心。希望您一切都好，也不至于太冷。我希望您的鸡眼没给您带来太多麻烦。能看到企鹅一定很棒吧，我对它们了解不多，但它们是我侄子最喜欢的鸟类。他有一个企鹅的毛绒玩具，是海军蓝和白色的，他特别喜欢它。

这里的天气不怎么样。我发现，您不在这里的时候我很难打发时间，但道格（他是我的丈夫，不知您还记不记得）说我应该多出门。我想他这么说可能是因为不想我总待在家里，因为我太唠叨了。

总之呢，如果能经常听到一些您的消息，知道您过得开心，那就太好了。说不定那些善良的科学家能再给我发一封邮件，如果您告诉他们写些什么的话。

那些饼干很好吃。

祝您一切顺利，
艾琳

好吧，我很快就会给艾琳很多事情做的。

我正喝着我的第二杯大吉岭，迈克和迪特里希走了进来。

"啊，麦克里迪太太，今天出门怎么样？"迪特里希礼貌地问。

"不算特别好，"我透过老花镜看着他，对他说，"我被攻击了。"

"被攻击了？"

"没错。一只企鹅决定把它的愤怒发泄在我的小腿和我第二爱的手提包上。这是一种非常不必要的挑衅行为。"

"噢，这可不太好。"

"不好。"

"特里有没有……"

"特里帮我处理好了，用了消毒药水和创可贴。"

迪特里希的胡子太多了，这让人很难辨认他的面部表情，但他那句"不太好"听起来还是挺真诚的。迈克可就不一样了，他摆出一副虚情假意的同情，却根本无法掩盖内心的嘲笑。

"薇若妮卡，企鹅可是野生动物，我们必须记住这一点。"

"当然。"我带着情绪回应了他。

"你看起来不太高兴嘛，"他说着，在一把塑料椅子上坐下，"如果你想回家，现在还不算太晚噢。"

"实际上，我正想问问你们来着。"

他看了看迪特里希，又转头看向我，嘲讽的表情越加明显，其中还夹杂了对我即将离开的喜悦，他说："三周之内都不会有船来，我们只能向危机管理小组发送无线电消息，看看他们能不能提供帮助。除非紧急情况，他们通常不愿意派直升机出来，但或许，如果你能为相关费用埋单……"

"钱不是问题。"我向他保证。

"这样的话，应该是有可能的，麦克里迪太太，"说话的是迪特里希，他将自己的语调调整到相对中立的状态，"我可以马上联系看看。"他从口袋里掏出一个黑色的小玩意儿，我猜是个什么无线电之类的吧。

他们急于摆脱我，迈克笑得如豺狼一般："吊坠岛也不是那么容易待的地方呢，是吧，薇若妮卡？"

我不喜欢他念我名字时声调抑扬顿挫的感觉。我懒得屈尊回应。

他忍不住还要进一步强调："我们都试着警告过你。但是，恕我直言，你就非得按你自己的意思来，是吧？"

尊重！他这个人真是完全不懂得尊重，就好比一只非洲食蚁兽不会懂得圣保罗写给以弗所人的信。这个令人无法忍受的人居然试图贬低我，嘲笑我的决定，谁给他的胆子！

"薇若妮卡，我认为你必须承认这里不是个旅游胜地。"

"我也不是游客！"我直接顶了回去。

"或许不完全是吧。但你也不是科学家，你没有接受过任何训练，只有经过全面训练的科学家才有能力长期待在吊坠岛上。"

他说这些话的时候，我能感觉到我自己的那个小吊坠，光滑的银色的小东西挂在我的胸前，就在我的保暖背心下面。我能感受到它里面的东西，在悄声对着我的心低语。

"反正，祝你回家的旅途愉快吧。"迈克以赤裸裸的虚伪结束了他的讲话。

这场粗鲁的谈话中，迪特里希一直保持沉默，这会儿他开始按无线电上的按钮，我立刻用一个手势阻止了他："谁说我要回家？"

迈克将手挥向空中："你不是说你想要回去吗？"

我冷冷地看着他："不，完全不是。我不想回去，你完全误解了，我只是在考虑我的选择。我可以向你保证我已经下定决心了。"——如果说之前我还在犹豫，现在我肯定是下定决心了——"不管你们喜欢不喜欢，我都要在这里待上三个星期。"

我会坚持帮助那些可怜的企鹅，不管它们喜欢不喜欢。

今天轮到暴脾气的迈克做晚餐了，他的努力并没见到任何成效。香肠的质地像是铜丝球，球芽甘蓝怎么弄都弄不成绿色，土豆泥是开袋即食的那种，至于肉汁，无论是颜色还是味道都像是一团泥。

我摆弄着自己盘子里的球芽甘蓝。餐桌上的气氛有些紧张。

特里没有参与之前的谈话，她似乎认为这是因为我不喜欢这些食物。

"很抱歉我们没有新鲜蔬菜，薇若妮卡。"

"别总为不是你犯的错道歉了。"

迈克似乎认为我在暗示晚餐难吃是他的错。

"考虑到我们长期以来的食品库存状况，一个不靠谱的炊具，再加上时间也不够用，我不认为我做得那么差。"

我冲他皱了皱眉。我最无法忍受的就是成天抱怨的人。

每个人似乎都在思考还能说些什么来填补眼前的沉默。

我评论道："你认为这很困难。你们这代人习惯于轻易地获取任何食物，来自世界各地的食物。但我还记得过去的日子，曾经一片面包都已经是难得，大部分人都得挖开后院种土豆，而任何类似香肠的东西都是奢侈品。要是放在那时候，这顿饭应该算是宴会级别的了。"

迪特里希朝迈克眨眨眼："看，迈克，夸你呢！"

"呵呵，行吧。"他说。

又是一阵沉默。我的助听器放大了饭桌上那些心怀不满的咀嚼声。

"我想明天我要自己出去看企鹅，"我宣布，"我不想妨碍你们的科学研究，再说我也记得去企鹅栖息地的路。"

迈克有些气急败坏："这可不是个好主意。"

"为什么呢？你们不需要成天把我裹在棉被里，我能照顾好自己。"我尖刻地回道。

"既然要留在这里，你就得遵守我们的规则。"他怒视着我，十分坚持。我也瞪着他。这个自命不凡的年轻人，要和我比对视，还是嫩了点。

特里转向我，尝试缓和气氛："您如果和我们一起去，我们会感觉更好的，薇若妮卡。眼下天气看起来似乎还不错，但这里的气候变化很快，情况有时会变得很糟。我们三个人都有应对紧急情况的经验，如果您愿意的话，我非常乐意陪着您，怎么样？"

　　她的建议让我很恼火，我最想要的就是独处。可现在的情况，似乎我又需要妥协。

　　"好吧。"我说。

　　"一路上我会告诉您更多关于企鹅的事。或许我们还能为博客拍到些照片。"

　　"博客博客，成天就知道那该死的博客。"迈克咕哝道。

　　特里假装朝他扔香肠。至少这让他露出了笑容。

特里的企鹅日记

2012年12月12日

看看这位女士吧，我想你会被震撼的。她才刚刚来到我们基地。她非常喜欢企鹅，所以从苏格兰一路跋涉来到了南极，而且她现在已经八十六岁了！这是怎样的一种投入！

她的名字叫薇若妮卡，在接下来的三个星期，她将和我们一起住在吊坠岛的研究中心。我们都很期待看她如何融入这里。

正如你在照片上看到的，她已经来到了野外，享受与5000只阿德利企鹅共处的美好时光。她将会慢慢了解它们所有的小把戏……还有我们的。

她已经学到了很多关于阿德利企鹅的知识。例如，她知道了它们最喜欢的食物是磷虾，那是一种长得像小虾的甲壳类动物；她还知道了现在正值南极的春季，这意味着这个鸟类族群将迎来巨大的变化，很多企鹅都已经守在自己的巢穴里，准备好开始新生活了。

薇若妮卡评论说，石头筑成的巢穴看起来不太舒服，也不太暖和。她说得有道理，但我们必须记住，企鹅身上有一层又一层的厚厚脂肪，还穿着由超级厉害的隔热羽绒做成的外套。寒冷对它们来说并不是太大的问题。

　　说到这里，你们大可不必担心薇若妮卡。她的身体很好，也为住在这里做好了充足的准备。她带来的适合这里极端天气的衣物，与她的决心很匹配。这两者她的确都需要。

19 帕特里克

博尔顿

今天我收到了南极企鹅那帮人的邮件，是个叫特里的人写的。他说他认为我会想知道薇若妮卡一切都好，还给我发了博客链接。早餐后我登录上去看了一眼，那上面有一张我奶奶的照片——不得不说，我当时惊得目瞪口呆。照片里的她居然在笑，是真的在笑！她看上去欣喜若狂，仿佛眼前看到的是一群天使。可那不是天使，而是企鹅。一大群企鹅围着她，像是一大群黑白分明的矮胖小子。她则穿着一件蓬松的深红色连帽外套，还背着她那闪亮的大手提袋，鲜艳的红色在雪地里分外耀眼。她还搭配了鲜红的唇膏。你绝对一眼就能注意到那个笑容。

很明显，薇若妮卡奶奶喜欢企鹅，相当喜欢。

我泡了杯咖啡，开始读那篇博客。文章里写"看看这位女士吧"，那个叫特里的男人看起来倒是挺受震撼的。他几乎让薇若妮卡奶奶看起来像是个奇迹。我想她一定表现得很好。

真有意思，我一直试图忘掉薇若妮卡奶奶的事，可她却总在我的生活里出现。她来到我家的那一天，我完全没有准备好如何应付失散已久的亲人这种事，我认为是丽奈特的错。那天，她和那个搬砖男在一起的事情占据了我的思绪，让我无力思考其他的问题（这就是时机啊，时机实在是太重要了）。而在机场见到奶奶的时候，我不再满脑子都是我，这让我有了一种奇怪的感觉：似乎第一次见面的时候我们错过了什么，似乎她的严肃刻板只是她为自己裹上的一层外壳，好不让人看到隐藏其下的东西，那些就连艾琳也看不到的东西。

我错过了很多薇若妮卡奶奶的生活，我还有机会弥补吗？现在已经太晚了吗？她是什么样的人呢？我是说，真实的她，脱下那层严肃刻板外壳后的她。到底是什么让她费这么大的劲跑到南极，去和企鹅待在一起？

我也越来越对我的爸爸乔·富勒感到好奇，他是她的儿子，他是我们之间缺失的那个连接点，我们中间的那一代，是将我们联系在一起的那个人，不管我喜不喜欢他。可惜的是，我们俩都没能真正有机会好好了解他。因为他对妈妈做的事情，我一直对他毫无好感。但也许他并不知道自己在做什么呢？也许他也有他的困难呢？你无法了解别人的生活，是吧？即使是你很熟悉的人，你也很难清楚地知道他们为什么要做某件事情。

而现在，突然之间，我希望我对他了解更多，任何关于他的信息都是好的。他早餐吃什么？喜欢看什么电视节目？是不是和我一样喜欢冷知识问答和机械类的节目呢？他是个登山爱好者，所以我想他一定是个喜欢冒险的人，也许这一点正是来自奶奶的遗传吧。

那个领养他的家庭，他们应该能提供一些细节吧？他的养父母都去世了，也没有兄弟姐妹，据我所知，只有一个表亲，在芝加哥。也许我可以和她联系看看，或许我能找到我爸的朋友什么的，如果他有朋友的话。

我晃到窗前，凝视着外面的排水管。

奶奶一定也很想知道她儿子的事情，对不对？毕竟她费了很大力气才找到我。但她不懂互联网，我可以帮助她。等她从南极回来，我们应该见面谈谈。我很想知道她所知道的一切，就从她把我爸爸交给别人收养的那一刻起。

她到底为什么要去南极，为什么要做那样的事？我真是一点也不明白。老天，我连皮毛都没有摸到，还一直停留在最最表面。等到薇若妮卡奶奶回家，事情就会不一样了。我要开始深入了解她。

我出门慢跑回来的时候，电话铃正好响了。我刚从楼梯跑上来，喘得像条狗，顺势接起电话。

一个声音传来："天气还是很糟糕，不是吗？"倒像是之前刚聊过天似的。

"呃，你哪位？"

"艾琳·汤普森，我们在机场见过。"

"你好，艾琳。我有什么可以帮你的？"

"嗯，你看，我刚刚收到他们的一封邮件，南极那些人。就是那个叫特里的。"

"噢，嗯，我也收到了。你看那个博客了吗？"

"嗯，嗯，我看了。麦克里迪太太看起来状态很好，对吧？我觉得她看起来很不错。"

"嗯，很……鲜艳。"我在房间里踱着步，一只手拉着T恤扇风，另一只手举着电话。

"但是，特里有没有告诉你另一件事？"她问。

"哪件事，艾琳？"

"另一件关于麦克里迪太太的事，她被企鹅咬了！"

"什么？"

"你奶奶，被咬了，被一只企鹅咬了。"

"好吧——"我不知道我是不是应该担心。我不得不承认，我对企鹅咬伤没什么概念。"我想这应该不致命的吧？"

"不，不，完全不致命！不过那个叫特里的科学家说，麦克里迪太太对此相当不舒服，还差点就决定要回家，但现在她没事了。我还收到了麦克里迪太太本人写的一封短信，信是通过特里发给我的。"

"这个叫特里的人好像在扮演奶奶的小跑腿伙计嘛，是不是？"

"嗯，我想是的，但我很欣慰有人照顾她，她可能有点……嗯，你知道的，她毕竟不年轻了。"

我笑了。艾琳真是个宝藏。

短暂的停顿过后，她突然问了个问题："你打开那个盒子了吗？"

她是希望我打开，还是我误会了？

"那个盒子？你寄给我的那个？你说奶奶不让我打开，所以——没有。"

"嗯，嗯，是的，我只是好奇。帕特里克，我真的很担心她。她习惯了身边除了我没有别人，而她也不怎么让我走进——当然，她让我进她的房子，她必须让我进她的房子，但她从来不让我走进她的内心，不让我看穿她的想法或感受。然后，昨天我在道格的《每日邮报》上读到这么篇文章……"

她故意卖关子地停了好一会儿。我想她应该是觉得，她对时事的敏感应该让我很惊叹，而我现在一定迫不及待地想要听她接下来要说的话了。

"说吧。"我说。

她的声音低下来，变成了一种秘密的耳语："是关于老人和孤独的，文章里说，不和人交流是一件特别糟糕的事情。等一会儿，报纸在这

121

儿——"又是一阵停顿，还有翻页的声音，"嗯，就是这里！'一项新的研究……什么什么的……证实，孤独会对人的健康造成严重的伤害……之类的……不与他人分享自己的想法或观点，将增加40%罹患阿尔茨海默病的风险。'40%呢！"

"阿尔茨海默病？"我很惊讶，"我两次和奶奶见面，她看起来都清醒得很呀。"

"嗯，没错，她确实是的！我不是要吓你，拜托，我完全不是那个意思。但有时候还是会……有一点点，记忆有一点点错乱。我不知道她是不是需要更多的家人和朋友来阻止病情恶化。所以我很高兴她现在有了你，帕特里克。还有那个善良的特里，还有企鹅。"

20　薇若妮卡

吊坠岛

"我觉得新鲜的空气对你有好处，麦克里迪太太，"迪特里希说（他是唯一一个不叫我薇若妮卡的人，显然他受过良好的教育），"你状态很好。"

"谢谢你，迪特里希。"

"迈克，你不觉得她看起来更年轻了吗？"

那个莫名其妙就让人很讨厌的迈克从喉咙里低沉地"哼"了一声，我便把这理解为赞同了。但这并不意味着什么。

迪特里希倒是让我很惊讶。特里对我的支持是很自然的事情，她非常渴望自己的博客做得更好。但迪特里希的支持却出乎我的意料，毕竟他既是外国人，又是男性。我相当确信他自己好好地思考过，最后决定姑且相信我。

至于迈克……嗯，我们尽量互相容忍。要是他是老板，我现在早已经被他们公司开除了——尽管我不知道他们会怎么来做这件事。也许他们会把我赶出门外，面对严寒吧。这也不是我这辈子第一次经历这种事。

迈克每次就是不关门，我知道他这么做就是为了激怒我。

我考虑得非常周全，很早就开始往身上套各种保暖衣物和海豹皮靴，所以当特里穿上派克大衣时，我已经在门口站好了。她拿起相机、笔记本和一把企鹅标签，头戴一顶难看至极的带流苏的羊毛帽子，金发从帽子下钻出来，软塌塌、脏兮兮的。

"你显然不怎么在意时尚和个人形象。"我评论道。

她猛然大笑起来："谢谢你，薇若妮卡！看来你对我的形象不满意喽？"

礼貌和教养不允许我直接表述事实："好吧，我完全理解身在南极让你在时尚层面不得不做一些妥协。我承认回到英国你很可能是个迷人的女性……但我多少有点怀疑。"

她咯咯笑了，承认说："你怀疑得没错，"随后又补充道，"可是当你拥有了 5000 只企鹅和一个鸟粪沼泽，谁还需要名牌手提包呢？"

我低头看了一眼我自己的名牌手提包，这一只是我第三喜欢的（因为我那只深红色的被弄坏了）。我本来要尖锐地回答，却突然意识到她这根本不是开玩笑，她提到手提包也完全是无心的。

我们一起出发了，雪在我们脚下嘎吱作响。

我身边的这个女孩，和当年的我相去甚远。她认为自己所拥有的一切是理所应当的，无忧无虑地面对未来的种种可能性。她完全没有想到，只要往错误的方向迈出一步，她的人生便会全盘皆毁。我希望她能为自己做得更多，但她已经做到了，不是吗？我第一次开始对特里好奇。她很安静，但她身上有着非常明确的使命感。

"你是学什么的，特里？"我的提问是出于真正对她感兴趣，"你是怎么来到这里的？"

"噢，没什么特别的，我一直是个自然爱好者。"比起这个问题，她更关注眼前的风景，以及看到海豹或珍稀鸟类的机会。

"详细说说。"

"好吧，我从小就对鸟类特别着迷。所有的野生动物我都爱，但最爱的还是鸟类。十几岁的时候，我就成天坐在岩石上、涉水过河，或是站在沼泽地中央用望远镜看鸟，我的朋友们都觉得我可烦了。"

至少她还有朋友。她和我不一样，大概一直都很招人喜欢吧。

"之后念大学，我学的是自然科学，"她继续说着，"然后读了野生动物保护的硕士。我在当地的一个自然保护区工作过一段时间，空闲时间为各种自然保护的慈善机构做过很多志愿者工作。我花了好几个夏天在外赫布里底群岛追踪海鸟。"

如今这个时代，如果你对某件事情感兴趣，只管去做就好了。这样的机会在我年轻的时候是不存在的，至少对女性来说不存在。我的心中油然升起嫉妒之感，酸溜溜的很不是滋味。人总是很难接受生活中的不公平。

"申请这份工作的时候，我从来没想到过自己能被选上，"她一边快步爬上斜坡，一边欢快地继续说着——现在她开始进入状态了，"但每一天我都特别感恩我被选上了！我喜欢待在这里，喜欢困难和挑战，以及所有有趣的小事。我喜欢这个团队。我们不完美，却有种奇特的亲密。当然，还有，在企鹅旁边工作简直是美梦成真。"

我们爬到了坡顶。她的脚步放慢了，大臂一挥，仿佛眼前的全景画卷尽在胸中。薰衣草色的薄雾低垂在山间，冰晶在岩石的暗处闪闪发光。企鹅群在我们下方，像是一幅黑白相间的多片拼图。

"这个地方，"她继续说道，"它直接进入你的心灵。它改变一切，改变你看待世界和你自己的方式。"她突然看向我，问，"你也发现了这一点，对不对，薇若妮卡？"

我不知道该如何回答，我想她可能说得没错。在那一次不幸的经历过后，我本人和我的手提包再也没有遭到企鹅的袭击。事实上，我初次看到企鹅的那种喜悦又回来了。我怀着极大的喜悦，期待着每天与这些小小的、摇摇摆摆的小生命相遇。

昨天，我第一次目睹了一件奇妙的事情：一只阿德利企鹅的幼崽从蛋里孵化出来。首先是企鹅蛋摇晃起来，里面响起微弱的敲击声，随后一个小喙尖出现，一整只黏糊糊的小动物随之钻出蛋壳，抬起笨重的脚爬了出来。企鹅幼崽是灰色的，毛茸茸的，看起来还有点茫然。当然，我不是唯一的见证人。企鹅妈妈摇晃着脑袋，从各个角度观察自己的宝宝。它们深情地相互轻吻，然后，小家伙伸长脖子环顾了一下自己妈妈身后的场景。当发现自己身处一个由闪亮的石头和白雪组成的宇宙中时，它激动万分。

我很高兴我没在讨人厌的迈克的逼迫下离开小岛，这绝对比给艾琳写购物清单或给帕金斯先生关于多年生植物的指示要好得多。另外让我自豪的一点是，老年人在身体方面的限制并没有成为太大的负担。在南极这项挑战上，我的表现令人钦佩。

特里埋头工作。她钻进企鹅群，一只一只地抓住企鹅，吊在一个称重袋里。有些企鹅挣扎得很厉害，但她非常擅长避开鸟喙和爪子。她在笔记本上记录下这些数字，还时不时地掏出相机快速地拍一张。我问她这些照片是否也是她研究的一部分。

"一部分是的，但还有一部分只是因为我自己喜欢，另一部分是为了博客。"她答道。

"你对你的博客很有激情，是吧？"我话里带刺地问。

她点点头，说："社交媒体是影响人们的思想、让人们关心某件事的最佳途径——实际上是唯一的途径。"

我想知道事情是不是真的如此，我对这些个社交媒体的阴谋诡计完全不懂。但我观察到，广义上的媒体确实掌握着巨大的权力。几年前，罗伯特·萨德尔博做了一个关于臭氧的节目后，所有人都突然注意到了几十年来一直摆在眼前的一个事实：人类正在毁灭地球，我们毁掉的不仅仅是野生动物的家园，也是我们自己的，还有一些人甚至开始行动起来了。

如果这种社交媒体噱头的玩意儿能唤起人们的关注，那它可能也确实不是件坏事吧。

我深情地看着企鹅，特里又拍了张我的照片。

"您看起来就像个女王，所有的臣民都聚集在您周围。"我还挺喜欢这个想法的。

我凝视着企鹅的时候，特里又开口了："您别误会，薇若妮卡，但我承认，我对于您把自己的数百万遗产捐给一个关于阿德利企鹅的项目深感惊讶。我很高兴，也很感恩，但还是忍不住去想……您有个孙子，对吧？"

"是的。"我回答。一想到这一点，我的热情就被浇熄了大半。

"他叫帕特里克，对吧？"

"嗯。"我不喜欢她的多管闲事，我来这里不是让人探听我的私事的。

特里放下一只企鹅。它迅速离开，先是直立着行走，紧接着便扑通一下趴到地上用肚子滑行。"那么，如果您不介意我问的话……是出现了什么问题吗？毕竟，正常情况下人们一般都会把钱留给自己的家人。如果我的问题越界了，我深感抱歉。我就是无法控制自己的那一点小好奇心。"

我叹了口气。帕特里克的存在就像一只苍蝇持续不断地在我意识的窗棂上"嗡嗡嗡嗡"，我越想忘记它，它却似乎叫得越响。通常碰到这种情况我的做法是换个话题，但企鹅的存在让我比平时放松多了，也不太有戒心。如果特里想听解释，我可以给她一个解释。"我和帕特里克几乎不怎么认识，我并没有把他当成家人。我们几个月前才第一次见面。"

"噢？"

"没错，而且那次会面还极不愉快。我经过长途旅行，还费了不少周折才见到他，可他却表现得极不友好。后来他做过几次微不足道的尝试来弥补，但我可不怎么喜欢他在钱财的诱惑下才做出来的事情。此外，他整个人都很失败，"说到这里，我终于点出人们常说的"关键一笔"，"帕特里克还是个瘾君子。"

　　特里很震惊，她也理应震惊。"噢，薇若妮卡，听到这个我很难过。你知道为什么吗？"

　　为什么？我没有考虑过这个问题，我本以为答案不言自明。"我相信，这就是你家公有地或者花园的不幸退化。"

　　特里的脸上有若隐若现的笑容，但那副难看的眼镜后面，眼睛却在沉思。"如果你几乎不认识他，那么或许他正在经历一段艰难时期，只是还没有告诉你。"

　　我没有想过这一点，我不习惯于探究是什么原因导致别人行为不端。实话实说，我根本不习惯于考虑别人。根据我的经验，这通常会导致种种不便，让事情更加恶化。然而，特里让我想起了一件事：帕特里克喃喃自语地说了几句关于他母亲的话。他没有透露任何细节，而我对他的住所、个人卫生和粗鲁的态度非常生气，也没有进一步询问。现在我开始怀疑帕特里克是不是受到了过去发生在他身上的悲剧的影响。也许他和我一样，不喜欢敞开心扉谈过去的经历。

　　"我敢肯定帕特里克那样有他的理由。"她的立场很坚定。

　　"那是自然。"我用一种结束话题的语调说，但她说的话让我有理由反思。

21　帕特里克

博尔顿

　　"艾琳，你为什么给我打电话？"

　　"我又收到一封特里的邮件。"

　　"哦。"

　　"里面附了一封麦克里迪太太的信。"

　　"好吧。有什么新闻吗？"

　　"她还不错。企鹅生小企鹅了。"

　　我笑了，我听出来不止这么点事。"还有呢？"

　　"麦克里迪太太在信里提到，她还让特里给你发了封邮件。你收到了吗？"

　　这还真是有意思，薇若妮卡奶奶给我写了封信？我猜她一定是解释关于盒子的事情。

　　"我今天还没看邮件。"我对艾琳说。

　　她迫不及待地说："我觉得一定是很重要的事，我觉得应该是……嗯，你懂的。你最好赶紧看看，我等着。"

我不看她是不会挂电话的，我为什么总碰上这么强势的女人？我疲惫地拿出笔记本电脑，打开邮箱。没错，确实有一封来自"Penggroup4Ant"的邮件。我迅速地浏览了一下。

"确实有，"我对艾琳说，"很短。奶奶写得就更短了。算不上是封信，就是些数字。我猜肯定是盒子的密码。"

"噢，我一直都很好奇盒子里到底是什么。要知道，她就是打开盒子以后才开始变得……变得这么奇怪的。"

"啊，是这样吗？"

"没错。先是找中介机构啊，然后去找你，后来又突然跑到南极去拯救企鹅。你现在要打开盒子吗？"

真是够爱管闲事的！

"行吧，现在打开。"我说完便挂了电话。

她多半晚点会再打电话过来，聊聊天气后突然来一句："噢，对了，你在盒子里找到什么了？"不过呢，她这个人的心眼还是很好的。

我蹲在地板上，把那盒子从床底下拖出来，迫不及待地把挂锁上的数字拧到正确的位置，"啪"的一声，挂锁打开了。

里面只有几个破旧的黑皮本子，上面没有标题，也没有任何文字。我翻开顶上的一本，里面的每一页都是手写的，写得很紧凑，很整洁。那是用蓝墨水写的，是老式的斜体字，很像奶奶的笔迹，但要更柔和、饱满一些。这似乎是多年前的一个十几岁女孩的日记，日记是从1940年开始写的。看来我要开始一段时光旅行了。

我坐在床上，随便读了几篇。

1940年7月20日，星期六

谢普尔布什

是我不寻常吗？我想一定是吧。今天我出去走了走，似乎所有人都在盯着我看——又是这样！

自从我像妈妈说的"再一次快速发育"以来，我就越来越注意到这种情况。男孩子们总盯着我看，女孩子也总盯着我的身体，像是想偷走我的身材。

经过蔬菜水果店的时候，我偷偷瞥了一眼橱窗里自己的倒影。那就是我，飘浮在一堆苹果上面，栗色的卷发从宽檐帽里倾泻而下，穿着妈妈说特别不实用的那条桑葚色塔夫绸连衣裙（我求了她好久，她最终还是给我做了），看起来很苗条。我真的很喜欢这条裙子，因为它很显腰身，柔软的裙摆轻拂我的腿，不像其他女孩穿的那种清爽简单的直筒裙。今天唯一破坏我形象的，是我必须随身携带的挂在绳子上的盒子，它太无聊了。我真希望我永远都不会有机会戴盒子里的那个黑不拉几、丑得要命的防毒面具。我把盒子拨到另一边，这样就不用看到它了。只要把注意力集中在正确的事情上，你就会很快乐，这多棒啊！

一切看起来宛如田园诗，在阳光下闪着蜜糖般的光辉。街上，一群孩子滚着个木圈从我身边跑过；女人们排队站着，闲聊着肉的配给，互相比较着各自篮子里的东西。你不会知道，她们中的一半人整夜都瑟缩在避难所里，耳边回荡着空袭警报的哀鸣。

我穿过拉文斯考特公园回家，发现了被拴在栏杆上的塔夫蒂。一看见我它就开始狂摇尾巴，我不知道它的主人是谁，但几乎每天早上它都被拴在那儿好几个小时。对一只可爱的小苏格兰狗来说，这真是件太邪恶的事情。我超级想要把它带回家，可爸爸妈妈不同意。今天，它那残忍的主人就这样把它留在炎炎烈日下，所以我把它解开，遛了它一小会儿，让它在湖里凉快了一下，再找了一个树荫下的位置，把它拴回栏杆上。那是一棵又大又漂亮的雪松树。它高兴得蹦跶起来。

等它主人回来，发现它被拴到了几英尺之外，还浑身湿透，会怎么想呢？哈哈哈！

有传言说这里的栏杆要被拆掉，因为制造战争武器需要铁。我不知道如果那样的话塔夫蒂会被拴到哪里去。

一群人聚在舞台周围。乐队演奏出熟悉的曲调，好多观众跟着唱起来，晃着头，甚至还有几对情侣在草地上跳起舞。音乐一直在我脑海中回响，一直到现在我都还能听到。

稍后

老天，我之前写那些的时候，完全不知道一切都将改变。我一写完日记，就跑下楼去，高声哼唱："跳兰贝斯走步舞①啦——欧耶！"

妈妈冲我喊道："薇若妮卡，你就不能安静点吗？你都快把我吓死了！"

我摇头晃脑、蹦蹦跳跳地进了厨房，嘴里还哼着歌，唱到"欧耶"时正好来到了爸爸面前，我猛地停了下来。他坐在摇椅上，抽着他的"忍冬花"牌香烟，大腿上摊着今天的报纸。他咧嘴笑了。

"爸，妈，你们能教我跳兰贝斯走步舞吗？"

他们几乎每周都去跳舞，他们知道所有的舞步。

"现在不行，薇若妮卡，"妈妈在炉子边答道，"我手上全是面粉。"

"爸爸，那你可以教我吗？"

可爸爸脸上的笑容消失了。"嗯，薇薇……"

（他是这个世界上唯一一个会叫我"薇薇"的人。我喜欢听他用苏格兰口音念出这个词。不幸的是，我并没有继承他的口音。我的口音是纯正的英语，和妈妈一样。）

"如果你愿意为我们做点事情的话，我就教你跳兰贝斯走步舞。"他说，"好啦，别嘬嘴了！"

---

① 20世纪30年代后期在苏格兰舞厅流行的一种慢步舞。

也许我确实是在噘嘴，就轻轻噘起来一点点而已嘛。“是不是又是很糟糕的事呀，爸爸？最近总是这样。”

爸爸、妈妈最近都变了。我在他们身上感觉到一种沉重，还听到过他们很认真严肃地讨论问题直到深夜。可有些时候，他们身上又满是疯狂的欢快，像是要在热情耗尽之前尽可能让自己享受更多的快乐。

爸爸在烟灰缸里掐灭了烟，握住我的双手，他说：“薇薇，你长大得太快了，实在是太快了。”

爸爸摆出最慈祥的面容，那面容却布满了忧虑的皱纹。妈妈从炉边走开，走过来，在他身边坐下，在围裙上擦了擦手。

我扬起下巴，问道：“怎么样了？”

“嗯，你不是一直想去乡下生活吗？”

“我们要搬家了吗？”我问。

“不，不行。至少不能全家搬走。”

“我们在这里都有工作要做，”妈妈说，“这比以往任何时候都重要。”她最近接受了驾驶救护车的培训。她之前总被家务事缠得脱不开身，现在她比那时候要开心得多，我们都能看出来。爸爸也很为他的工作骄傲。他参加了上一次战争，但现在他的年纪太大了，不能再上战场打仗了。他现在成了个防空袭警卫。

我不喜欢爸爸妈妈这么严肃的样子。我正想跳舞呢。

“你现在有个机会可以去德比郡。”爸爸说。

“什么？为什么？”现在很多孩子都离开了伦敦，蒂娜和蒂姆就在路上。可我一直以为这不会发生在我身上。

“你知道为什么的，薇薇。那边比这里安全多了。我们收到了你姑妈玛格丽特的邀请，你可以去和她住。”

“噢，不要！我不要和玛格丽特姑妈住！和谁住都行，就是不要和她！”

妈妈叹了口气,说:"很抱歉,宝贝,我知道这不理想,可要不这样,你就得去住陌生人家了。能提出邀请,玛格丽特姑妈真是太好了。"

"我讨厌这愚蠢的战争!"我喊道。

"我们都讨厌,"爸爸说,"但这没有你想的那么糟。你只有周末住在玛格丽特姑妈家,其他时间会住在新学校里——圣凯瑟琳学校。开战前这学校在约克,但现在所有的学生都被转移到了邓威克堡。那是座巨大的乡间别墅,有塔楼,和城堡差不多。"

我在照片上见过那样的建筑。大楼里,戴着头巾帽的女佣把头伸出窗外抖着床单,偶尔一个英俊的年轻人骑着马从草地上飞驰而过。那也许还行吧。我不想离开爸爸妈妈,但他们对我实在是太过度保护了。他们到现在还是把我当孩子,可是老天啊,我都十四岁了!

我看看妈妈,再看看爸爸。他们做出这个决定也并不容易。

"那好吧,我去。"

他们终于松了一口气。我仿佛能看到他们重新开始呼吸。

"爸爸,现在可以教我跳兰贝斯走步舞了吧?你答应过的。"

他站起来,缓缓地、夸张地向我鞠了一躬:"小姐,能有幸请你跳支舞吗?"

"当然啦!"我高声应道。我们就这么在厨房地板上跳了起来。

妈妈脱下围裙,挂到门后的钩子上,默默地上了楼。

晚上晚些时候,我在餐桌上写这篇日记的时候,她回来了,她的眼睛又红又肿。

1940年8月16日,星期五

在去德比郡的火车上

我并不怎么想见到玛格丽特姑妈,好在我有这个吊坠盒,这是爸爸给我的,我可喜欢了。这以前是我奶奶的,银盒子上是卷曲的叶子图案，当中还刻了一个"V"，代表"维奥莱"——不过现在它代表"薇若妮卡"了。对我来说，它比任何其他行李都重要。它比那条桑葚色的裙子重要，比我最喜欢的关于动物的书重要，甚至比我最最珍贵的巧克力还重要。

现在我也没遇上过英俊的王子，所以我坚持让爸爸妈妈每人给我一绺头发放进吊坠盒里。我可以告诉新学校的同学，那是两位年轻的罗密欧的头发，我还没有决定哪一个可以得到我的爱。

我还想过弄一点塔夫蒂身上的毛也放进吊坠盒里，可今天早上太匆忙了，没有时间。我希望没有我它也能过得好。

爸爸妈妈和我吻别，爸爸说："薇薇，别担心，一切都会好起来的。你要坚强！"

我当然会坚强的，我一直都很坚强，但我确实有点紧张。我的新生活会是什么样子呢？我会遇到男孩子吗？

在我的记忆里，玛格丽特姑妈的形象很模糊。我能记得的是她可不会让任何雄性生物靠近。这真是不幸，但我希望我能找到我的办法。

还是8月16日，傍晚
玛格丽特姑妈在阿格沃斯的家

我从德比郡火车站一下车，一个身穿棕色外套、裹着头巾的瘦削身影便上前迎接了我。玛格丽特姑妈的样子让我想起老鹰，尤其是她那喙状的鼻子和眼皮很厚的眼睛。她俯下身来吻我，却没有完全凑上来，只是吻了一下离我脸颊一英寸远的空气。

"孩子啊，你变了。"她轻声说。我答道："很好。"我们之间已经有了敌意。去往阿格沃斯的大巴车上，谈话的氛围十分紧张。姑妈一边打量着我的脸，一边问我爸爸妈妈的事，好几次对我的回答发出"啧啧"声。整趟旅程她都把一个购物篮放在膝盖上，用满是皱纹、指节发白的手紧紧抓着篮子的把手。

阿格沃斯的村庄还挺漂亮，但整个村庄都灰蒙蒙的。这里的多数房子都矮矮胖胖，是用石头造的，屋顶盖着石板。以前我只在一些家人的婚礼和葬礼上见过玛格丽特姑妈，从没来过她的家。我发现它还挺宽敞，但实在也太寒酸了。墙上唯一的装饰是绣着《圣经》句子的挂件——"上帝是我们的避难所"之类的。客厅里有台无线收音机，但姑妈说她只听宗教节目和新闻。我知道想听音乐是没戏了。

我的卧室是屋檐下一个小小的房间，天花板很低，洗漱台上还有一幅圣母玛利亚的画像。圣母看着我的样子优越感满满，所以我把画转了过去，让她面朝墙壁。嗯，这样好多了。

窗外是一片花园，这是这间卧室的唯一可取之处。刚才我在窗户前待了整整一个小时，看着鸟儿在三棵苹果树上飞来飞去。我以前常和爸爸去乡间散步，所以知道了各种鸟的名字：金翅雀、乌鸫、霸鹟、画眉、知更鸟、蓝冠山雀、大山雀、渡鸦等。我真希望我能骑上它们飞回家。

1940年8月29日

邓威克堡的圣凯瑟琳学校

现在的生活和以前大不一样了。每周一早上，我坐着马拉的送奶车去学校，周六搭乘同样的交通工具回到姑妈家。送奶车载着我和其他几个女孩，缓慢地穿过村庄，马蹄声嗒嗒作响。驾车的是班纳特先生，一个温和的中年人，非常有礼貌。每到一站，他卸下牛奶后都会向我们脱帽致意，逗得我们咯咯笑。

邓威克堡在远处看起来很大，也很阴森。由于有两座圆形塔楼，甚至还有几座城垛，这地方看起来倒没有那么方方正正了。这里的景色也很是惊心动魄：出现在德比郡的荒山野岭中的这么一块飞地，上面生长着雪松、橡树和参天的板栗树。

　　房子里到处都是大理石壁炉、镶钻石的窗户和嘎吱作响的橡木楼梯。尽管贵重的东西都收起来了，这还是幢华丽的老建筑。我已经给爸爸妈妈写过信，向他们描述过栏杆上雕刻的美人鱼，闪闪发光的枝形吊灯，还有邓威克堡里其他的美丽事物。

　　我没向他们说起的是，我实在是太想家了。我也没有提到，这里完全没有英俊的王子。

　　我本来也准备好了放低标准，可这里连正常的男孩子也没有。由于战争带来的改组，许多学校都已经开始同时招收男女学生，可圣凯瑟琳学校依然为它是一所纯粹的女校而自豪。

　　我们的女校长哈里森小姐永远在安慰为当下过度宽松的道德观而焦急的父母，至少他们的女儿将不会受到污染。

　　功课倒不是什么问题，我最喜欢的科目是地理、数学和科学，吸收新知识对我来说似乎不费吹灰之力。有时候我回答老师的问题太快了，我的同学们会瞪着我，还会做鬼脸，好像是我太无礼。我觉得她们不太喜欢我。

　　我和另外五个姑娘同住一间宿舍，她们互相都很熟。因为口音太重，有时我很难理解她们在说什么。这所学校的大多数女孩平常都是成群结队的，她们总盯着我看。

　　第一天，我在走廊里路过两个同学，发现她们互相戳了戳对方，那个脸庞宽阔、长着朝天鼻的姑娘窃笑道："她以为她是谁啊？"她的朋友，那个满脸雀斑还斜视的瘦弱女孩低声回应了一句我听不懂的话。

　　有时候我也不知道如此引人注目是不是件好事。在这里我是唯一一个留着如此自由生长的披散长发的女孩，其他人的头发要不规规矩矩地别在脑后，要不就是紧贴着头皮的小卷。她们全都在模仿格蕾西·菲尔兹①的造型，她们冲我的宽身罩衫和飘逸的裙子翻白眼。我高昂着头，拒绝被她们吓倒。

但是，我的确感到很失望。住在这样的一座城堡里，生活理应很奢侈，可这里却只有阴郁苍凉。学校也是无聊透顶，其他女孩会互相交换夹心硬糖，但从来没有人分给过我。

1940年9月15日，星期天

姑妈家

时间慢慢由夏转入了秋，我们去周围的乡村探了几次险，学生和老师一起挎着篮子闲逛，采摘鲜花去送给医院里受伤的士兵，在灌木丛里寻找黑莓和玫瑰果。玫瑰果果冻应该能帮助补充维生素。

前几天我因为没吃完饭被训斥了一顿。那玩意儿算是土豆派吧，但味道实在太可怕了。我们的老师，讨厌的菲尔波茨小姐非要让我吃它，所以我故意把盘子"不小心"弄翻在了地上。

"噢，薇若妮卡，这是多么可怕的浪费啊！"她叫了起来。作为惩罚，她让我做了些额外的算术题。

"浪费"是个我反复听到的词。有几次我看到一个女孩因为她的猫或是狗被兽医安乐死而流泪——显然，给宠物喂食是一种"浪费"。这太可怕了。为什么动物要因为人类愚蠢的战争而被杀死？我真希望我那在拉文斯考特公园的朋友塔夫蒂能没事。每次打电话给爸爸妈妈，我都会问起它，可他们说已经很久没见到它了。我真是不忍心去想，我那爱摇尾巴的朋友可能已经死了。

最重要的是，每当听到有人在爆炸事件中丧生时，"浪费"这个词也会被用到，老师们会说："这是多么可怕的对生命的浪费啊！"

周末总是很糟糕，姑妈的严格监管和那些沉闷得要命的宗教布道

---

① 英国演员，编剧。

实在太难忍受了。今天同其他周日一样，我们去了教堂。我坐在坚硬的长椅上，很想知道上帝在玩些什么。

爸爸妈妈通常每周给我打一次电话。他们会向我讲述伦敦的生活，他们的邻居，他们在家中小花园里种的土豆和卷心菜的长势，有时也会提到飞机、爆炸和如雨点般落下的弹片。家里没有电话，所以他们要到谢普尔布什的防空袭办公室打电话。姑妈家的电话在门厅里，而且她所有电话都会听，所以我什么私密的话题也不能说。上个周末我在阿格沃斯格林的电话亭打给防空袭办公室，和爸爸通了话。听到他温柔的声音时，所有的不良情绪一下子涌了上来。我告诉他学校有多无聊，没有人和我做朋友，向他讲述我有多讨厌玛格丽特姑妈，是多么想要回家。他很安静，我能想象到他满脸写满同情的样子，爸爸总是能理解我的。

今天下午给我打电话的是妈妈。"亲爱的，真的很抱歉你过得不开心，可战争年代就是这样。我们只能苦中作乐了。"

"苦中作乐？我可是一点'乐'都找不出来！"我抱怨着，完全没在意自己听起来是不是太夸张。

"别那么说！你知道生活中还是有很多欢乐的。"妈妈责备起我来，可她再怎么严厉也还是很温柔。她又说："玛格丽特姑妈的事我也很抱歉，我知道她算不上个有趣的人，她从来不习惯家里有别人，她可能过得和你一样不舒服。"

我想妈妈大概是对的。她总是很能为别人着想，这一点比我强太多了。她继续说道："我和爸爸找到了点能让你高兴起来的事情——每周六下午在阿格沃斯村公所有舞蹈课，从玛格丽特姑妈家步行十五分钟。你想学跳舞吗？"

"想！"她话音刚落，我就大声欢呼起来。

我是多么渴望跳舞啊！再说了，课上可能还会有男孩子……

1940年9月21日，星期六

玛格丽特姑妈家

真是让人难以置信，我开始上舞蹈课了，可这里居然连一个男孩都没有！！！我早该猜到这一点的，毕竟这活动的组织者是教会的工作人员。我们所有的女生只能互相搭档，轮流跳男生的部分。这里只有一台旧留声机和有限的几张唱片。

唉，不过呢，能跟着音乐动一动还是不错的。我们学快步舞、华尔兹和狐步舞。不是想自夸，但我真心觉得我是班上跳得最优雅的，其他女孩都学得太慢了。

至少她们比学校的同学要友好。上周六我和一个叫奎妮的女孩一起走了一段路回家，我们手挽着手，有说有笑特别开心。我想，要是假以时日，我们应该可以成为朋友。可就在这时，一个老男人在街上拦住了我们，他特别愤怒地质问我们："你们不知道现在在打仗吗？"

这真的让我很生气，我对奎妮说："老天啊，每个人都不停地说：'你不知道现在在打仗吗？'我真讨厌这句话。我们当然知道啊，想不注意到都难呢！"

可奎妮却彻底冷淡了下来，变得闷闷不乐，好像享受生活已经变成了一件禁忌的事情。

22　帕特里克

博尔顿

　　我没法不去想这个。为什么她要让我看这些呢？我怎么也不会想到，像她这样最最冷漠古板、毫无感情的一个人，居然会做这样的事情。毫无疑问，薇若妮卡·麦克里迪可不是个普通祖母，不是那种过着日复一日的寻常生活、在花园里侍弄些花花草草的老婆婆。先是突然跑去了南极洲，这会儿又把她少女时期的日记寄给了我。她到底为啥要做这些事情？

　　我真是不敢相信，我认识的那个半截身子入了土的老太婆，和日记里这个疯狂、美丽的十四岁少女居然是同一个人。年轻的薇若妮卡是个势利的小姐，这一点是肯定的，但看起来，那时候她的胸怀很宽广。她关心所有的动物，也爱自己的父母。她好像真的很需要朋友。

　　我不知道该如何理解这些事情，种种情绪轮番涌上心头：我时而觉得我不该偷看这个女孩的心事——尽管成年薇若妮卡给了我准许，时而又觉得自己为她的孤独感到共鸣，我还感觉自己得到了一个难得的机会……可我也说不上来是个什么机会。

日记本里夹了一封信，我把它抽出来，那是一张老旧的褐色的信纸，上面手写的字母好像蜘蛛爬。

最亲爱的薇薇：

　　我们给你带来了特别好的消息！你或许已经打开了我们随信寄来的包裹，没错，罐子里装的就是它的标签上写的东西——草莓酱！薇薇，我真希望能看到此刻你脸上的表情！你有多长时间不曾品尝过这样的甜蜜了？我们知道你一定会很开心的。你可以自己吃，也可以和朋友们分享，想怎样都可以。这是我澳大利亚的表弟寄来的，他听说我们的糖要定量分配以后就寄来了这个，这是给我们所有人的特殊礼物。他还寄来了一壶黑蜜糖，但我把那个留给你妈了，希望你不要介意。我们俩都很好，只是不太睡得好觉——这里还是每晚都有防空火力，但我们会带上酒壶去花园的防空洞，用毯子把自己裹起来。要是外面实在太吵，我们就玩惠斯特牌或是骰子游戏。我们尽彼此所能地照顾对方。妈妈还是很爱她驾驶救护车的工作，她带回家的故事总是很可怕：四肢残缺的人，到处血流成河。在这种情况下她还能做晚饭。她发现了一个甘油蛋糕的食谱——它没有听起来那么难吃！我本想给你寄一些，但妈妈说等你收到蛋糕就该坏了。你也知道你妈这个人，总是这么实际！

　　防空袭的工作还是老样子，大家有时候会做一些很冒险的蠢事，可就眼下的情况而言，他们却保持了惊人的乐观。

　　我希望你也保持同样的乐观，亲爱的女儿。我也希望你的舞蹈课对此有帮助。妈妈向你问好，她说下次的信归她写。我们都希望你努力适应这个近乎城堡的地方。我们每天都在想你，薇薇。我们等不及要听到你身边发生的所有故事。记得尽快给我们回信哟！

永远爱你的爸爸

1940年10月4日，星期五

邓威克堡

我的爸爸真的是世界上最好的爸爸。

我刚刚打开了包裹，把那罐果酱捧在了手里。"你可以自己吃，也可以和朋友们分享。"爸爸还是那个爸爸，以为我会有朋友。他永远也不会明白，我就是个不受欢迎的女孩。我承认，我流了一点眼泪。我真希望这场愚蠢的战争赶快结束，好让我可以回家。

我打开果酱罐的盖子，伸进一只手指，挖出一坨黏糊糊的红色美味。我把果酱含在嘴里，强忍住吞咽的愿望，想让它在我舌头上停留得久一点，再久一点。那味道让我感觉仿佛身在天堂。草莓，夏季，纯粹的快乐。

但我不能再吃了。我有个计划。

1940年10月12日，星期六

今天早上，我从牛奶车上跳下来，往玛格丽特姑妈家跑的时候，感觉有些头晕。姑妈开门的时候一脸茫然——她一时间甚至没有认出面前的那位小姐，但她很快反应了过来。

"噢，以神的名义，你这是怎么回事？"

"我只是和其他人保持一致而已。"我说着，礼仪性地吻了一下她的脸颊。

我的新发型凸显出我高高的颧骨和精致的下颌轮廓。我将一头浓密的栗色头发从前额梳向脑后，弯成光滑闪亮的小卷别在耳后。所有人都说这发型特别适合我。当我涂上鲜艳红唇，就更显得好看了。当然，我不可能有口红，但甜菜根汁也几乎能达到同样的功效。珍妮特家的农场里就种了甜菜根。

没错，我有朋友了！不，不是朋友，是朋友们，朋友们！珍妮特，就是那个一开始嘲笑我的脸庞宽阔、长着朝天鼻的女孩，现在她算是我的朋友了。还有她那个小跟班，长雀斑的诺拉。我付出了大半瓶草莓酱才换来她们的友谊，但这是值得付出的代价。

珍妮特说我总能逗她笑，她尤其喜欢我捉弄老师，比如上周三我在菲尔波茨小姐的椅子上涂胶水的那次……

是珍妮特和诺拉建议我去剪头发的，我觉得她们可能没想到剪完头发的我会显得如此成熟，如此迷人。

"这世界将会变成什么样子！"玛格丽特姑妈在进门的台阶上喊道，"我可是每晚都为你祈祷啊，薇若妮卡，你看看你都对你自己做了什么！"她认为时尚就意味着堕落，两者相互依存。

我试着解释："我这个样子没什么不对的，玛格丽特姑妈。以前她们都嘲笑我。"实际上，她们还是会嘲笑我，还是觉得我自命不凡。但至少我比以前更像自己了。

临睡前，玛格丽特姑妈让我跪在客厅的木十字架前，她自己也在我身边跪下。她读了几段那本破旧的黑色祈祷书上的祷文，结束后又像往常一样念了主祷文。

"'不要引领我们陷入诱惑，而要救我们脱离邪恶。'想想这些话吧，薇若妮卡。当你的父母在伦敦工作，而我们勇敢的士兵在前线打仗的时候，想想这些话。想想他们，远离那些带坏你的人。"

"好的，玛格丽特姑妈，"我十分乖顺地回答道，"我一定会的。"

我才不会呢。

1940年10月21日，星期一

万岁！珍妮特邀请我去她家住，我再也不用每个周末都回玛格丽特姑妈家了。她的家在伊瑟特科特农场，只有3英里远。诺拉早就在她家住了，她家离学校也有一段距离，和我一样，她只有节假日才回家。

周六一大早，农场的运货马车就来到公园门口把我们三个接走了。我太激动了！拉马车的是一匹可爱的斑纹马。珍妮特的爸爸和大哥都不在家中，他们在空军部队工作，所以驾驶马车的是她的另一个哥哥哈里。他十六岁，身材高大结实，脸和珍妮特一样宽，但鼻子没长坏。他还长着一对招风耳，皮肤也很不好。但除了这些，他长得还是很好看的。

通往伊瑟特科特农场的路蜿蜒着穿过绿色的牧场和绵羊遍布的小山头，这条路逐渐变成了还算宽阔的小道，两边都是弯弯曲曲的山楂树。为了让马跑得更快，哈里冲着它大喊大叫，还用鞭子抽它的脖子。

"别伤害它呀！"我冲他喊。

他说："我没有，它感觉不到什么的。"然后又对马吼道，"快跑呀，你这懒畜生！"

"别卖弄了，哈里，"珍妮特也骂起他来，"我们又没那么急着回家。这已经颠得够厉害了！"

最后我们在一片杂乱的农舍前下了车，哈里的眼睛怎么也不肯离开我，我便也直视着他。

珍妮特和哈里的母亲德兰维尔太太出来迎接我们，身上还围着围裙，她不只是脸宽，全身上下都宽。她的头发有点脏，但看起来人还不错。她请我们进了门，给我们倒了热牛奶，自己却没有坐下。珍妮特告诉过我，自从她爸爸走后，农场的一切都很艰难。两个妇女家乡工作服务队的女孩子在这里帮忙，每天还有一个战俘从山那边的营地被派来做一些苦力活儿，除此之外就只有德兰维尔太太和哈里在勉力维持粮食生产。所以，我们这些姑娘也尽我们所能地去帮忙。这很辛苦，但很有趣。我学会了如何挤牛奶！爸爸妈妈肯定不敢相信。刚开始的时候，看着母牛的乳房（它们又大又软）我就忍不住笑，我不敢相信我必须使劲挤才能挤出牛奶来，但珍妮特教过我之后我就能做到了。

后来她带我们去看猪，我以前还从没见过活的猪。它们很可爱，但实在是太脏太脏了，在臭气熏天的粪土里拱来拱去。一只小猪仔掉进了一道凹槽里，出不来了，它真的很难过。

"可怜的小东西！"我叫起来。

"那你进去把它拉出来呀！"珍妮特说。我这么关心那只小猪仔，她觉得很好笑。

我跃过篱笆。

"你不能这样！"诺拉尖叫起来。

"看着吧！"我说。我努力穿越过猪粪沼泽，把这个小家伙从凹槽里拉了出来。它尖叫着扭动身体。我在它鼻子上亲了一下，放回地上。我们都笑疯了！

我全身上下一团糟，我的鞋子、袜子和裙子的下摆都沾满了臭泥巴。我只好搓洗了这些衣物，摊在火炉边晾干，找珍妮特借了些衣服穿。不过，那只小猪很开心。

1940年10月28日，星期一

我刚刚在伊瑟特科特农场过完第二个周末回来，又是珍妮特的哥哥哈里驾着马车把我们接回去的。

"你都喜欢做些什么呢，薇若妮卡？"到达农场下车后，珍妮特的哥哥问我。他说我名字的方式，带着一丝冷笑的意味，但珍妮特和诺拉也是这样，看来他们就是控制不住。

我告诉他，我喜欢画画，喜欢科学，但最爱的还是动物。这似乎不是他想要的答案，所以我反问他喜欢什么。

"嗯，农闲的时候我会做飞机模型，"他说，"用我在周围找到的一些没用的旧东西做。"

"他可痴迷这些玩意儿了。"珍妮特对我们说。

"他做得很好，很有才。"诺拉插话道，她急于表明她比我先认识他们，"哈里，你能再给我们看看吗？"

哈里带领我们来到一间小密室，那里闻起来全是木头和胶水的味道。"那个是'惠灵顿'，我花了好长时间才做好。这个是我现在正在做的，"他小心翼翼地拿起一个模型，说，"这个是'喷火'战斗机。要是喜欢的话，你们可以拿着它。"

我接过飞机，举到灯光下，它是用精心切割的旧锡罐、火柴棒和弯曲的钉子做成的。我也觉得模型很精巧，可这不是我的菜，我更喜欢猪。不过，我能看出来这对他很重要，所以我假装很感兴趣。珍妮特则假装打哈欠，诺拉是装得最卖力的一个，她假装完全被迷住了。我把这金贵的模型递给她，诺拉的样子简直像是得到了皇冠上的珠宝。

"太厉害了，这真是太厉害了！"她一遍又一遍地重复着这句话。现在想起那画面我都要笑疯了。

1940年10月29日，星期二

我真是不敢相信，昨天我还那么开心来着。我真是太蠢了，太笨了。我再也不会开心。

如果能让时间永远停留在昨天，我愿意付出任何代价。

我该如何面对一切？我要怎样才能继续生活？这样的事情有可能发生在其他人身上，但怎么可能会是我？

天哪，天哪！

23　帕特里克

博尔顿

2012年12月

　　她很难过，真的很难过。我不喜欢这样。

　　我还有点害怕。那个叫哈里的家伙，他会是我的爷爷吗？我的血管里流淌着的，是他的血吗？我往身上套了件干净衣服，顺便观察了一下镜子里的自己。我的脸肯定是算不上多宽，我的皮肤也不算太差。可是，也可能是我这部分随我妈呢？我的耳朵是招风耳吗？我也说不好。我左右转了转头，想要看清楚。

　　但飞机模型这种东西也正是我会很感兴趣的。这真奇怪，我也不知道我在期待着什么。我不太喜欢那个哈里，但他很明显想勾搭薇若妮卡。我不得不说，我站她这边。我希望她不要太着急，她还太年轻了。

　　这整件事让我很不舒服，但我没时间继续读下去了，我该去和盖夫见面了。不管我想不想，奶奶的少女生活也只能先暂停一下了，这没有办法。

盖夫似乎觉得我需要陪伴，至少我觉得那是他邀请我来吃晚餐的原因。盖夫真是一个大好人，他自己的生活也是焦头烂额，一边为刚刚去世的母亲而悲伤，一边为生病的女儿担心，在这种情况下他却还想着我。

老实说，相比吃饭，我倒更乐意和他在酒吧碰面喝上一杯。我的社交能力不怎么样，晚餐桌上的聊天让我无所适从。不过，他家里有孩子，我觉得和小孩子打交道比大人容易多了。面对孩子，你没有压力，不用非得表现得很"酷"，他们能够接受你原本的样子。

我骑自行车去了他家。盖夫家在前政府廉租房里，在一排蘑菇色的房子中数过去第三幢就是。外屋墙边靠着的那一排自行车告诉我，就是这儿了。他们把房子前面的花园打理得很不错，有修剪整齐的树篱，还有些花坛什么的。

我按响门铃，开门的是一个小女孩，穿着画满瓢虫图案的红裙子，配一双闪亮的红色凉拖鞋。她的眼睛很大，却没有头发，头上紧紧地包着一块褪了色的蓝布。

"你好呀！"我说。

"妈妈！"她高声叫道，"他来了！"

还没等到回应，她就拉着我的手，领着我穿过门厅进了客厅。"你是帕特里克，"她对我说，"我是黛西。这里是客厅。这是我爸爸，你和他在单车店就已经认识了。"盖夫从椅子上跳了起来，握住我的手。可他还插不上话，因为黛西还在说个不停。"这是我哥哥诺亚，但你可以当他不存在——"这时，一个埋头在漫画书中的小男孩举起一只手，头也不抬地朝我的方向挥了挥。"这是我的娃娃，特鲁迪，她是我的女儿——不是我真正的女儿，但她对我来说就像一个女儿，我照顾她。"（这个大脑袋、眼睛圆得像两颗球的娃娃特鲁迪，显然比哥哥诺亚更重要。）"现在你唯一还没有见过的人就是妈妈和布莱尼。她们在厨房里，把布丁弄得很好看，还有红酒喝。妈妈和布莱尼，就是她们两个。"她非常强调这一点。

"噢，这样啊。我以前见过你妈妈。"我回忆起在盖夫的店里见过的那个面黄肌瘦的女人。有时盖夫忘了拿什么东西，她会帮他送过去。"布莱尼是谁呢？"我问。

"布莱尼是个朋友，"盖夫脸上挂着狡黠的笑容，"我们也邀请了她，因为她最近有点闲得慌。"

"布莱尼特别漂亮，"黛西对我说，她上上下下打量着我的脸，仔细研究我的五官，最后说，"你也挺帅的。"

这个布莱尼的事让我觉得有一点点不妙。老实说，不止一点点。当着漂亮女人的面我会结巴。这就像是回到了少年时代，重温的还是不好的状态。

"妈妈！帕特里克都来了，你让他久等了。你做得不对。你和布莱尼快出来了吗？"黛西毫无征兆地大叫起来，把我们都吓了一大跳。

厨房那边传来笑声："是的，亲爱的！我们来了。"

盖夫的妻子走进房间，和我行了吻面礼。她还是那么瘦，脸上布满皱纹，看起来比实际年龄老很多。"我真高兴你能来，帕特里克。抱歉晚餐可能有点简单了，我得做些孩子也能吃的东西。"

"没问题。"说着，我把作为礼物带来的廉价酒塞进她手里。

她让到一边，我眼前出现了一张椭圆形的脸，脸上挂着明媚耀眼的微笑。互相介绍的过程中，我发现，没错，布莱尼是真的很漂亮。她的眼睛甜美，睫毛纤长，留着光滑整齐的波波头，头每动一下，秀发便闪动出极富层次的古铜色和金色。她是好好打扮过的。她戴了一条闪闪发光的项链和一对闪闪发光的小耳环，整个人显得很是光彩照人。她穿着一件飘逸的（几乎是透明的）上衣，紧身黑色短裙。她的腿很好看。

我一边吃布丁香肠和豌豆一边了解到，布莱尼离过婚，在我们这儿的博物馆工作。她的爱好是网球、古代历史和做毛毡。她答应给黛西做一只毛毡长颈鹿。她比我善良有耐心多了，比我聪明多了，也比我有趣多了。

尽管如此，我还是对她提不起太大的兴趣。我没法让自己不去想奶奶的日记。哈里是我的爷爷吗？他爱薇若妮卡奶奶吗？他们之间到底发生了什么呢？在1940年10月29日这一天，她又为什么那么难过呢？我只想回家，继续读下去。

饭后，黛西和诺亚急切地要给客人们看他们养的三只荷兰猪。我和布莱尼被领到后院，黛西把荷兰猪从笼子里抱出来，三个小家伙在我们手上传来传去。

"它们真可爱，是不是呀？"布莱尼抱着一只毛茸茸的小家伙说，"你喜欢动物吗，帕特里克？"

"是的。嗯，是的，我想是的吧。"

黛西看着我们笑，似乎是在期待我多说点什么，但我的脑子一片空荡荡的，什么也想不出来。她又等了一会儿，然后生气地把布莱尼手里那只荷兰猪抢了回去，说："那你们俩以后结婚就得买只荷兰猪了。"

我真恨不得马上出现一条地缝好让我钻进去。布莱尼倒是面不改色，她笑着对黛西说："黛西，这可有点太快了哟。"

布莱尼也住在这条路上，盖夫非要让我送她回家。

我倒是不介意，和她相处还挺愉快的。和主人告别后，我推着自行车，和她一起走上那条路。我们聊起了黛西，布莱尼说很遗憾她病得这么厉害，她是个多么勇敢的小女孩，非常了不起，而且他们全家都很了不起。我也表示同意。这个话题很快就结束了。接着我们聊起了不同社区的安全性，她说她平常是很放心夜晚独自走在这条街上的，但盖夫如此坚持……我说这是我的荣幸（"我的荣幸"！我都用上了我在店里对客人的语言），再说这里离我家也不远。谈话到这里出现了一个尴尬的停顿，我们的脚步声真是响。

"我猜你最近和女朋友分手了？"

"嗯，"我承认，"丽奈特，她的名字。她几个月前一点征兆都没有就离开了我。"

布莱尼发出一阵像是表达同情的声音，说："真是太难了。我花了两年的时间才从丈夫离开我这件事里走出来，这几乎和我们结婚的时间一样长！"

"那可不嘛！"

我有一点好奇她前夫是个什么样的人，我敢说他一定是个白痴，她值得更好的人。

她走在我身边，似乎在沉思。我在想她会不会请我进去喝杯咖啡，如果她邀请，我又该怎么做。咖啡对我来说并没有多大的诱惑，但喝完咖啡之后可能发生的事情还挺诱人。今晚的事情会像我想象的那样有所发展吗？能发展到什么程度呢？她会让事情发展到什么程度呢？我又想让事情发展到什么程度呢？我今天穿的内裤干净吗？我开始对自己在床上的表现感到焦虑。

我们马上就要到她家门口了，新一轮的沉默让人难以忍受，我绞尽脑汁想要找点话题。

"我最近在读我祖母的日记。"最后我说出了这么一句。

"噢，真有趣。"她礼貌地回答。

"她，嗯，她年轻的时候真漂亮，特别漂亮。"我不知是否要加上一句"就像你一样"，但最后还是决定不要了，那样太老土了。

我停了下来，她也停了下来。我在路灯下面对着她："布莱尼，我要问你一件事，我希望你对我说实话。"

"我当然会的，帕特里克。"她似乎进入了一种准备状态，整个人看上去是在故作平静，却准备好了让自己做出适当的反应。

我们在路灯下互相注视了一会儿，我问出了我的问题："布莱尼，你觉得我的耳朵是招风耳吗?"

她似乎很震惊,这不是她原以为会听到的问题。"为什么问这个?不,不算是的,你的耳朵很好看。"

看来还有希望。

我们继续往前走。

"好了,"她在 16 号的门口停了下来,说,"我们到了,还有……我还是很喜欢你的耳朵的。"

"好吧,那就好。"

她开始翻包找钥匙,找到后又拿在手上把玩了一会儿,抬头看着我。我应该吻她吗?这是个好主意吗?我不太清楚。她的样子确实很迷人。她的眼睛和她的首饰一样闪闪发光,头发的边缘在夜晚幽暗的光线中闪耀着金红色的光芒。她的嘴唇丰满,微微张开,我可以直接吻上去。此刻我在想,她看起来会接受的。可是,我自己准备好了吗?天啊,我一定是疯了!我是怎么回事?这样的机会都不抓住,实在是太可惜了。

我也说不上来自己的借口是什么。可能是我还没忘了丽奈特?我不这么认为。老天啊,我的脑子不对劲。这是一个美丽、性感的女人,她在等着我采取行动。可是,不,不会的,我和布莱尼之间不会发生任何事,因为你知道我要做什么吗?我要直接回家,继续读我奶奶的日记。

特里的企鹅日记

2012年12月14日

　　企鹅夫妇是真的很有条理。正如薇若妮卡今天指给我看的那样，它们看起来比人类伴侣更有计划性，一点时间也不浪费。一产完卵，雄性企鹅就负责孵蛋，雌性则会回到海里让自己饱餐几个星期。随后，到了12月初，这对夫妇将会轮流孵蛋。小企鹅出生后，它们的爸爸和妈妈又会轮流承担照顾幼崽和寻找食物的职责。

　　企鹅夫妇们的亲密合作真是让人感到暖心。下面是几张薇若妮卡在企鹅栖息地的照片，她正在观察阿德利企鹅的家庭生活。

24 薇若妮卡

吊坠岛

亲爱的麦克里迪太太：

在博客上看到您的照片真是太高兴了。您看起来状态很好，很时髦，也没有太冷。我希望您的鸡眼没事，企鹅们也都好。

我昨天在基尔马诺克商店看到企鹅饼干，就想起了您。不过我什么也没买。您留下的好吃的棉花糖巧克力饼干我还没有吃完。我尽量一次不吃太多，因为道格（我丈夫）说这对我保持身材没有任何好处。我知道他是对的，可我是真的很喜欢甜食。

我们一直在跟教会唱诗班学唱一首新歌，歌词里一大堆的"主啊"和"阿门"什么的，足足占了两页半纸，真是很难记住。

最近这里的天气一直很晴朗，但每天早晨都有霜冻和小雪。我每天都会去巴拉海斯给室内的植物浇浇水，做做你让我做的事情。昨天从那里出来的路上，我看到帕金斯先生推着一辆装满肥料的手推车。我和他说没有您的感觉是多么奇怪，多么空虚，而他说"是的，艾琳，还真是这样呢"。

我希望您吃得好。

艾琳

　　我无法理解为什么她在没有任何有意思的话题的时候还要发邮件。然而，由于特里费心地帮我打印了出来，我还是在把它扔进废纸篓之前简单地读了一遍。

　　这里的夜晚很安静。迈克现在不在，他毫无悬念地在实验室里分析血液、骨骼和粪便。迪特里希坐在桌边，用铅笔给自己的一幅画涂阴影。他告诉我，那是两只企鹅在跳探戈。

　　特里回了电脑房，她在那里待的时间比任何人都长，因为她要把企鹅的信息输入数据库，还要写博客。我不知道帕特里克有没有读过，不知道他对此有没有一点点兴趣。我也不知道他有没有读那些日记。

　　迪特里希把他的笔推到一边，颇有使命感地站了起来。

　　"你画完了吗？"我礼貌地询问。

　　"噢，还没有。不过今晚轮到我做饭了。"

　　他从架子上抓起几个罐头，愁眉苦脸地看着它们。他进了"储藏室"，然后拿了一大块不起眼的肉回来。这可能是任何动物身体的一部分。

　　"现在应该解冻了。"他咕哝道。

　　我问："需要我帮忙吗？"到目前为止，我只帮特里干过家务活儿。

　　"好呀，那太好了。"他很吃惊我会这么问，但也很高兴。我们一起去了厨房。和他一起站在工作台旁边的时候，我注意到，除了面部的胡须，他的脖子周围还长了许多的体毛。我感觉自己像是站在一头熊旁边。

　　"您介意帮我搅拌一下这个吗？"他把罐头里绿绿的东西倒进平底锅里，递给我一把木勺。

　　我尽职尽责地搅拌起来。

"告诉我，麦克里迪太太，您觉得特里是个好人吗？"他突然问道。

我吃了一惊，我从没想过这会是个问题。"她当然是了。我想，你觉得自己多多少少对她的幸福负有责任，对吧？"

"可在我这个位置，我似乎也没办法。"他回答道。

"你很喜欢她，对吧？"

"噢，是啊，非常喜欢。她和迈克我都喜欢。"

我没忍住，从喉咙里发出一阵咕噜声，怎么会有人喜欢迈克这种毫无礼仪教养的人？

"他们是个很好的团队，"迪特里希一边略带绝望地奋力切着肉，一边继续说道，"重要的是他们对这里的环境都很适应。在这样一个人迹罕至的地方待上八个月，可算是很长的一段时间了。等这里的工作结束的时候，我是很幸运，还有妻子和孩子在家等着我，迈克也有女朋友。可特里呢？她没有那样的一个人，她的家人也不理解她，她全身心都扑在企鹅上。"

"我想你是对的，特里会尽她的一切努力来保护这个物种的未来。我很少在别人身上看到像她这样对一件事的激情和投入。"

迪特里希笑了："我也是这么想的。她总是默默地做额外的工作，她对人也很好——甚至对迈克和我这样的人也很好，很少有人能忍受我们两个这么久。"他又补充了一句，"能有您陪她一段时间，真是太好了。"

"你太恭维我了。"

"不，这是真心话。"他停顿了一下，刀也停留在半空，"我们两个比他们年纪都大，麦克里迪太太，我们能够从不同的角度看事情。"

我从喉咙里挤出一阵干巴巴的笑："你比他们大不过十岁，我可是比他们大五六十岁。"

"没错，您比我更有优势。"他承认道，"但我想，麦克里迪太太，您也和我一样发现变老至少会带来一个好处，不是吗？那就是，随着岁月的流逝，您会变得不再那么执着于自身，而是会更加关心别人。随着年龄的增长，爱的能力也在增长。"

我没有说话，我根本没有这种感觉，我的感受与此恰恰相反。

25　薇若妮卡

吊坠岛

　　实验室那边传来的声音越来越大，他们三个人的声音都在。我正在从简陋到不行的洗手间回房间的路上。我总是比他们早睡很多，而现在已经晚上九点十五分了，我已经洗完澡，换上睡衣，摘下了助听器。尽管如此，吵架吵到这个程度，我还是能偶尔听到那边传来的几句话，比如夹杂在一片含混不清的词语中的迈克的一句："上帝啊"、迪特里希的"不，我已经决定了"，还有特里的"拜托，不要再吵了"。我停下来想再多听听，但这场争论似乎已经结束了。迪特里希走出实验室，从我身边经过时礼貌地说了句"麦克里迪太太，晚安"便走了。紧接着，我听到艾拉·费兹杰拉 [①] 的歌声从他卧室紧闭的门里传出来。

　　我回到休息室拿老花镜，顺便在书架前徘徊了一阵子，琢磨着下一本书读《福尔摩斯》的话，能给我带来什么好处。唉，这是一本平装书，但它或许能给我带来一点精神上的刺激。

　　特里走进来，面上泛着与平常不同的潮红。"噢，薇若妮卡，你好。

[①]　美国著名爵士女歌手。

睡衣真好看。"

"谢谢你，特里。"

她没有坐下。

我继续研究着柯南·道尔的作品，可她在旁边一点也不安静。她对着眼镜吹气，使劲擦，接着嘴里又发出"咝咝"的声音，之后还迅速甩了甩头，像是要摆脱一只麻烦的蚊虫。

"怎么了？"我把那本《福尔摩斯》塞回到阿加莎·克里斯蒂和狄更斯的中间，问她道。

她含糊地咕哝了两句什么。我不会就这么算了的。

"帮我把我的助听器拿来，好吗？然后和我说说怎么回事。"

她拉着一张脸，但还是小跑着去了，不一会儿拿着助听器回来。我把它戴上，和她在休息室坐下，一人喝了一杯茶。她证实了我刚才的猜想：问题出在迈克身上。

"我怎么一点也不惊讶呢。"我叹道。

她皱着眉头说："薇若妮卡，我知道他对您的态度有点奇怪，这是有原因的。但他以前从来没对我那么可怕过。通常我们相处得很好。"

我可不会错过这话里话外的暗示。"等等，特里，如果说他对我'态度奇怪'（当然这是你十分委婉的说法）是有'原因'的，你能解释一下这个原因吗？"

"嗯，"她慢慢地说，"我可以告诉您，因为这能帮助您理解整件事情的来龙去脉。您或许还记得，去年我们这里还有另外一位科学家，他也在基地待了好几年？"

我确实有一些模糊的印象，但他们从来也不谈起这第四位科学家。

"他的名字叫瑞安，"特里对我说，"他风趣又聪明，很有主意，也很实际。我们这里水管坏了是他修，发电机和反渗透装置也是他装的。更重要的是，他是一个特别优秀的沟通者，一个很棒的联络官。是他奇迹般地为这个项目争取到了盎格鲁南极研究委员会的资金，可以支撑这个项目六年，但我们都知道六年远远不够。在这六年里，吊坠岛上阿德利企鹅的数量有太多非常明显的起伏变化，比任何其他地方都要多。瑞安承诺说他会跟进这个项目。项目的状况刚开始变得不稳定的时候，他说不会有问题，他的社会关系会追加资助金额。可实际上，现实却恰恰相反——他们直接撤回了捐赠。可瑞安做了什么呢？他离开了我们。他放弃了这个项目，转而去了一个轻松的项目——去冰岛追踪海鸟。"

我怎么也不认为在冰岛追踪海鸟会是一个轻松的项目，毕竟我在这方面的知识非常有限。

"这对我们所有人来说都是一段艰难的时期，但对迈克的打击是最大的。迈克和瑞安走得很近，全身心地相信他，却受到了这样的打击。所以您看，当您出现，承诺给我们捐赠的时候，迈克不敢让自己相信会有这样的好事发生。他也不想让我们所有人燃起希望，最后又彻底破灭。这就是为什么他对您的态度这么奇怪。这只是因为他太在意这个阿德利企鹅的项目了。"

特里总是相信人最好的一面，而我却对她的这个解释很不以为然。我十分刻意地清了清嗓子，说："我相信艾琳已经从我的账户转了几千英镑到吊坠岛信托基金，支付我这三周的食宿费用。这还不足以证明我是认真的吗？"

她耸耸肩道："嗯，我想他也开始意识到了。但他可不喜欢自己被证明是错的。"

她也不傻。

"那迈克和你之间又发生了什么问题呢？"我问，"今晚你们吵的是什么？"

她的心情五味杂陈，过了一会儿，她似乎下定了决心。进一步的真相即将揭开。我很高兴她认为我是合适的倾听者。

"好吧，现实情况是，迪特里希要转交一项任务……给我，"她有些自豪地坦白道，"他想让我接管与盎格鲁南极研究委员会的所有沟通。这是一项巨大的任务，尤其是在眼下我们项目的未来很不明朗的情况下。而如果我们能找到办法继续我们的研究，迪特里希说他想要调整自己的时间分配，花更多的时间在奥地利陪家人。由于他在这里的时间会变少，他问我愿不愿意在两个月内接管这个项目，他让我做吊坠岛团队的负责人，我当然同意了。"

"啊！"这还真是个极好的新闻，我热情地握住她的手，说，"祝贺你！这完全是你应得的。"

"我非常期待这一切带来的挑战，"她露出灿烂的微笑，承认说，"但我觉得——嗯，我知道——迈克有点不高兴，因为得到这个任命的不是他。"

"那是自然，"我说，"你得到了他想要的，这叫嫉妒。我自己很少嫉妒，但我身边曾经有人深受此折磨，其中的一个症状就是恶劣的行为。"

"看来确实如此。"

迈克的不愉快很可能还有另外一个原因。特里自己不知道的是，尽管她蓬头垢面，一点也不时髦，可她还是很有魅力。事实上，年龄合适的人很可能会被她吸引。考虑到迈克在英格兰有女朋友，很可能他无法接受自己对特里有好感这一事实。

"现在迈克对我做的每一件事都要鸡蛋里挑骨头。"她生气地说。

我伸出手搭在她的胳膊上，说："这是他的问题，不是你的问题。他会解决的。"

"你说得对，薇若妮卡。他一定会的。"

我能听到山中传来的隆隆声。空气中弥漫起可怕的灰雾，云的形状极不规律，它们在空中快速移动，互相追逐。企鹅们看起来很不安，它们围成一圈，蜷缩在一起。

一阵大风吹掉了我的帽子，把我的头发吹得乱七八糟。

"好了，今天就这样。我们回基地了。"特里说着，把一只迷迷糊糊的企鹅放回地上。它慢慢吞吞地走开去，又一头扎进自己的巢里。特里开始收拾她带来给企鹅称重的秤和相机。

我看了看表。这里永远也不会天黑，太阳在天空中移动的方向是相反的，我现在已经习惯了这一点，可在南极，我的时间感还是十分混乱。

"现在才十二点！"我抗议道。

"我知道，可风暴就要来了。"

我向山中望去，那里正被盘旋的薄雾笼罩，隆隆声一阵响过一阵。

特里拿出无线电，向迪特里希和迈克简短地说明了情况。

"好了，我们都说好了。越快越好，薇若妮卡。"

我们向山坡上爬去。到达山顶的时候，白色雪花已经拍上了我们的脸颊，我们都有些上气不接下气。我很庆幸回基地的路已经只剩下下坡了，不过，我必须相当小心，因为有滑倒的风险。海豹皮靴很不错，但万一要是摔倒，地面可是不会对你客气的。到目前为止，我不只在这里摔倒过一次，身上到现在都还有瘀青。我可不想重蹈覆辙。

我们毫发无损地回到了基地，迪特里希和迈克很快来到我们身边。迪特里希蹲下来开暖气，他说："我们把这个打开，踏踏实实地在室内待着吧。"

"那我就去实验室了。"迈克说完，朝实验室的方向走去。他没有关门，我去把门关上了。

"关门或许是个好主意，麦克里迪太太，这样可以阻挡气流。"迪特里希说道。

特里走向茶壶。"我们可能会被困在这里一段时间，麦克里迪太太。您可以找本书看看。"

我再次放弃了夏洛克·福尔摩斯，挑了一本更符合这里环境的书——《斯科特的南极探险：世界上最糟糕的旅程》，我戴上老花镜，从特里的手里接过一杯茶，便在椅子上好好坐下，读了起来……

两天之后，我依然坐在这里。我们不能去外面探险。这里乏味得让人身心麻木，幽闭恐惧的感觉令人窒息。我想念大地，想念空气，想念天空，想念企鹅。我再也无法忍受迈克了，也无法忍受迪特里希，有时候我甚至连特里也无法忍受。

《斯科特的南极探险：世界上最糟糕的旅程》并没有让我感觉好一点。

26 薇若妮卡

吊坠岛

迪特里希终于宣布可以安全出门的时候，大家都慌忙冲出了门。我们四个人都大大地松了一口气，以至于有些歇斯底里。周围的景色起了变化：积雪更厚了，松松软软，让大地的轮廓也显得越发柔和，基地像是被套上了干干净净的蕾丝裙边；波浪起伏的地面像是铺了一层发泡奶油。

我们舒展筋骨，疯狂地呼吸新鲜空气，三名科学家更是在雪地里嬉闹叫喊起来。我也感到格外振奋，但我没有叫喊，也没有和他们嬉闹。

迈克显然已经接受了特里将在不久后成为他老板的事实——他往她脖子后面扔了一团雪，至少我认为这说明了他已经接受了。作为报复，她用手捧起一大团雪，狠狠揉到了他的脸上。他们都高声笑起来。

不过，干正事的时候到了。风暴好像破坏了一台电力装置，迪特里希从屋后拖过来一架梯子，靠在小一点的那个风力涡轮机上。

"那么您请上去吧，麦克里迪太太！"他冲我喊道。我回给他一个微笑。尽管我身体健康，身手矫健，但他们都知道我是不会上梯子的。

"我去吧。"迈克自告奋勇，"噌噌噌"地爬到了上面。他的好心情很快就没有了。

他在上面不停地骂着脏话的时候，特里和迪特里希一人拿了一把铲子，开始在山坡上挖出一条路来。有些地方的雪特别厚。"你看不清哪里是哪里的话，就会特别危险。"特里说。

这两人工作的样子震撼了我。这个女孩还真是不怕苦不怕累。

这些问题解决之前，我们当然是不可能去企鹅栖息地的，所以我回到屋里，给自己泡了一壶大吉岭茶。我注意到这几个科学家又没关屋里所有的房门，我努力把它们全关上了。

半小时后，迈克出现在我面前，他衣衫凌乱，表情沉郁。"我们有麻烦了，薇若妮卡。发电机坏了，无法修理。也就是说，我们只有一台发电机了。"

"真是糟糕啊。"我表示。

不幸的是，他还没有说完。"恐怕我们必须减少能源消耗，"他装出一副权威的样子解释道，"首先，这意味着我们不能烧那么多水。从现在开始，你每天只能喝四杯茶。"

我的脸都白了，这可真是滑稽。"难道就没有别的什么……"

"特里要减少写博客的时间，迪特里希要减少听 CD 的时间，我也要减少半夜在实验室开灯工作的时间。我们不能减少暖气供应，也不能在企鹅研究所需要的电力上妥协，只能在其他方面节约一点。明白了吗？"

真是个不讨人喜欢的男人！他完全不明白"道歉"这个词是什么意思。

"现在人类都能太空旅行了，我相信我们肯定有办法修好一台简单的发电机吧？"

"不，我们没有办法。"他直截了当地说，"我没有合适的工具。"

我非常想引用一句"只有不好的工人，没有不好的工具"之类的谚语，但我忍住了，我只是狠狠地瞪了他一眼。

每次和迈克谈话过后我总是非常生气，是大吉岭茶使我心情舒畅。如果以后要计划着喝，我得要好好珍惜喝下去的每一口。

再次见到企鹅们真是太好了，可在它们之中看到那么多圆滚滚的小尸体，实在是太让人难过。眼前这样的场景让我的胸口猛地拧紧，就在小吊坠下面的那个位置。

活着的企鹅依然非常活跃，它们勇敢地忽略了社群里的死亡气息。尽管损失惨重，但新的生命遍地开花。整个聚居区里，到处都有刚从蛋壳里冒出来的小小脑袋在摆动。为了恢复平静，我全神贯注地看着其中一只阿德利企鹅的滑稽动作。这只企鹅很迷人，它是个胖乎乎的、毛茸茸的孩子，绕着小圈跑来跑去，像是在追逐一只想象中的蝴蝶。它为自己高兴，也为这个世界感到高兴。

一个巨大的长翅膀的影子掠过雪地，我抬起头，视线追寻那只鸟的飞行轨迹，认出来那是一只贼鸥。它冲进企鹅群，抓住了我正在观察的那只小企鹅，又向天空中飞去。我吓得倒吸了一口冷气。那只可怜的企鹅宝宝在蔚蓝的天空下拼命挣扎。

"放开它，放开它，你这畜生！"我朝那只贼鸥尖叫起来，可这呼喊完全是徒劳。小企鹅的脚踢了一会儿，脖子便歪向了一边，随后便像一块破布一样从贼鸥的爪子间垂下，晃来晃去。第二只贼鸥飞了过来，两只鸟撕扯着把它分成了好几块。

我全身都在颤抖。我的目光回到企鹅群，寻找它的父母，我对它们的遭遇感同身受。我不知道哪两个是它的父母，在这热闹的一大片黑白相间的企鹅群中，它们并不拥有姓名。

特里的声音把我从神游中拉回现实，这时我正抱着一杯大吉岭（现在这已经是很珍贵的东西了），她则在房间的另一边摆弄着一堆企鹅标签。

我调整了一下助听器，问："你说什么了吗？"

"你看起来很难过，发生什么事了吗，薇若妮卡？"

我没想到这么明显。

"发生什么？没有。"我答道。反正也并没有什么特别的事情。

她的眉头紧锁，视线在我脸上搜寻着线索。"我知道你有心事。你可以和我说说的，薇若妮卡，什么事都可以和我说，我俩私下说。在这样的一个地方，很容易有事情影响到你的情绪，我是清楚的。在这里情绪会变得更容易暴躁，但和人聊聊是有帮助的。"

"是吗？"我对此很怀疑。

"我不会告诉别人的，如果……如果是你的私事的话。而且，不管怎样，我不是一个会评判别人的人。"

一个人不会评判另一个人？这我还真是没有见过。

"你不怎么聊起你自己的事，"她又说，"我想要多了解你一点。"她在我旁边的椅子上坐下，摆出一副不放弃的态度。这样的态度让我想起一个人。然而此刻，麦克里迪氏那传奇般的坚忍不拔的精神似乎正在崩溃。我的四肢沉重得让我喘不过气，任何一个微小的动作都让我拼尽全力，我的大脑也感到万分疲惫。有时我会觉得，自己在试图调整一些完全不可能调整的状态。我本以为到了人生的这个阶段，我已经忘怀了过去，可自从重读了那些旧日记，我才发现往事依然历历在目。那些过去依然深植于我的内心，那些感受甚至比以往还要更加强烈，如同一块巨大的溃疡在我体内不断生长。它一直在扩张，压迫我体内所有的重要器官，让毒素流遍我的血液。

我让自己相信，来到这里或许能为自己带来某种解药。我当然很享受和企鹅在一起的时光，但这还不够。我开始意识到，什么都不够，永远都不会够。

"这真是个巨大的浪费，"我喃喃自语着，与其说是对特里，倒不如说是对自己，"我的生活，完全就是个巨大的、痛苦的、莫名其妙的、毫无意义的浪费。"

"我相信那不是真的，薇若妮卡，我敢说你一定做过很多了不起的事情。"她大喊着，向我伸出一只手。我假装没有看见。

"了不起？并没有。"

事情就那么发生了，而我以自己的方式迅速而冲动地做出了反应，并没有管是对是错。那之后，时光飞逝，一年又一年，十年又十年，寂静连着一片寂静，就像是地球表面逐渐覆盖上一层层泥土、岩石和冰层。谁又会知道、谁又会关心地心深处那燃烧的熊熊火焰呢？

"是为了帕特里克的事吗？"特里问。

"帕特里克？"

"嗯，那是您孙子的名字，对吧？"她记忆力还真不错。

"我想，从生物学的角度来说，他是我的孙子没错。"我承认。

"那么……你一定有孩子了？一个孩子？"

我在她睁得圆圆的眼睛里看到了各种图案，还有一丝一丝的蓝色和银灰色。

"不，不算是吧。不算是。"我对她说。

她看起来有点受惊吓："我不知道你是什么意思。你太神秘了，薇若妮卡。"

她对我一直都挺好的，或许我欠她一个解释。

"那是战争年代……"

我停了下来。不管她如何哄我，我都无法再回忆一遍，无法大声把这段回忆讲出来。生活是释放与隐藏之间一种微妙的平衡，而对我来说，生活主要在于隐藏，隐藏是唯一坚持下去的方法。再说了，我又为什么要告诉她这些事呢？这和她又有什么关系？

"我现在想休息了。"我站起身，走进自己的房间，紧紧关上了门。

27　帕特里克

博尔顿

　　继续读奶奶的日记之前，我用健力士啤酒武装自己。我不知道抽几口大麻是不是也会有帮助，但最后还是决定不要了。我正在努力戒烟，我甚至考虑把"小麻麻"和"小叶叶"还给茱蒂丝，这样就不会再有诱惑了。

　　很晚了，但又有什么关系呢？我给自己倒上啤酒，在床上躺下，再次翻开了日记本。

1940年11月20日

阿格沃斯

　　我很久没在这里写日记了。我写不下去。即使到了现在，那一切都还在我的脑海里一圈一圈地盘旋。那些可怕的小细节。门上"女校长"的牌子，哈里森小姐粗糙的皮肤，她那双小小的锐利眼睛，她不停地搓弄紧贴在自己颈背上的小鬈发。还有玛格丽特姑妈，她如幽灵般苍白，站在桌子旁边，显得那么僵硬。

我被叫过去的时候，还以为是偷梅尔顿小姐粉笔的事情败露了。我甚至有那么一丝希望，作为惩罚她们会把我送回伦敦。然而并不是，恰恰相反，我听到的是那样的一个消息——非常可怕、残忍，无法想象……

爸爸妈妈，你们说过一切都会好起来的。你们答应过我的。

我想对哈里森小姐和玛格丽特姑妈大喊大叫，说她们在撒谎，说这绝对不可能是真的，爸爸和妈妈不会……他们不可能……

他们是那么爱我，他们绝对不可能这样对我。他们绝对不会让自己被杀，不管天上掉下来多少炸弹，不管世界上其他地方发生了多少爆炸、流血和燃烧。

哈里森小姐又一次戳向她那愚蠢的发髻，她说："孩子，他们去了天堂。你必须接受这个现实。"

我对玛格丽特姑妈的恨达到了顶峰，但我永远忘不了她在我最脆弱的时候说的话："哭是自私的，薇若妮卡，眼泪显示的是软弱。他们不会希望你哭的。"

我仿佛听到爸爸的声音回荡在耳边，他和蔼又坚定的声音。他最后一次看着我的时候说："你要坚强。"

我咬紧牙关，咬得那么用力，我的舌头尝到了鲜血的味道。

我会坚强的，爸爸。为了你，我不会哭的。

以前不哭，现在不哭，以后也永远不会哭。

1941年1月1日

伊瑟特科特农场

时间已经过去了那么久，而我，薇若妮卡·麦克里迪，众多与残酷命运搏斗的战时孤儿之一，还在这里竭尽全力地寻找生命的意义。

现在，我必须好好迎接新的一年到来。

我是在伊瑟特科特农场跨的年。我从圣诞节开始就住过去了，是珍妮特主动邀请的（再说了，谁愿意和玛格丽特姑妈一起过圣诞节啊？）。德兰维尔一家一直都对我不错，他们甚至给我准备了圣诞礼物——一块肥皂。珍妮特说，这是为了防止我又混进猪圈。我的确经常去看望它们，除了它们还有奶牛。动物是我的朋友。可是，没有爸爸和妈妈的圣诞节又怎么能算圣诞节呢？

这个新年，我的愿望是要比以往任何时候都更坚强。

昨晚我半夜醒来，珍妮特和诺拉都睡着了。住在这里的时候，我们三个是睡一张床的。我从床上溜下来，光脚踮着脚悄悄走到窗前。我打开胸前的吊坠，小心地取出里面的两缕头发，那是我和我至爱的亲人之间仅存的联系了。它们躺在我的手掌心，沐浴在洁白的月光下，显得是那么平和安详。我举起这两缕头发，在脸颊上轻轻摩擦，想要听到爸爸妈妈的耳语。可我没法抓住那些已经逝去的东西，就像读到了一个绝对不可能是真实的故事，当你突然意识到这一点，那感觉是如此尖锐而残酷。我的心又碎裂了一遍。

1941年1月28日

邓威克堡

天气冷得要命。每天早上洗衣服之前，我们都得额外花时间来打碎水面上的冰层。我真讨厌穿着睡衣和其他女孩一起颤抖着挨过那漫长的等待。早晨不光冷，还特别暗。昏暗的天色让人难以忍受。

为了对抗这阴郁的感觉，我故意表现得格外大声、格外活泼，珍妮特和诺拉都说我"真是个疯子"。我不会喋喋不休地诉说我的悲伤，她们也不知道我心里有多痛。好吧，因为我是真的不想谈这个。我尽可能地和我的两个朋友黏在一起，这能让我暂时忘掉一切。我常常笑，对老师很粗鲁，违反学校的各种规定。

英文课上，我们开始学习《哈姆雷特》。我和哈姆雷特有很多共同之处。我们都失去了亲人，有点疯狂。和他一样，我也"装出一副性格古怪的样子"。我理解哈姆雷特，哈姆雷特也理解我。

我在伊瑟特科特农场度过了很多个周末，但有时候我还是得去玛格丽特姑妈家。谢天谢地，她还让我去上周六的舞蹈课。音乐就是我的生命线，我沉浸在庄严的华尔兹和欢快的狐步舞中。节奏让我快乐，它像涟漪般将那些黑暗的想法融化、卷走。

不过，我在阿格沃斯的其他时间都很凄凉。嗯，星期天去教堂的时候也是，因为玛格丽特姑妈总会无穷无尽地向我宣教。她喋喋不休地说啊说，说爸爸妈妈现在在天堂，他们在那里看着我，而我也必须尽我最大的努力升入天堂。听姑妈那意思，我要进天堂可不容易，要可怜的上帝老爷爷格外慈悲才有可能。

1941年4月23日

邓威克堡

到了阳光透过镶钻的窗户洒进来的季节，我们学校的人又开始往乡间跑了。我们在篮子里装满报春花，之后再坐下来，在盒子里铺上苔藓，再装饰上鲜花，到医院送给在战争中受伤的人们。

这段时间我常待在伊瑟特科特农场，对珍妮特的哥哥哈里有了更深入的了解。你不能说他长得有多帅，但他有他的粗粝的魅力。他非常高大强壮，人也很有趣。星期六的时候他打了一只兔子，我看不惯这种事，但后来德兰维尔太太把它的肉做成馅饼端上桌，我必须承认，我也吃了一些。在现在这样的时局下，你没法太挑剔食物。

一番深思熟虑之后，我想我是喜欢哈里的。毕竟，未来还是值得期待的。

1941年6月22日

伊瑟特科特农场

我现在十五岁了，但我感觉自己远比这个岁数要大。照镜子的时候，我觉得我看起来远远不止十五岁，至少比珍妮特和诺拉大吧。

昨天来接我们的不是哈里，而是一个高个子、黑皮肤、穿着泛黄的棕色制服的男人。

"嘿，乔万尼，"珍妮特说，"这是我的朋友，诺拉和薇若妮卡。"

"你—你好，珍妮特。你—你好，诺拉。你—你好，薇若妮卡。"他的笑容灿烂，说"你"字的时候发音特别重，念我的名字的时候一字一顿，"薇—若—妮—卡"。

我们一边爬上马车，珍妮特一边向我们解释："乔万尼是来我家工作的新战俘。之前那个太不靠谱了，所以我们要求换了个新的。乔万尼，你是意大利人，对吧？"

他开心地点了点头。

在珍妮特的闲言碎语中，在马儿小跑的"嘚嘚"声中，我能听到他一遍又一遍地自言自语着："薇—若—妮—卡。薇—若—妮—卡。"我们到达农场时，他从路边采了一把新鲜的草叶喂给马儿，用他的语言轻声和马说话，抚摸着它的鼻子。我喜欢乔万尼。

到他们家的时候，德兰维尔太太说我们应该小小庆祝一下，一方面庆祝我的生日，一方面感谢我们帮助他们挤牛奶和照看农场的一切。她为我们这些女孩准备了野餐，哈里也加入了我们。大家一起骑着单车到了农场边缘一处风景好的地方，从那里可以远眺英格兰北部峰区的险峻峭壁，空气和煦，百花盛开，路边到处都是粉色的剪秋罗和奶白色的欧芹。

我们在一棵古老橡树的树荫下野餐，食物有刚出炉的面包，自制的土豆派、腌洋葱、苹果和姜饼。哈里一直待在我身边，一直给我递这递那，尽管我自己拿东西很容易。

我发现每当哈里说话的时候，诺拉的目光都围着我转，观察我的反应。她知道哈里喜欢我。

不得不说，有人喜欢是一件好事。我还有恋爱的能力吗？那也许会相当令人快乐呢。

老实说，我觉得老天欠我一份快乐。

我的确需要一点什么来让生活得以继续。我的生活里有一个巨大的洞，要是不找个什么东西来填补，我觉得我的灵魂都要被吸走。

1941年7月12日

伊瑟特科特农场

这终于还是发生了。我慌得满脸通红。我们的计划是，我和哈里两个人单独骑车去车站，然后一起搭火车进城，然后走一小段路就到电影院了。哈里向我保证，这是一件非常淘气的事情，所以我答应了。

"别告诉我妈妈比较好，"他说，"我会和她说我要去见朋友，她会以为你跟珍妮特和诺拉一起在楼上。"

珍妮特觉得这件事很好笑，但诺拉不太喜欢这个主意（你说这是为什么呢），她们把我的头发弄成大波浪，用了上千个别针把它别起来。我穿着我那条罂粟红的棉质连衣裙，还借了珍妮特最好的米色外套来搭配。我们没有长袜，但珍妮特用棕色墨水在我的腿部后侧画上了一条线，这样我看起来就和穿了长袜一样。

这篇日记是我在出发前十分钟匆匆写下的。这还真是激动人心呢。德兰维尔太太在楼下做缝纫。我马上就要从后门溜出去了。我准备好了。

1941年7月14日

邓威克堡

我不知还能向谁倾诉。这世上没有人，只有你，一直都只有你，我亲爱的日记。只有你会倾听我的痛苦悲伤，并将它们吸收到你伤心的白纸上。

周六晚上发生的事情是这样的：我和哈里按计划在伊瑟特科特农场的后门见了面。他花了些心思把头发弄光滑，不幸的是，这却让他的耳朵更突出了。他只准备了一辆自行车，他说另一辆坏了。

"但你可以坐在后座紧紧抓住我。你不会害怕吧？"

我当然不害怕。我爬上单车后座，我们就这样出发了。车速很快，我罂粟色的裙子随风飘扬。我紧紧抱住他，感觉到他的肌肉在衬衫下一动一动，感受他由于我的身体贴在他背后而感受到的愉悦。

"我的玛格丽特姑妈要是知道了，一定要气死！"我叫道。

在火车上，大家看我们的眼神全都满是不赞同。他们猜测着我们的年龄，不过倒也没人上来指责我们。我给哈里讲着玛格丽特姑妈的吝啬闹出的笑话。

"第一次见面的时候我还以为你是个势利眼呢，薇若妮卡，"他对我说，"但你不是。你是个很有气度的人。"

我们要去看的电影是吉米·卡格尼主演的一部冒险片，可哈里似乎对此没什么兴趣，他一直试图用手臂环住我的肩膀。刚开始我还挺喜欢这种感觉的，我甚至还微微向他靠近了一点点。我的心怦怦跳得很厉害，一下一下地撞击着胸前的吊坠，这让我越来越渴望爱情。哈里把他的鼻子蹭了过来，越靠越近。

可后来，他把脸贴在我的脸上，开始吻我的嘴唇，我退缩了。他的口气很刺鼻，像煮过的洋葱，我也没法忍受他如此粗糙、长满青春痘的皮肤。

"不要！"我"噌"的一声，"我想看电影。"

去火车站的路上，他又扑上来一次，用手抓住我的身体，我一下子跳开了。

"不，哈里。我不喜欢这样。放开我。"

"怎么？你挑起我的兴趣结果又突然变冰山了？这可不怎么厚道。"

回程的火车上我们一言不发，气氛冰冷得可怕，我很害怕接下来又要坐他的自行车，我绞尽脑汁地在想有没有其他办法回农场或学校……并没有。

1941年7月18日

邓威克堡

"噢，这过于肮脏的肉体会融化，融化、分解成露水……"《哈姆雷特》里的文字，真是表达了一切。

太可怕了。珍妮特不理我了，她连看都不看我一眼。每次我坐到她旁边，她就把脸转过去。她不再像以前那样和我分享腌牛肉三明治，而是一个人默默地吃。当然，诺拉也对我格外冷淡。

哈里一定告诉她们是我勾引了他什么的，因为难听的谣言传遍了学校，现在同学们都喜欢管我叫"妓女"。

既然我曾真心当朋友的人都根本不听我的解释，那我也没必要自降身价去和她们解释。

我心里很烦躁，不知道该怎么办。我讨厌哈里的莽撞大胆，他怎么能这样对我呢？我在头脑中设想过无数种可能发生的对话，以及报复的办法，可惜这些计划永远也无法实施了，因为我见不到他。伊瑟特科特农场不会再邀请我去了。

有时我觉得世界的不公平让我都要疯掉了。这个世界上没有人会支持我。我是多么多么希望爸爸妈妈还在我的身边。夜里我总会死死咬住枕头，这是唯一能让自己不大哭出声的方法。

1941年7月19日，星期六
玛格丽特姑妈家

今天早上，我在学校大门外，独自站在离那群女孩有一些距离的地方，等着送牛奶的车过来。珍妮特和诺拉也在等车，她们完全当我不存在。

当伊瑟特科特农场马车的嘎吱声在拐角处响起时，我忍不住抬头看了看司机，不是哈里，是那个意大利战俘乔万尼。"薇—若—妮—卡！"他叫道。我和他很快互相微笑了一下。他还记得我的名字，这真是太好了。这时我注意到哈里也在车里。他摆出一副夸张的绅士风度，把自己的妹妹和诺拉扶上车。整个过程他都刻意避免看向我的方向。我也高高昂着我的头。

珍妮特说了句什么，我听见了后半句："……哪儿来的权利那么高傲自大……"

我怒不可遏。乔万尼驾着马车上路时，我看到哈里特意站到诺拉旁边，用胳膊环住她，给了她一个长长的吻。他们俩同时回头，看了看我的反应。我一个人站在那里，气得浑身发抖。

1941年7月20日，星期天
阿格沃斯

昨天去上舞蹈课的时候，我已经被上一周的激动情绪折腾得筋疲力尽了。温暖的阳光照在我的脸上，让我感觉很残酷，因为它提醒我，我再也得不到来自同胞的温暖了。谢天谢地，我还可以跳舞。

我快步走向村公所，突然看到前面有两个人影。其中一个推着一辆装满蔬菜的手推车在路边走着，身穿一件泛黄的棕色制服。他似乎感觉到了我的目光，转过身来，四下看着。是乔万尼。

他立刻认出了我，深深低头致意，头发遮住了眼睛。

"你好！"我回应道，还学着他的样子假装行了个屈膝礼。

"美女！"他叫起来。他的同伴催着他往前走，但他还是停下来，摘了一朵花放在地上，才继续往前走去。

我走到那朵花旁边的时候，他们二人已经转过一个街角，消失了。我把它捡起来。那只是一朵蒲公英，可是，噢，我是多么爱那蒲公英！它的黄色是那么明亮，它的花朵是那么充满活力，任何人也抑制不了它的生机。我抚摩着它的花瓣，小心翼翼地将它别在耳后。

今天的舞蹈课拖堂的时间格外长。课后，我没有直接回姑妈家，而是朝露天市场的方向走去。我在摊位间徘徊，终于在一堆蔬菜后面看到了他。

他面露喜色。这根本不是一张写满被踩躏践踏的绝望的战俘的脸，他看上去兴高采烈、生机勃勃。我突然发现，他是我见过的最帅的男人。

乔万尼的眼睛是深棕色的，活泼又火辣。他的鼻子很高贵。他的头发蓬乱，下巴上有胡楂，但这胡楂很适合他。他身材很棒，高大魁梧，肌肉发达。无论怎么看，他都很迷人。

"他们现在让你自己出来啦？"我直勾勾地看着他问道。

"嗯，没错。我旁边摊位的人会确保我不会带着钱跑掉。"他转向旁边那个穿着条纹围裙卖肉的老人，说："我不会带着钱跑掉的，对吧，霍华德先生？"

"你不会的，"霍华德先生笑着回答，"因为你卖菜的钱都由我收着，周一去伊瑟特科特农场见德兰维尔太太的时候一起给她。"

一个战俘能得到这样的自由，真是令人惊讶。

看起来霍华德先生和乔万尼的关系处得还不错。

"你想要买蔬菜吗？"乔万尼问，"你看，我这里有可爱的土豆，还有非常棒的甜菜头，这些西红柿最棒了。我想你一定会想要一个最棒的西红柿？"

"我当然想要一个最棒的西红柿！"

我把硬币递到他手上，他立刻把它们递给了霍华德先生。

我想了想要不要就在那里吃西红柿，最后决定不要。红色的果汁要是喷在脸上，看起来可不是很雅观。

"我还想要……"我一边扫视着那些蔬菜一边沉思，"想要买点东西给玛格丽特姑妈。你有什么推荐呢，乔万尼？"

"她喜欢什么样的东西？"他看看我，又看看蔬菜。

"我不知道她喜欢什么，但我知道我想给她买什么。我要最老最老、最不好吃的东西，"我答道，"你这里最老最不好吃的蔬菜是什么呢？"

他大笑起来，很开心的样子——同时又很亲密，好像我们是一起犯罪的同伙。

"这根又老又皱的萝卜怎么样？"他建议道。

我笑了："绝对完美。"

1941年7月27日，星期天

阿格沃斯

我开始格外期待周六下午了！不是为了上舞蹈课，而是为了课后去市场。乔万尼一定也知道我是专门去看他的，昨天他又摘了些花，有绣线菊、野玫瑰，还有好多好多的蒲公英。他站在自己的蔬菜摊后面，夸张地向我炫耀那束花。霍华德先生故作忙碌，假装什么也没看见。

我决定授予乔万尼最大的荣誉，我对他说："乔万尼，我知道我的名字对你来说很难念，以后你可以叫我薇薇吗？"

"薇薇？为什么这么问？可以，我会的！薇薇最可爱，薇薇最漂亮，薇薇亲爱的！"

我高兴地咕哝起来："薇薇亲爱的！"要是我们能找到机会独处就好了。

1941年8月3日，星期天

我有好多话要说。

首先，我恋爱了。你怎么可能不爱乔万尼呢？他可是这个世界上最好、最帅的男人。不，我才不在意他是敌人那一边的。反正这场战争完完全全一点意义都没有。

昨天我甚至没去上课，而是直接跑去市场找他。

"你知道我为了来见你，翘了舞蹈课吧？"我对他说。

"啊，那太可惜了。我可不想阻碍任何一个女孩跳舞，尤其是你，薇薇。看你跳舞——那才是真正的荣幸呢！"

我在街上转了一小圈。他热烈地为我鼓掌。

"或许我们可以一起跳？"

他走上前来，和我摆好跳舞的姿势。这一切真是太棒了。我快要在他的臂弯里融化了，可就在这时，霍华德先生上来干涉了。他轻轻拍了拍他的后背，说："不，你最好停止，乔万尼。这事情是有限度的，小伙子。"

乔万尼放开了我，他对着我耳语："我听说今晚在村公所有舞会。"

"我们可以去吗？"我也压低声音回答他，对即将发生的事很是兴奋。

"不容易。我是个囚犯，他们不会让我进去的。但我可以从农场溜出来……我们在村公所后面见面怎么样？在那里或许我们还能听见音乐，可以一起跳舞？”

这很难，但他却愿意去试。我喜欢这一点。

“我会去的。”我向他保证。

傍晚，我对姑妈说我头很痛，需要早睡。之后我蹑手蹑脚地溜了出去，一切都进展得很顺利。我一路小跑，空气中弥漫着玫瑰和金银花的温暖香气。

他已经等在那里了。他刚从阴影里走出来，我便马上冲了过去，伸出双臂环抱住他。我实在控制不住我自己。他很震惊，但很高兴，给了我一个热烈的吻。我仿佛身在天堂。

大厅里音乐声响起。我和乔万尼沐浴在黄昏的暮色里，一起在后墙后面的泥泞中跳舞。这里没有人会看见我们。两个人在一起的感觉是那么亲密，那么热情，鲁莽不计后果，又如此光芒万丈。

“薇薇，”他低声说，“我的薇薇。你让我感觉生活有了意义！”

“我也是！”我深深地呼吸，贪婪地嗅着他的气味，他身上那带有泥土气息的男人味。我身体里的每一个细胞都为这一刻的亲密而兴奋。

银色月光洒在我们身上，让他显得更加帅气了。

“他们可以灭掉地球上所有的灯，但他们永远也无法遮挡星星和月亮的光辉。”我低声说。

“是的，他们办不到，薇薇，”他说，“他们也无法熄灭我心中为你而亮起的光芒。”

突然之间，乐队开始演奏另一支曲子。我停了下来。

“怎么回事？”乔万尼问，“怎么了，薇薇？这曲子很好，很欢快，可你却……你却不开心。”

我从心底发出一声叹息。我重重地靠在大门上，那是兰贝斯走步舞的舞曲。

乔万尼又把我搂进怀里，对我说："你难过的时候，变得更加美丽了。"

他抱了我很久，吻着我的眼睛，鼻子，头发，嘴唇。我全身都很僵硬，拼命地压抑着自己的感情。

后来，我把一切都告诉了他。我和他讲了爸爸妈妈的事，讲妈妈过去常为我扎头发，给我讲故事，讲爸爸以前会把壁炉前的地毯盖在身上，咆哮着，假装成熊，我们笑到眼泪都掉了下来；我和他讲我们如何想象我的未来：妈妈说我会成为一名作家，爸爸则说我会成为一位著名的探险家。我还告诉他空袭警报响起的时候我们是如何挤在楼梯下，而他们从来不害怕任何事情；告诉他即使在最危险的时候，妈妈也总是要出去开救护车，帮助受伤的人；而爸爸好不容易才从上一场战争中幸存下来，却又要面对另一场战争到来的现实，他有多难过。他们都曾把我看得比世界上的一切都重要，可现在，再也没有人那样珍惜我、爱我了。

最后，我告诉乔万尼，当我们家的房子被炸弹炸毁时，他们被压死在了里面。

乔万尼认真听着，从震惊，到最后陷入沉默。

我说完后，他用手往后轻梳着我的头发。我不想他看到我的脸，我觉得它现在已经扭曲得很难看。

"可你还是没有哭。"他说。

"我要是开始哭，可能就停不下来了。"

他的唇印上了我的唇。这突然发生的亲密连接，仿佛是他想要吸走我所有的痛苦。

我直视着他的眼睛。

他深色的眼眸中写满了理解。

"乔万尼，我想要你。"

"我也想要你。"他的声音低得像耳语，像呜咽，像是在试图抵抗这种欲望。

我看了看四周，看到谷仓的斜屋顶在天空下轮廓分明。

反正现在大家都觉得我是个贱货，那么为什么我不能放纵一次呢？

"现在，"我急切地说，"我们要享受当下。"

我拉着乔万尼的手，拉着他走过月光下的田野，走向谷仓。

他问我是否确定。

是的。

是的。我这辈子从来没有这么确定过。

28　帕特里克

博尔顿

2012年12月

　　我清了清嗓子，对盖夫说："老实告诉我，你觉得我看起来有没有一点点像地中海那边的人？"

　　是我叫他下班到龙酒壶酒吧来喝一杯的。他莫名其妙地打量着我。我又补充道："是不是有一点点像意大利人？比如说，我的鼻子？"

　　"让我看看你的侧面。"

　　我转过头。

　　"不，我不觉得，"他说，"你的鼻子不算罗马式。它很长，但不是罗马式的。不过你的肤色倒是有点深，绝对是有点橄榄色的色调。"

　　"嗯，那好吧。谢啦。"

　　"你希望自己看起来像意大利人？"

　　"我希望吗？"

　　"我在问你呢，哥们儿！"

老天爷啊，我也不知道！

"我觉得奶奶的日记让我有点陷进去了。"我挤出这么一句当作回应。

"嗯？"

"因为我从小是个孤儿，所以有奶奶这件事对我来说还挺重要的。"把这句话大声说出来才让我真正意识到了这一点，这本日记也是个很好的启示。在某种程度上，历史重演了。我和薇若妮卡奶奶一样，很早就失去了双亲，不得不靠自己。不过，我的几任养父母都还不错，年轻的薇若妮卡却没有这样的运气，她身边只有那个可怕的宗教狂热分子姑妈。老天，那一定很惨。这也难怪她有一点失控，难怪她要想尽一切办法寻找爱。

我从来没有见过自己的父亲，但很明显，薇若妮卡特别爱她的父亲。我在六岁那年失去了母亲，这真是十分可怕。但我想，从某种程度上来说，十四岁失去父母这件事更加糟糕——你和他们在十几年的成长中培养起来的深刻的爱，经历过的那些拥抱和交谈，一起做过的事，所有的一切就这么被夺走了。这太伤人了。那个可怜的孩子一定受到了沉重的打击。

"所以你觉得你可能有意大利血统？"盖夫问，"看起来也是有这个可能性，不过……"

薇若妮卡只和哈里出去了一次，我也不太清楚那次到最后到底发生了什么。她在日记里没有写到他们骑单车回家的一路上发生的事。不过，那段经历对她来说很不愉快，这一点非常明显。他应该没有……他肯定应该没有……吧？见鬼。不，他肯定没有。要是有的话，她应该会写下来的……对吧？日记我是跳着读的，略过了一些关于学校的冗长无聊的内容，但我很确定，我不会漏看这么重要的事情。可现在，那可怕的怀疑不停地在我脑子里打转，我得赶快把剩下的日记读完，看看还能找到些什么线索。

我一口气喝完了剩下的酒，对盖夫说："好了，我得赶紧回去了。"

我的心跳得飞快。我真是太可笑了。

我的爷爷一定是乔万尼，是不是？

特里的企鹅日记

2012年12月18日

    阿德利企鹅们真是永远好奇，永远忙碌。今天，我和薇若妮卡去给巢穴做标记时，就被一只特别好奇的小家伙缠上了。它还没到成立自己家庭的年龄，我们的行为似乎激起了它的兴趣。下面是一张它和薇若妮卡互相注视的照片，你可以看到，她为了不让它够着，把自己的手提袋举得老高。

    而在岛上的其他地方，大自然正悠然地以自己的节奏运行着。情侣们正在交配，雌企鹅在下蛋，第一批小企鹅已经被孵了出来。我们在吊坠岛上的企鹅社群真是太热闹了！

29　薇若妮卡

吊坠岛

　　我凝望着那一片巨大的、躁动的阿德利企鹅的黑白海洋，在我目之所及的每一个地方，都有企鹅与企鹅在互动。每一只企鹅在自己的社群里都显得那么自在。它们似乎很能融入自己的同类，可我却从来没能像这样融入我的人类同胞群体。我又一次对自己的过去产生了强烈的感受。

　　有时候，记忆会在你心灵的缝隙里落满灰尘，有时它们像影子一样在你头顶盘旋，有时它们又会举着大棒在你身后追赶。

　　此刻，我想起了乔万尼，他还活在这个世界的某个地方吗？尽管已经过了这么多年，我的脑海中依然能够清晰地浮现出他的样子。我记得他那双手，很大，有点粗糙。我几乎还能感觉到他面颊上那隐隐的胡楂，他的唇印上我的唇，两个正值青春的少年，成千上万根神经末梢被唤醒，那么不满足。

　　那个时候，我想象不出世界上还能有什么比这更强大的力量。但生物学决定了很多事情。我的整个人格，不过只是一些特殊的化学物质混合后的结果吗？而爱情只是一系列的生物节律，是大脑电脉冲的集合吗？

是激素分泌过多？也许吧，也许在某些情况下，被我们称为"爱"的这一炼金术被强化了——比如，被一个阳光明媚的漫长夏天强化了，被少年的叛逆和战争带来的极端悲剧强化了。也可能是这样吧。

我和乔万尼，要是那时我们能被允许在一起，事情又会怎么样呢？我们之间还能保持这样强大的吸引力吗？抑或正是时代的疯狂，正因为我们之间的关系是被禁止的，我才会那样深深地爱着他？现在我已经这么大岁数了，也看够了人情冷暖，很可能这才是事实。

他也许没能在战争中幸存下来，也有可能他已经回到了自己的国家，就像大多数战俘那样。我能想象，他现在已经是个风烛残年的老头了，弯腰驼背，满脸皱纹，或许还抽着烟斗，在地中海的橄榄树林里散步。他是否也会想起他在许多年前爱过的那个英国女孩呢？他的想象力再疯狂，应该也不可能想象得到，她此刻正在遥远的南极，与三个年轻的科学家和5000只企鹅在一起吧。

等我回到英国，我倒是可以再雇那个机构去找他，就像之前找帕特里克那样。那也是我早该去做的事情吗？

不，如果乔万尼在战争中幸存了下来，如果他真的想见我，他早就应该回来找我的。他会找到办法的。最近重温那些日记，找到我的孙子，我已经打开了潘多拉的盒子。

我又想到了帕特里克。在肮脏的瘾君子背后，他本质上是一个什么样的人呢？我对他的评判是不是过于苛刻了？他在机场的行为举止和我第一次见到他的时候完全不一样。我如果不是一心想着马上将要出发来到南极探险，如果不是被他的突然出现惊到了，我应该会更加关注这孩子本身。

现在，我把我的过去托付给了他，给他看了我少女时期的日记。我完全没有必要把这展示给任何人，我也对自己居然这么做了感到很惊讶。的确，一想到他要读这些日记，我就感到很不安。然而，在这种恐惧不安的背后，却又有着一种无法否认的解脱感，因为我终于分享了自己的故事。我内心冲动的小魔鬼肯定是感受到了心底呼之欲出的需求。

我在想，他会读吗？他会理解吗？

"薇若妮卡，你好像在想心事呀？"

"怎么，有什么法律不准我想吗？"我生硬地问。

天空从蓝色变成淡紫色，又从淡紫色变成了墨灰色。我和特里已经在外面待了好几个小时了。这里还是隔一段路就会有成堆的企鹅尸体，被冰封成了木乃伊。我尽量不去看它们。

活着的企鹅并不会把时间浪费在悲伤或自怜上，它们太忙了。每天都有越来越多的企鹅宝宝降生。这些滑稽的小动物，和它们的父母一模一样，只是更加矮胖，更加毛茸茸。成年企鹅则轮流去海里觅食，回来的时候全都大腹便便，嘴对嘴地把反刍的磷虾喂给幼崽。第一批小企鹅已经长大了，开始走出巢穴，在小水坑和泥泞中蹒跚学步，不停地发出吱吱的叫声。

我看到一个格外瘦小的身影，虚弱地在社群边缘游荡。这只企鹅宝宝是灰色的，全身都湿透了，它似乎迷失了方向。它走得特别慢，走上几步就停下来四下看看，它先是抬起头，又歪过头，带着乞求的神情看着其他企鹅。企鹅们并没有为此停下它们的日常例行事务——闲谈、争吵，在自己的巢穴中蠕动，提供和接受反刍后的鱼。可这一只企鹅宝宝，它看起来很孤立，很害怕。

"它的父母在哪里？"我问特里。

"可能已经死了。可能被海豹抓走了，或是困在冰缝里了之类的。总之它们应该是不会回来了。它们不可能就这样离开它的，它还太小呢。噢，可怜的小家伙！"

企鹅宝宝跌跌撞撞地走向一只坐在巢里的成年企鹅，它啄了几下把它赶跑了。

"它活不了多久了，"特里说，"它很快会死于饥饿或寒冷。"

"难道我们就什么也做不了吗？"我感到万分惊愕。

"对不起，薇若妮卡，不行。我们的规矩就是不干涉。大自然有时候是残酷的。"

"你们的规矩？"我问道。我对这个词充满了轻蔑，我讨厌"规矩"。人类总是在制定各种规矩，来达到一个普遍的目的，但之后总会被这些规矩所困，成为它们的奴隶。人们会觉得在任何情况下都必须服从这些规矩，而盲目地无视常识或善良。眼下这个"规矩"就是这种荒谬情况的典型案例。

"是的，我们的规矩。"特里回答道，"人类的干涉对野生动物造成的伤害是难以置信的，我们最好让大自然自己解决自己的问题，否则，很可能带来的弊大于利。"

我努力压制住自己的愤怒："那么如果没有你们这宝贵的'规矩'，我们有办法救这个孩子吗？"

她难过地摇摇头。

这个答案可不合适，我绝对不会就这么算了。我重复了一遍我的问题。

"嗯，我想如果我们想要人工喂养刚孵出来的小企鹅，它存活下来的概率会很小，"她承认道，"但那只是理论上的概率。不过它可能会变得依赖我们，这不是我们想要的。这个项目是为了保护野生的企鹅，让它们在自己的栖息地好好繁衍生息，而不是把它们当成宠物来喂养。"

我试图消化这个观点，可这感觉如此不自然，我觉得像是在消化一颗生了锈的螺丝钉。

她走开了，去拍摄一对企鹅父母给一只胖乎乎的蹒跚学步的小企鹅喂鱼的画面。我的视线却离不开那只孤儿宝宝。他（我已经把它看成"他"了）蹒跚着朝这个方向走走，又朝那个方向走走。我看得入了迷，仿佛自己和那小家伙有着某种精神上的联系。我能体会到他的感受：寒冷，迷茫，孤独，失落……他以为一定很快就能得到帮助……但却什么也没有。

我快步走向特里，用刺耳的高音和她说话，好掩盖我嗓子眼里传出的哽咽。"特里，我们得为那只企鹅宝宝做点什么，否则我拒绝再出现在你的博客上。"

特里放下相机，不安地看向我的脸。她的视线在搜寻，似乎不太理解我，似乎我做了什么完全不合常理的事情。

"你是真的很在意，是不是？"她终于开口了，"感情用事并没有好处，薇若妮卡。说真的，关注个体是没有意义的。哪些企鹅活着，哪些企鹅死去，大自然会做出选择。我很抱歉，但事情就是这样的。试着忘掉那只小企鹅，看看其他快乐的企鹅吧。"

她这是让我做一件完全不可能的事情。此时此刻，我对所有快乐的企鹅都不感兴趣，这个失落迷茫的小家伙吸引了我所有的注意力。他现在垂头丧气，是真的垂头丧气。他的侧鳍耷拉在身体的两侧，喙垂向冰冷的地面，那里很快将成为他的坟墓。

我不相信特里是个如此不讲道理的人，她只是被几个愚蠢的男人洗脑了。如果我从不同的角度切入，如果让他们知道这样可以获得更多的资金，或许他们能够觉悟。我也没有清高到不屑于利用人类的贪婪的程度。

"如果你想办法救下这个小家伙，把他的照片放到你的博客上，肯定所有人都会喜欢他，他是那么……"我清了清嗓子，"比起放弃他，这样你们能获得更多正向的宣传。"

特里一动不动。我能看到各种念头在她脑子里飞速旋转，她的眼睛里开始闪现各种可能性。"嗯，就宣传而言，你说得有道理。日常生活中可没有多少东西能有小企鹅这么可爱，我想公众一定会对他产生好感的。"

"就是！"我叫出了声，"有了这么一只可爱的小吉祥物，人们会更愿意为项目捐款的。"我等着她衡量这件事的利弊。

"我非常怀疑我们能说服迈克和迪特里希，但我想多少还是有点可能的。我们可以试试。"

"如果可以，那就必须试试。"

我得给自己一个评价：我总有办法达到自己的目的。

特里把她的东西放在地上，说："我试试看能不能抓住那个小家伙。"

我们慢慢靠近小企鹅，他把头转向我们，表示并不害怕。特里迅速扑了下去，抓住他的脚和喙，将他整个夹到自己的胳膊下。小家伙轻轻地"吱"了一声，侧鳍微微扇动了两下，便不再挣扎。特里轻轻抚摩了一下他的脖子，这似乎让他平静了下来。我也凑过去，摸了摸他。他只有一个茶杯那么大，身上的绒毛像棉花一样柔软。

"我们会尽最大的努力救你的，"我诚恳地告诉他，"我保证。"

特里微微一笑，看着我的侧脸："我们最好把他带回营地。我会用无线电通知迪特里希和迈克，让他们回去和我们会合。我不会说为什么的。希望他们真正看到这个可怜的小家伙以后，会被更容易说服一点。"

30 薇若妮卡

吊坠岛

正如特里推测的，顽固的迈克完全不接受这个主意。

"你把我们叫过来就是为了这个？你是失心疯了吗？"

迪特里希也同样坚定："不，特里。我们说过不能做这样的事。"

特里把眼镜往鼻梁上推了推，轻轻拉开她派克大衣的拉链，露出紧紧缩在里面的那个毛茸茸的小家伙。"我知道，我知道，可是你们看看他吧！试一试没有害处的。再说我知道很多人会赞同的——全世界所有读过我博客的人。这只小企鹅可以成为我们所做事业的代言人。"

"一只驯养的企鹅？一只人工喂养的企鹅？怎么可能！我们可是科学家，特里，你不要忘了这一点。我们是环保主义者，我们反对人类干涉——不惜任何代价。对不对，迪特里希？"

迪特里希点点头，说："没错，这是我们的共识。"

企鹅宝宝将他的喙探了出来，然后是整个脑袋。他对自己的困境毫无感觉，只是用又大又圆的眼睛好奇地观察着我们。他张开了嘴，却没发出任何声音。很快他又试了一次，这次成功地挤出了某种像是管道噪声的哀怨声音。

迈克不由自主地低下头去看他，又不由自主地伸出一根手指，摸了摸他的头。

冷酷无情的迈克会被他融化吗？

"特里，你真是不可理喻。"他的语气依然不善，但也绝对不是刀枪不入的冰冷。他抬起头来，又说："你真让我惊讶。你知道答案只能是反对。"

我张开嘴，想说些什么，但最后决定还是不要说了。我在努力压抑自己心中涌起的强烈感情，正如过去我竭尽全力去做的那样。我很清楚，在这样的情况下，如果我能做到自我控制，那将是我最好的同盟军。我不介入成功的可能性更大。我观察着迈克和迪特里希。想当年我也有过轻易就能达到目的的阶段：只要瞪大眼睛，噘起小嘴，任何男人都会拜倒在石榴裙下，心甘情愿为我办事。而现在我再做什么似乎起到的都是反作用，唯一剩下的筹码就是我的钱包。可面对眼下这样特殊的情况，那个也不管用。

而特里，她可以搞定他们。她要是能把眼镜摘下来，扑闪扑闪睫毛就好了。她当然无法和我当年相比，做不到像我那样，应对最直接的挑战，但我相信，她也可以摆出羞赧的姿态达到目的。唉，她完全不懂这个。她现在正皱着眉头，样子难看死了。

"拜托，迪特里希，好好想想吧！这也能给我们一个近距离研究企鹅幼鸟的机会，我们可以了解到超多的细节。"

"你太不理性了，特里，"迪特里希说，"我们并不需要这样的信息。我们研究的是整个物种的生存状况，并没有时间去给某一只企鹅当保姆。"

"话是没错，可是……"她的声音渐渐低了下去。

他摇摇头："对不起，特里，我们有更重要的事情要做。"

小企鹅无力地垂下头，似乎知道了自己不够重要。我猛地咽下一口口水。只有我，薇若妮卡·麦克里迪，一个不受欢迎、爱管闲事的老太婆，愿意帮助他。我心中又一次涌上一种奇怪的绝望感，那绝望是如此强烈，我真想冲着迪特里希和迈克尖叫。我想把他们俩人的头撞到一起，让他们明白每一个物种都是由个体构成的，个体才是最重要的。正是由于他们这样的人挑起了战争，成千上万热爱和平的人才会为了所谓的"高尚"事业而牺牲。历史会告诉我们，这一方赢了，那一方输了，可现实却是没有人是真正的胜者。还有，在这个过程中被屠杀的成千上万的男人、女人和儿童呢？就没有人关心他们吗？每一个人都很重要，每一个人。

而这一只企鹅也很重要，至少他对我很重要。

他又抬起了头。他还那么小，一个朋友也没有。在这一刻，对我来说，这个世界上没有什么比他的安全更重要了。

特里叹了口气，显然也十分难过。是她把他带回家，用自己的体温温暖了他，她已经对他有了感情。

"拜托了，迪特里希。"

他摸着自己的胡子，压力很大的样子。"这样吧，我们投票表决。"

迈克以他那满是偏见叫人厌恶的方式总结了情况："好，我们是要一把屎一把尿地养大一只企鹅，动不动就熬到半夜，搞得筋疲力尽，自己对他产生感情，也让他完全依赖我们，还是一切顺其自然？"

"你的意思是，让这宝宝去死。"我插话了。

"宝宝？这不是一个人，薇若妮卡。"特里提醒我。

迪特里希不耐烦地举起一只手，说："好了，够了！事情我们都了解。谁愿意照顾这只小企鹅？"他问。

我马上举起手，特里也举起了手，也只有我们俩。

迈克拉着一张臭脸："薇若妮卡不是我们中的一员，她没有表决权。"

迪特里希没搭理他。"谁投把他放回去？"迈克举起手。我们的目光转向迪特里希，他也缓缓举起了手。

"抱歉了，二位。我知道他很可爱，但我们实在没有这个时间和资源。"

"就是！总结得再精辟不过了。"迈克说。

特里的眼里闪过一丝愤怒："这算什么？男的一边，女的一边？"

她猛地转身朝门口走去，那只小企鹅还从她的派克大衣里探着脑袋。

我跟着她出去了。"你要去哪儿？你要做什么？"

"杀了他。"

我不敢相信自己刚才听到的话。"什么？"

"我要用石头砸他的头。这是最仁慈、最快速的方式，总比在饥饿寒冷中慢慢煎熬等死要好。"

我目瞪口呆："你不能那么做！"

"相信我，我也不想啊，薇若妮卡。我一点也不想，可我没有选择。男人们都发话了。"她痛苦地回答。

我把她拉回来，说："是，没错，男人们都发话了。可是你需要马上服从吗？你马上就要成为这里的老大了，为什么不体现一下领导力，坚持一下呢？"

"要救这个小家伙，我们需要所有人的支持。"她的语气里充满了听天由命的味道，"我自己也知道，但是这在科学上是不合理的。"

我要失去这个同盟了。她继续朝外走去。

"不！"我尖声叫道。

"薇若妮卡，请你不要再为难我了。我很抱歉，我不该给你希望的。"

"你没有错。我不接受这个。科学上合理，是吧？好吧，让所谓的科学下地狱去吧。科学可以用任何它觉得好的方式来打它自己的脸，让自己毁容。我一点也不在乎。这群可悲、病态、残忍的王八蛋！"我现在非常生气。

"薇若妮卡!"

我把我的拐杖扔到一边,微微趔趄了一下,很快恢复了平衡。"正如迈克所说,你是个科学家,没错,但我不是。把企鹅给我吧。"

她呆呆地看着我。

我向她伸出手:"来吧,把他给我。我自己照顾他。"

"薇若妮卡,你不能那么做。"

"我可以,特里,我可以。我是认真的。我已经决定好了。我会做我能做的一切,不管要付出多少。"——即使这是我在这个世界上所做的最后一件事了——"至于你,如果你愿,当然也可以帮帮我。"我又补了一句,"不是作为科学家,而是作为朋友。"连我自己都很惊讶我居然会说出"朋友"这个词。

特里的眼镜上蒙上了一层水汽,她的嘴微微翕动了一下,然后伸出手指,摸着小企鹅的头。接着,又突然以最快的速度,双手抓起他,将他送到我的面前。

"你的企鹅,你负责?"

"没错!"我接过这个小家伙,抱在自己胸前。他的动作很微弱,仿佛就是一个由侧鳍、脚板和一团绒毛组成的小包裹。他把头靠在我的胸膛,我似乎让他很放松。我的心都要膨胀起来。现在我是真的把他抱在怀里——这话从我嘴里说出来似乎很不合理,但我不得不说——我绝对不可能放弃他。

特里在旁边看着,拼命忍住眼泪。她捡起我的拐杖,递给我,自己也靠了过来。

"我会帮忙的,我当然会帮忙的,"她低声说,"作为朋友!"她挤出一个顽皮的笑脸,又说,"薇若妮卡,你到底是怎么做到的?你让我做了一件完全违背逻辑和我受过的专业训练的事。"

"你只是服从了你内心的善良。"

"你真是个不可小觑的力量。"

"我知道。"

她又摸了摸小企鹅，说："万一他没能挺过来，请不要太难过。"

"万一他没能挺过来，至少我知道我们尽力了。"我对她说。我觉得不可原谅的事，并不是尝试过后的失败。

"我们给他取个什么名字呢？"她问。

一个念头闪过我的脑海，可我无法大声说出那个名字。这时另一个名字突然冒了出来——那是个最近一直在我脑海中盘旋的名字。我还没来得及反应，便已不由自主地说了出来："帕特里克。"

31 薇若妮卡

吊坠岛

"他可以住在我的房间，"回房的路上我坚定地对特里说，"我们可以给他搭一个小巢。"

"薇若妮卡，你先进去把他安顿好，我去看看能不能在储藏室给他找点什么鱼。我们得尽快给他找点吃的。"

小企鹅依偎在我的身上，他的双脚无力地下垂，头靠在我的胸前。我抱着他一边穿过休息室，一边柔声细语地安慰着他，对迈克和迪特里希愠怒的表情视而不见。就在我关上自己的卧室门之前，我听到迪特里希对迈克说："就随她去吧。反正那只可怜的小鸟很可能也活不长。"

我紧紧抱着这只"可怜的小鸟"。

"你不会死的。"我向他保证。他没有回应我。

我能把他放在哪里呢？我一边思考，一边轻轻地把他放到我的床上。他一动不动地半卧在那里，眼睛都睁不开了。我看到自己的空行李箱正靠在房间的一面墙上，我弯下腰——这让我的脊柱嘎吱响了一声以示抗议——提起最小的那个箱子，摊开放在床角，又拿来那件带金色纽扣的绿松石色羊毛开衫铺在里面，把这个毛茸茸的孤儿放了进去。他马上就趴倒了，臀部流出一点粉红色的液体。

"不用担心这件羊毛开衫，"我告诉他，"我还有两件其他颜色的。"

他看起来毫不内疚。要是我能读懂企鹅的面部表情（我相信我可以），我会说他表现出来的完全是困惑。他像只毛绒玩具一样松软，真的很难相信他不是一只毛绒玩具。我在床上坐下，就在他旁边，抚摸着他柔软的身体，试着安慰他。以后我会出去收集一些石头、贝壳和地衣，让他更有家的感觉。

特里端着一碗味道刺鼻的粉红色糊状物进来了。"噢，看来你已经牺牲了一件羊毛开衫，"她说，"其实我们可以给他条旧毯子的。"

"这完全不要紧。你给他拿了什么吃的？"

"金枪鱼罐头。我加热过了，还加水搅碎了……希望他会喜欢。要是能给他喂下去的话，这肯定会对他有好处的。"

她也紧挨着箱子在床上坐下，箱子现在正好在我们中间。她从口袋里拿出一支小小的注射器，说："从实验室拿的。我们先试试这个吧。"她把糊糊装进注射剂，在他的喙前面晃了晃。他完全不感兴趣，他现在依然处在半昏睡的状态。

他真的想要活下去吗？我问我自己。我完全没多想就认为他是想的，这完全不应该。

"正如我担心的，"特里说，"我们只能强行喂进去了。"

我仔细端详着那盆令人作呕的糊糊，说："我希望我们不用为他反刍食物。"这个时候，我开始怀疑我对这个可怜小家伙的感情深到了什么程度。

"吃吧，帕特里克！"特里继续哄他。

可小企鹅依然对食物提不起任何兴趣。他看起来还是很虚弱。

"吃吧，帕特里克！帕特里克，吃呀！"我也开始催促道。

特里用拇指和食指轻轻掰开他的喙，他还没来得及抵抗，她便把这糊糊往里面滴了几滴。她合上他的喙，小帕特里克扭动着挣扎了几下，便开始大口吞咽起来。我们看着那食物团块从他的脖子上往下移动，然后安全地到达了肚子。有一瞬间，他似乎因为我们的放肆行为而感受到了侮辱，可突然间又明白了两件事情之间的关联：他饿了，而这个东西是可以吃的，因此这件不体面的事可以归结为一件好事。他自己大大地张开了嘴，给我们一个明确的信号：他还要吃。

特里转向我，露出得意的笑容："好啦，第一次尝试成功！"

我也高兴地拍起了手："这真是太好了！噢，特里，你太棒了！"

"这没什么。"她谦虚地说，一边把碗放在床上，一边把注射器递给我，"毕竟这是你的小企鹅，你来喂吧。"

无须她再多说。我用注射器吸起不少鱼糊糊，推进帕特里克张开的嘴里。这一次他更加急切地咽了下去，然后再次张开嘴。

我们轮流给他喂食，他吃得好的时候，我和特里会握手。

"谢谢你，特里。"

"谢谢你，薇若妮卡。我很庆幸你的坚持，他绝对值得我们做这些。是不是呀，小帕特里克？"她对我们的这个新成员说。

他看起来已经强壮了些。我确信我看到他明亮的眼睛里燃起了决心的火花，那是十分顽强的意志。他的确是想活下去的。他会付出最大的努力。他很渴望去挑战困难。

我不是这里唯一固执的人。

我还是会每天去栖息地看其他的企鹅，但只去一小会儿，现在企鹅帕特里克才是我最关心的。现在我知道基地的所有鱼类分别都在哪里。除了金枪鱼，这里还有冰冻鳕鱼、鲱鱼和鱼柳。把鱼解冻后，我会根据需要去除鱼皮、骨头或者鱼柳上裹的面糊，在烤箱里加热，小心地加水搅碎，然后用注射器直接喂进帕特里克的嘴里。成为对这么一个小生灵有用的人，给我带来一种奇特的满足感。

特里说要想办法去给他找一些磷虾，因为（反刍过的）磷虾才是野生企鹅会吃的食物。这附近某些岛上是有渔民的。"我通常不会去和他们打交道，"她告诉我，"我对他们的态度有些矛盾，因为过度捕捞是对企鹅未来的一大威胁。不过，如果这能帮助帕特里克……"

帕特里克一天比一天强壮了，他大部分时间都蜷缩在箱子里的绿松石色羊毛开衫上。我已经把箱子从床上挪到了地上。他喜欢摆弄羊毛衫上的金色纽扣，我想他就像人类的孩子一样，对那些圆溜溜、亮晶晶的东西没有抵抗力。

现在他可以在我卧室的地板上摇摇摆摆地走来走去，还能短途突袭进入休息室。当然，他没有办法自己开门，也不懂得如何敲门。想出去的时候，他就会紧紧地靠在门上等着。这让我很紧张，因为要是有人突然从另一边开门他就有被压扁的危险，有一次迪特里希开门的时候就差点把他压死了。为了避免这种情况，我建议大家在每次开门前都应该喊一句"企鹅在吗？"。可是，人类的记性实在是靠不住。

特里说，不能让他得旷野恐惧症这件事情非常重要，所以我们必须让他在基地四处游荡。出于这个考虑，我接受了基地里大多数的门必须保持敞开这个现实。刚开始我觉得这很困难，让我很有压力，但现在我已经习惯了。企鹅帕特里克充分利用了自己的自由，随心所欲地四处游荡。

不幸的是，帕特里克与那个和他同名同姓的人类一样，毫无基本的卫生常识。基地里经常会发生小事故，我们不得不用强力洗涤剂和拖把。要是艾琳也在，这项工作就该是她的了，可她不在，而那三位科学家大部分时间也不在，这项工作便由我承担了下来。我实在不喜欢提着一桶水到处走，但不得不这么做。令人惊讶的是，我发现自己在面对这一挑战的时候竟没有一丝怨恨。

更令人惊讶的是，我的小企鹅似乎喜欢上了我。要是我把他放到床上，他就会爬进我的臂弯，靠在我的身上。我知道，任何一个小动物都会寻找温暖的东西来抱抱，可我依然禁不住满心欢喜。毕竟，这一次，这个东西是我。

他的下体弄脏的时候，这可爱的小家伙甚至不介意我在盆里给他擦洗，他似乎认为这是一种游戏。他的头在水中上下摆动，喙张开又合上，真是迷人。他还会抖动全身，任由水滴四处飞溅。我柔和地责备他把我弄湿了，却不可能真的对他生气。

特里依然和我一起喂他，但她一天中大部分时间都在外面。她总是一回来就冲进我的房间，看看帕特里克的情况，有时她还会给他测量身体数据和体重。她经常给我们拍照片，放到她的博客上。

"你注意到了吗？"昨晚吃饭时我问她，"他知道他自己的名字，每当我们说'帕特里克'，他就会展开侧鳍，睁大眼睛，有时还会张开嘴。"

"是的，我注意到了，"她答道，"我们的确经常叫他的名字。"

"有时候你会叫他'小香肠'，"我指出，"但他没有反应。他只认识'帕特里克'这个名字。"

"他并不知道那是他的名字，"迈克一如既往地坚持，"你听说过巴甫洛夫的狗吗？"

"倒是有点耳熟。"我答道。

"哈哈，真是滑稽。"

迪特里希接过话来，他解释道："薇若妮卡，你应该记得，巴甫洛夫在喂他的狗之前总会摇响铃铛，狗于是很快就开始把声音和食物这两样东西联系起来，因此，一段时间过后，只要你摇一下铃铛，狗就会流下期待食物的口水。你的帕特里克情况可能和这差不多。小企鹅的听力非常好，他们能在栖息地震耳欲聋的环境中分辨出自己父母的叫声。你是帕特里克的代理父母，而你每次喂他都会叫他的名字，所以他这么快就能分辨出这个词也就不足为奇了。"

迈克点点头，说："这不过是一种原始的反应罢了。"

迈克这个人，总是隐藏自己性格中柔情的一面。他管帕特里克叫"那只鸟"。从一开始他就非常肯定我的小企鹅会死，而我们都知道迈克不喜欢被证明是错的。可是有时候，当他认为没有人会看到的时候，我也发现过他给我们的新成员喂一点食物什么的，他的脸上还出现了最罕见的东西：温柔宠爱的微笑。

特里的企鹅日记

2012年12月26日

哈，今年的圣诞节可真是有意思！我们举行了非常有象征意义的仪式：在迪特里希的CD播放器的助兴下，吃了一顿像样的圣诞晚餐，晚上还玩了桌游，唱了颂歌。但最大的新闻是：我们现在有了一只小企鹅！他失去了自己的父母——不幸的是，这在吊坠岛上很常见。虽然我们通常不会考虑自己来照顾这么小的企鹅宝宝，但现在我们有了帮手，薇若妮卡也特别希望能帮助他。研究他的行为并监督他的进步将会是一件很有趣的事。

这只小企鹅（我们给他取名叫帕特里克）是个勇敢的小伙子。上周刚来的时候他还只有510克，可现在他的体重几乎已经是那时的两倍了。你们看，这是一张他和薇若妮卡待在一起享用他自己的圣诞大餐的样子——那是用磷虾和鲱鱼特制的。他愿意尝试任何事情，比如（为了拍照）戴上派对帽——才不像薇若妮卡！

我们的规矩是不干涉阿德利企鹅们的生活，但帕特里克是个例外，他在薇若妮卡的陪伴下看起来也很开心。我想你会同意，这样跨越物种的感情是很了不起的。

32　帕特里克

博尔顿

　　好了，奶奶和那个叫乔万尼的家伙是一夜情吗？是他让她怀孕的吗？他是个坏人吗？她会把哈里的事情写出来吗？我拿起日记，继续翻了起来，断断续续地阅读，寻找答案。

1941年8月15日，星期五
邓威克堡

　　有几个女孩假期也待在这里，我是其中之一，我只有周末才会去玛格丽特姑妈家（那只是因为她必须做出些姿态来表明她在管着我，否则上帝会生气的）。两个讨厌的老师菲尔波茨小姐和朗小姐整天都在邓威克堡监视我们，但我总有办法避开她们。我要是想去见我的乔万尼，就必须避开她们。周六在市场的幽会已经不够了。我挑拨这两个老师，告诉其中一个我病了，告诉另一个说我的姑妈要求我去阿格沃斯。我让她俩很困惑，但她们又懒又笨，根本不知道我其实是偷偷溜出去见我的情人。

这是我生活的新篇章，它跟我以往经历过的所有事情都不一样。我在一片充满魔力的海洋里游泳，我光荣地、激动地、全心全意地沉浸在爱情里！

幸运的是，乔万尼得到了伊瑟特科特农场的信任，可以自己开车出来。他很擅长找借口，这样便可以在约定好的时间、地点来和我见面。我出了校门后，便沿着乡间小路步行几英里，去到秘密的约会地点。我只选择最浪漫的地方，那些地方都是我从牛奶车的路线里找出来的。有时我们会约在一棵茂盛的橡树下，有时是在散发着干草香味的谷仓里，有时在遍地雏菊的河岸边。有时我们的见面只有几分钟，隔着篱笆互相亲吻，在对方的耳边诉说。想念彼此的时候，我们会在石头下留下情书，用一朵蒲公英作为标记。

与乔万尼的联系越困难，我似乎就越渴望得到他。在菲尔波茨小姐为学生们安排的编织课、打扫和枯燥的学习中，我做着白日梦，坐立不安。在吃饭的时候，我甚至都不想和其他女孩说话。我活着只是为了下次再见到乔万尼的那一刻。

上次我们约会时，我故意躲在一棵树后面，观察他以为我不会出现时的反应，他看上去是真的垂头丧气得很……直到我开始唱歌，他的眼睛里才闪现出光彩！

"薇薇，你来了！真是极好的！"他高兴地叫起来，把我搂在怀里。

我爱他奇怪的英语用词，特别是他很喜用"极好的"这个词，连我自己都开始经常用它了。

"如果你能再吻我一下，那真是极好的。"

"要是你能解开我的上衣纽扣，那真是极好的。"

"要是你能慢慢但坚定地把你的手放在这里，这里，那真是极好的。"

他总是乐于照做。

当我感受到乔万尼的肉体与我的肉体贴合，所有的战争、仇恨和伤害全都消失了。我们在一起，其他的一切都不再重要。

1941年8月25日，星期一
邓威克堡

昨天玛格丽特姑妈去教堂了，我和乔万尼整个下午都待在一起。我们在草地上漫步，身旁开满了我们的定情花蒲公英。有一些小花还是明亮的黄色，更多的则已经盛开了。我们手拉手走着，成千上万个毛茸茸的蒲公英种子在微风中飘荡，就像阳光下飘洒的节日纸屑。我趁这机会向乔万尼问起了他的生活。

乔万尼是1923年出生的，所以他现在十八岁（比我大三岁，但他以为他没有比我大这么多，因为我告诉他我十七岁了）。他和家人关系都很亲密，尤其是和他妈妈。

"我被征召入伍的时候，妈妈哭了，大颗大颗的眼泪流下来，像海一样！这样离开家对我来说就更加困难了。"

这句话让我想起我自己从伦敦撤离的时候看到的妈妈红肿的眼睛。我把这段回忆抛到脑后，问乔万尼他喜不喜欢自己的军旅生活。

他说，适应新生活之后，他和战友们互开玩笑还挺开心的，但他对战争一无所知。他们整个排被送到利比亚之前，他只接受了最最基本的军事训练。

我试着去想象，但我并不知道利比亚在哪里。"你害怕吗？"

"害怕，"他摘下一朵蒲公英，把那白色的小绒毛吹向空中，"我害怕杀人，也害怕被别人杀了。"

可他连一枪都还没有来得及开，英国军队就突袭并俘虏了他们整个排。所有的士兵首先被送到埃及的战俘营，然后到伦敦，最后分散到了英国各地。他最终被分配到的营地就在离伊瑟特科特农场大约15英里的地方，是一片金属结构的半圆营房，那里关押着来自意大利各地的几百名战俘。

"我以为成为战俘的生活会非常非常糟糕，可事实上倒也没有那么难。你们的国家失去了很多人，很多工人。现在越来越多的妇女投入了工作，可还是不够。英国需要更多的劳动力。所以，你看，我们意大利人是战俘，但只要我们工作，他们就愿意给我们报酬。我们能得到香烟、食物、一点点自由。所以当他们问我们是否愿意合作的时候，你猜我们会怎么说？"

"你们会接受的。"

"我的一些意大利朋友认为，如果他们接受了这样的条件，墨索里尼总有一天会开枪打死他们，所以他们不干。但这些人还是会被派去工作，只是一批一批地还有人盯着罢了。我同意了，所以我可以待在伊瑟特科特农场，还能得到一些自由……而我还得到了这个极好的额外奖赏——"他伸出一根温柔的手指抚摩我的脸颊，用惊叹的语气说，"你的脸，你这张如此美丽的脸。"

我很可笑地不断发出愉悦的低呼声。

亲吻过后，我向他要了一绺头发。我今天特意带了剪刀，我轻轻剪下他的头发，小心翼翼地塞进吊坠盒，和爸爸妈妈的头发放在一起。

乔万尼似乎被我的行为感动了。

"薇薇，战争结束以后，你会去意大利和我一起生活吗？"

我注视着他，他站在那里，羽毛般的蒲公英种子飘荡在他周围，就像跳舞的精灵。

"嗯，"我说，"一定。"

"噢，薇薇，我亲爱的宝贝！"他叫起来，把我搂在怀里，"……可是，你会不会想留在自己的国家？"

我做了个鬼脸，说："一点都不。噢，不，完全不想。"

"那我就带你去看那些美极了的广场和喷泉，我们在橄榄树荫下漫步——"

"橄榄树是什么？"我问。如果有一天我生活在了意大利，我一定会了解更多的。

"橄榄树？当然就是结橄榄的树啦！"

"那橄榄又是什么？"

"噢，薇薇，我的宝贝。有很多种不同的橄榄，有绿的、黑的、紫的，大概这么大——"他比画给我看，"它们又甜又苦，吃到嘴里就像是阳光和泥土，还有……"他停顿了一下，又说，"它们吃起来就是年轻的味道。"

我在他胸口上拍了一下，说："我真是爱极了你。"

1941年9月4日，星期四
邓威克堡

新学期又开始了。这没关系，我依然很擅长逃出学校。可是我很担心。今天，为了去见乔万尼，我逃了地理课，沿着小路冲向灌木丛的边缘。我们约定在那里见面，可是我连他的影子都没见着。

我等了半小时，也没有听到任何消息。

为了确保没有遗漏，我翻遍了这一片的每一颗石子。我知道对他来说，不是每次都能顺利跑出来，但我还是很生气。下雨了，我回来的时候发现头发都贴在了脸上，我感到非常疲惫，心烦意乱。

1941年9月30日，星期二
邓威克堡

恐惧。我只感觉到恐惧。恐惧就像腐臭的液体，水位一天天升高，淹没了我的每一个念头。我已经有好几周没见过他了，他周日也不在市场了，霍华德先生也不在了，所以我也没法问他。乔万尼知道我住在哪里，知道玛格丽特姑妈家在哪里，如果他真的想联系我，就肯定能找到办法的不是吗？难道他不再爱我了吗？难道他遇见了别人？他是不是爱上了伊瑟特科特农场的某个乡下姑娘？我没怎么注意过她们，但我记得其中有一个还挺漂亮的。我对男人实在是知之甚少。

不，我不能，也不会相信我心爱的乔万尼会对我不忠。那么，他是不是出了什么事故呢？他是不是——会不会——死了？光是想到这种可能性，我的心就要跳出嗓子眼了。不过，为了做好最坏的准备，我强迫自己想象了他死亡的每一个血腥细节。什么都不知道是最痛苦的。我倒是可以试着去问问珍妮特，但她现在那么讨厌我，肯定不会告诉我的。

乔万尼，你在哪里？你在哪里，我的爱人？我好想你，想你想到要呕吐。

1941年10月11日

阿格沃斯

"当悲伤来临时，它从不一个一个地来，而是成片成片地。"

今天下午，我终于在市场上找到了霍华德先生。他告诉我乔万尼所在的战俘营被征召去做其他与战争相关的工作，所有的囚犯都被转移了。

"很抱歉，小姐，我也不知道他们去了哪里。"

我不知道该如何面对这种悲痛。我不知道我还有没有机会见到我的乔万尼。

我太累了，精疲力竭。

1941年10月31日，星期五

邓威克堡

　　我注意到一件事，这让我害怕。虽然我几乎没吃什么东西，但我的肚子已经开始大了起来。

　　我现在是个女人了，我应该早点意识到这个问题。

　　爸爸妈妈知道了会怎么想我呢？他们会被吓坏，会感到羞愧吗？可是，会发生这样的事都是他们的错。他们为什么要离开我？为什么？现在乔万尼也离开了我，每个人都离开了我。

　　今天，我打开我的吊坠盒，把里面的三缕头发扔掉了。我把它们从宿舍的窗户里扔了出去——可很快又及时把它们捡了回来。刚把那些头发安全放回到吊坠盒里，我就冲进了厕所。我吐得很厉害。

　　我听说坐在浴缸里边泡热水澡边喝杜松子酒可以打掉孩子，可学校和玛格丽特姑妈家都没有浴缸，更不可能有杜松子酒。星期六我本打算从阿格沃斯教堂偷领圣餐酒，希望那玩意儿能奏效，可酒瓶都锁在法衣室里。

　　唯一剩下的办法就是伤害我自己了。每天早晚，我都把自己锁在浴室，用拳头捶打自己的肚子，直到疼痛让我无法忍受为止。可这到目前还没有任何作用。那婴儿决心要黏在我的身体里。

1941年12月10日，星期三

阿格沃斯

　　我会变成什么样呢？我无法想象。我现在是被关在玛格丽特姑妈家卧室里的囚犯，只能通过写作来对抗恐惧，所以我要把今天发生的一切都写下来。

　　一切都是从早上开始的。我在去上数学课的路上撞到了诺拉——是真的撞上了。碰撞发生的时候我下意识地护住了肚子，她低头看了一眼，又抬头看了看我的脸，瞬间什么都明白了。她满腔怒火，像只野猫一样向我扑过来："哈里说你挑逗过他，但他什么都没对你做。他说谎了，是不是？是不是？"

她把我推到墙上："你和他一起做了，是不是？你个小荡妇！现在你肚子里还有了他的私生子！"

我被她的恶毒吓到了，没有回答。

诺拉伸出手指戳着我的脸："你就是控制不了你自己，是不是？"

她的皮肤变得潮红，雀斑似乎爬满了整张脸。我的拒绝回应使她更为光火。

"等我收拾完你，看你还能有多漂亮！"她大喊大叫着，挥舞起拳头。我也开始反击。

在我俩制造的一系列猛烈拍打声和刮擦声中，我听到走廊上传来了啪嗒啪嗒的脚步声，随之传来的是菲尔波茨小姐的声音："姑娘们，姑娘们，住手！快给我住手！"

她把我们拉开了。我们彼此怒目而视，气喘吁吁。诺拉的鼻子在流血，头发从发网里散落出来。我能感觉到自己左脸颊上有深深的抓痕。

菲尔波茨小姐领着我们走上楼梯，来到校长办公室。哈里森小姐在办公桌前抬起头，对我们的出现很是惊讶："你们可吓坏我了，姑娘们。你们有什么话要说呢？"

诺拉一边呻吟着，一边还用一块发红的手绢捂着鼻子，说："我很抱歉，小姐，我实在无法袖手旁观。我很生气，因为——"她故意停顿了一下，语气里满是指责和自以为是，"——因为她对我男朋友的所作所为。"

校长转向了我："这听起来可不太好，薇若妮卡。你有什么要说的吗？"

我高昂着头，不去理会脸颊的刺痛。我决定坚持我的策略，什么也不说。

诺拉插话道:"校长,您看看她,她不知道该说什么。我可以告诉您为什么,她怀孕了。"

女校长的声音变得又高又尖锐:"这是真的吗,薇若妮卡?"

我没有办法否认。

"你才十五岁,还是个孩子呢。怎么会发生这样的事?这真是难以置信,真是——太荒谬了!"她的声音越来越高,听起来像在尖叫。"十五岁就怀孕了,十五岁啊!你让我恶心,薇若妮卡·麦克里迪。在现在这样非常困难的情况下,我们为了你们殚精竭虑。没错,你的遭遇很可怕,眼下时局也很艰难,但这也不是一个正派的女孩子该做的事情。你的忠诚感哪儿去了?对这所学校的忠诚感,对你父母的忠诚感,对照顾你的可怜老姑妈的忠诚感,都哪儿去了?"

我理应感到懊悔和谦卑,可我没有。我现在肆无忌惮。

"你不可能再留在这所学校了,"她继续道,"你让我们大家蒙羞。我会打电话给你的好姑妈,让她马上来接你。"

"你想怎样就怎样吧。"

诺拉死死地瞪着我,满眼都是恨意。

她们给玛格丽特姑妈打了电话,但她没有来接我,而是指示我自己去她家。我只好步行四十分钟去了公交车站,然后等了一个小时才等到了车,最后步行穿过整个阿格沃斯。

我到的时候,我那最亲爱的姑妈正等在门口。

"别想踏进这房子一步。"

"拜托了,玛格丽特姑妈,我累了。"

"累了?那是谁的错呢?从见到你的第一面起,我就知道你不值得信任。卑鄙、忘恩负义的姑娘,肮脏、恶心、邪恶的姑娘,居然做出这等事来,让你可怜的父母蒙羞,让我蒙羞。"她滔滔不绝地说了好久。

她还给伊瑟特科特农场打了电话，想逼哈里娶我。当然，他没同意。

"我也不想嫁给他，"我说，"就没有人想问问我的意见吗？"

"他赌咒发誓说你肚子里的孩子不是他的。他用一种极其粗鲁的方式告诉我，他拒绝抚养这个——他在这里用了一个词，我可说不出口——这个别的男人的孩子，他发誓说他没有碰过你。看着我的眼睛，告诉我，孩子的父亲是哈里·德兰维尔吗？"

"不是。"

要不是那天晚上我挣脱了他，还朝他脸上啐了口唾沫，这孩子可能就真是他的了。可并不是，而我对此万分庆幸。

"愿上天宽恕你，姑娘！你和几个男人约会过？如果不是他，那到底是谁？"

我直直地看着她说："一个比哈里强十倍的人。一个我全心全意爱着的人。姑妈，你不用担心，因为战争一结束，我们就要去国外住了，而且马上要把我们的孩子从这里带走。"

我们的孩子，我以前还从来没有这样说过，这句话深深地刺痛了我的心。

天下起雨来，雨点开始重重地砸在我的头发和肩膀上。姑妈极不情愿地让开一条缝，让我进去了。

"他是谁？"她问。

"他是个士兵。"

"可是你又怎么会认识一个士兵？"

我一屁股坐在椅子上，喃喃地说："事情本来没有好坏之分，是思想使然。"但她完全听不懂这句话。

"你什么也不许吃，薇若妮卡——什么也不许吃，除非你告诉我他是谁。"

我已经失去了足够多，似乎再也没有什么可以失去了。

"我的爱人是一个好人，一个高贵的人，"我用无比尖锐的声音回答，"他为自己的国家而战。"

她急促地吸了一口气，问道："德国人？"

"意大利人。"

她的脸扭曲得厉害，我从未见过这样无声的愤怒。

我是如此渴望乔万尼，只要我能和他说说话，感觉到他的双臂再次抱住我，一切就都会好起来的。

1941年12月11日，星期四
修道院

昨天我写日记的时候，姑妈就在楼下打电话。一个小时后，一辆奥斯汀7系列小轿车停在了姑妈家门外。

她们允许我带上了几样东西：我的日记，我的吊坠盒，还有衣服。我上了车，司机（一个穿着朴素毛衣的矮矮胖胖的女人）上下打量了我一番，说："你真幸运，我们还有汽油。"她边说边发动了引擎。

"幸运？是吗？"我平静地说。

玛格丽特姑妈没有出来跟我道别。

我的新家就像一座监狱，里面有质朴的白墙，硬邦邦的椅子，十字架，还有嘀嗒作响的时钟。我们这个地区没有母婴庇护所，所以玛格丽特姑妈咨询了她的教会联络人，找到了这家修道院，修女们愿意暂时照顾我。这对姑妈来说再好不过了，她会觉得自己做得很对。她将不必再为我而感到良心沉重，现在她可以继续平平静静地过她那乏味的生活了。

1942年1月1日

新的一年开始了。谁会想到我怀孕了还住在修道院里呢？

我不喜欢这里。在学校里我被当作孩子对待，在这里我被当成一条狗。修女们看我的眼神都充满了厌恶，同处一室的时候，她们都会绕过我，避免任何肢体接触，好像碰到我就会被弄脏似的。我应该感到羞耻才对，可我的精神觉醒了，我一点也不羞耻，我只感觉到愤怒。

每天早上我都被迫去小教堂做礼拜。她们叫我站着我就站着，叫我坐下我就坐下，叫我跪下我就跪下，可没有人能控制我的大脑在想些什么。我只祷告一件事：我希望我的乔万尼会回来找到我，带我和他一起去意大利。

做礼拜十分无聊，但至少可以让我从无休止的工作中解脱一会儿。她们要求我擦洗地板，在洗衣房干活儿，按照修女们的习惯洗衣、拧干，这些工作让我的手又红又痛，我总是疲惫不堪。一个瘦骨嶙峋、愁眉苦脸的女人被派来监督我，她叫作艾米莉亚修女，她几乎从不掩饰对这份工作的厌恶。

昨天我很强硬地问她："为什么我必须为你们做这些？"我连整个胳膊肘上都全是肥皂泡。

她双手紧握，摆出一副疲倦而耐心的样子，说："智慧而慷慨的院长嬷嬷知道什么对你是最好的。她知道物质世界往往反映了精神世界，清洁工作可以净化你的灵魂。"

"我没有灵魂。"我反驳道。

"可别再让我听到你说这种话！"

"我没有灵魂。我没有灵魂。我没有灵魂。"我一边在洗衣板上拍打着湿衣服，一边跟着节奏哼起来。

我又给自己树了一个敌人。

我一点也不怀念玛格丽特姑妈、我的同学和我的功课，但我确实怀念以前还能享有的那微薄的自由，我怀念开阔的乡村，我仍然怀念我和乔万尼的幽会。我比任何时候都想念爸爸和妈妈。

1942年4月24日，星期五

我在这里也没写什么，对吧？写了又有什么意义呢？我现在只是为了写而写，因为我很无聊。我真希望一切赶紧结束。

我再也不用洗衣服了。我被关在一个又小又黑的房间里，三个修女轮流来探望我，确保我还活着。她们给我送来白面包、鸡蛋粉、炖菜和肉汤。她们一直盯着我，看我是不是从床上跑开了。我尝试过打开窗户，但窗户被锁起来了，钥匙也被拿走了。她们似乎下定决心不让房间里有新鲜空气和阳光。

我的身体已经不再是我自己的，它是一股新生力量的载体，没有人能够阻止。在我体内扩张的那个球根状生物撑开了我的皮肤，我不管转向哪个方向都很难受。偶尔能够入睡的时候，我会梦见爸爸妈妈和我亲爱的乔万尼，他们都从我身旁巨大的山坡上滑了下去。我从梦中惊醒，大声呼唤着他们。但我不会软弱的。我不会哭。

在我目前生活的这个封闭世界之外，战争依然在肆虐。玛格丽特姑妈从来没有过音信。

我开始觉得自己不再像自己了。我一点也不觉得自己还是个人，肚子里那个飞速生长的小生命把我的生命都吸走了。我试着把自己圆圆的肚子想象成一个小人，他的未来向远处延伸，充满希望——可我做不到。我只想让它赶紧离开我的身体，成为一个独立的存在，可能到那时我的脑子才能重新转起来。

1942年5月4日，星期一

在这个世界上，我不再孤独。我是一个妈妈了！我有一个可爱的小宝贝，让我去爱他。要是我自己的妈妈在这里看着他就好了！还有爸爸，爸爸肯定会喜欢他的。还有乔万尼，我能想象他把我们的小儿子高高举过头顶、眼睛里闪烁着骄傲的光芒的样子。我真希望他也在这里。

流血和疼痛是真的很可怕，天崩地裂那样的可怕。不过，我不想再去回忆那些了，因为现在一切都不一样了。现在我有了他：一个新的生命，我自己的孩子。他的小脸红红的，扭来扭去，但一切都是那么完美。我惊叹于他小巧的手指和脚趾。每当我看着他，都会被一股极端的爱意所震撼。这是一种我从未感受过的爱，它是那般汹涌强烈……但又如此温柔，简直让人痛苦。

"你……有点像一块橡皮……太奇怪了……可你超可爱！"我低声对我的孩子说。他朝我咯咯地笑了笑。

我决定给他取一个意大利名字，但我只知道两个：乔万尼，还有他父亲的名字。

"恩佐，你叫恩佐好吗？"我问他。他兴奋地挥舞着小手。我想他喜欢这个名字念起来的断音。

我找到莫莉修女剪脐带时用过的剪刀，轻轻剪下恩佐的几缕黑发，放进了我的吊坠盒。

就在这儿，在你爸爸的头发旁边，小恩佐。总有一天你会见到他的，我亲爱的意大利男孩。我相信你会的。

1943年1月1日

又是一年过去了，又是一年开始了。我十六岁了，还住在这个修道院里。恩佐和我过得还不错，我们互相照顾。还不止如此，我们让彼此快乐。我再也不孤单了。

"现在是你和我一起对抗整个世界呢，我亲爱的小宝贝，"我轻声对他说，"直到你爸爸来。等你爸爸来了就好了……"

修女们并不太注意恩佐，我又开始在洗衣房工作了，我总把他带在身边。大部分时候他会在摇篮里扭来扭去，咯咯地笑，或是伸出他的小手臂在空中挥舞出各种样子，就像是在演奏一个不存在的小提琴。我一有机会就把他放在地板上，看着他爬来爬去，四处探索。他笑的时候我和他一起笑，他哭的时候我就把他抱在胸前，直到他重新快乐起来。他把自己弄脏的时候，我就用大块干净的湿布条给他擦洗，擦得干干净净的。洗他的尿布成了我额外的工作，但比起那些愚蠢的修女，为他服务要让我快乐得多。

我常常会放下手里正洗着的衣服，冲过去抱起恩佐摇摇他。我给他唱"你是我的阳光"或是任何出现在我脑海里的旋律，他都很喜欢。他会用他的小手指抓住我的大拇指，紧紧握住或抓过我散落的一缕头发。我工作的速度是以前的一半。

可怜的恩佐没有任何玩具，但现在他有了，我用一只旧袜子给他做了一个木偶。一天夜里我熬到很晚，在上面缝了一张猫脸，它笑容很灿烂，还有毛线做的胡须。每次我把木偶放在手上，学着"喵喵"的声音，恩佐都会高兴得尖叫起来。

我还发现修道院里有个图书馆，那里面大多都是宗教书籍，但也有一些经典小说，我很喜欢。傍晚，我把儿子放在膝上摇着，大声读《劫后英雄传》，他瞪着又大又黑的眼睛看着我，依偎着我，我的声音让他很平静。于是我给他讲述了关于他那个帅气爸爸的一切，说着我们三个总有一天会一起生活在意大利，吃着美味极了的橄榄。

33 帕特里克

博尔顿

　　什么？就这些了？日记到这里就结束了，后面只剩下一堆空白页。我简直不敢相信。她为什么突然不写了呢？我陷入了深深的困惑。她好像很爱那个孩子，爱到极致，爱到疯狂。可是我知道，她后来把他送给了别人收养。

　　到底怎么回事？

　　这一切的一切一直在我脑海里打转。等薇若妮卡奶奶从南极洲回来，我一定要去见她，看看她能不能给我继续讲下去。我真是一点也不了解这个女人。

34 薇若妮卡

吊坠岛

　　我那颗干瘪衰老的心正在蠢蠢欲动，在沉睡了七十年后，它似乎又苏醒了过来。我只能把这一切归结于那只老在我身边晃的又小又圆的毛茸茸的企鹅。没错，我对企鹅帕特里克的喜爱远远超出了我应有的程度，也远远超出了我愿意承认的程度。共同照顾他似乎也更加拉近了我和特里之间的关系。

　　现在是节礼日 ① 的傍晚，我在吊坠岛上再待几天，就得离开他们，动身回苏格兰了。特里坐在床上，我的身边，小帕特里克趴在我的膝盖上，两边的侧鳍张开着。我们刚刚请他吃了一顿鱼柳泥大餐，他的表情无比幸福。特里拿起空盘子，说："我想我还是去干点有用的事吧。"

　　"不，先别走！"

　　她放下盘子，好奇地看着我。

　　我正在经历一种全新的感觉：一种向特里和小企鹅敞开心扉的感觉。我决定满足自己一下。毕竟，到这份儿上我还有什么可失去的呢？

――――――――
① 12 月 26 日，圣诞节次日。

我开始讲述时语速很缓慢，语调很有分寸，句子结构还很严谨。我说的都是我从没想过有一天会说出口的话。我向我这两位听众讲述了我撤退到德比郡和邓威克堡的故事，讲述了玛格丽特姑妈的事，我那两位所谓的朋友珍妮特和诺拉的事，还有我父母的惨死。我向他们讲哈里和乔万尼。我还告诉了他们我十几岁时怀孕，后来被送去修道院的事。

帕特里克抖了抖身体，我说了这么多话，这让他很感兴趣。这是一种极不寻常的状态。他翻身侧躺了过来，好用一只眼睛看着我。他的脚从我的膝盖上滑了出去，特里下意识地靠近了一些，轻轻抬起他的脚，放在自己膝盖上，这样小企鹅仿佛就成了联结我们的桥梁。

我说话的时候并没有看特里，这样对我来说比较容易一些。我一直盯着我的小企鹅，用一只手指心不在焉地抚摸着他的胸脯，我从他那年轻而热切的脸上得到了一些安慰。

故事的后半段更难说出口。

我从来没有想过要把我孩子的事告诉任何人，但不知怎的，现在，在南极半岛的吊坠岛野外研究中心，在一位戴眼镜的科学家和一只小企鹅的陪伴下，我想要说出来。这就好像与我自己的想法无关，而是叙述本身有了它自己的节奏，推着我往前走，要一讲到底才能平息。

我开始讲起恩佐。简而言之，他对我曾经有多重要，那些支离破碎的、冰冷的词句，无法表达万分之一。他现在对我也同样重要。

"1943年2月24日，恩佐躺在摇篮里，睡得很熟。听到那些人的声音时，我正忙着烫脏衣服。那是很愉快的嗓音，中气十足，带有外国口音的鼻音。他们聊着结束拜访之前要去看一些植物标本。艾米莉亚修女领着他们穿过走廊，去到院子里的花园。我开着洗衣房的门，好让蒸汽排出去。我真蠢，实在是太蠢了，居然让门开着……让他们能看到他……我当时要是把门关上就好了……"

我振作了一下精神，继续讲述："他们的脸出现在门口，向里窥视。

那是一个男人和一个女人，年纪比我大得多。他们看到我的小恩佐裹在他的小毯子里沉沉睡着，满脸都是惊喜和兴奋。他们问我能不能抱抱他，我极不情愿地答应了。我又怎么会知道呢？那时的我是多么无知迟钝啊！他们抱他起来，逗他，他抿着嘴微笑起来，一个可爱的微笑，这个微笑让他们凝视了太久。后来，两周后……"

我仿佛又回到了过去，回到了那一天：1943 年 3 月 11 日。一个十六岁的母亲，伤痕累累但很坚强，在经历了那么多事情之后依然充满希望和梦想，血液依然滚烫。可是在那个下午，我有一点累。我忙着把修女们的道服放进轧布机，慢慢转动着把手，看着滚筒转动，水一滴一滴流进桶里。我满心想着的都是恩佐，艾米莉亚修女把他带到书房去了，因为医生要检查他长出的第一颗新牙。不知为什么我觉得有些不安。我放下架子上的滑轮，摊开那套道服晾晒，然后是第二套，然后是第三套，然后是第四套。一排潮湿的黑影悬挂在我面前。晾到第五套的时候，我开始担心恩佐的牙是不是有问题。晾到第九套的时候，他还没被带回我身边。我开始慌了，我放下了那堆道服，放下了轧布机和晾衣架。我飞快地穿过修道院，奔向楼上的书房。那里十分安静，只有一张空荡荡的桌子和雪白的墙壁。我又冲了下去，脚踏在楼梯上咚咚作响。我在大厅里碰到了艾米莉亚修女。

"恩佐呢？"我的声音又紧张又尖锐。

她缓缓地摇了摇头，手指紧紧地扣在胸前挂着的银十字架上。

我发疯般地瞪着她："你对他做了什么？"

她告诉了我。

我的尖叫声在整个走廊里回响。我的宝宝！

我的宝宝！

35　薇若妮卡

吊坠岛

"噢！噢，薇若妮卡！"

企鹅帕特里克被特里的惊叫吓了一跳，他滑到了地板上，优雅地站起来，开始摇摇摆摆地走来走去，用喙四处试探。

"你怎么能受得了？"特里问，"怎么能受得了自己的孩子就那样被带走？"

人是怎么忍受一切的呢？

"我没有选择，"我答道，"修女们说这是最好的办法。她们相信她们的所作所为是正确的。在她们看来，这对来访的夫妇非常想要一个孩子，这可是天赐良机。她们原本就一直在想该拿我们怎么办，毕竟她们不能永远照顾我们，而我又无法独自照顾一个婴儿。我没有钱，没有工作，没有丈夫，没有前途。她们向我保证，我的儿子去了一个非常好的基督教家庭，他在那里会过得比在我这个不光彩的少女身边要好得多。在我看来，她们很可能是对的。在那些日子里，一切都和现在不一样，和你能够想象的还要更不一样。"

特里不会知道，在 20 世纪 40 年代，一个没有丈夫的女孩有了孩子意味着什么。那意味着你的生活遭到全方位的毁灭，你这辈子都将被打上羞耻的烙印，永远别想抹去。那羞耻将成为你的一部分，就像麻风病一样。人们不会想要碰你，他们宁愿躲到马路另一边也不愿和你说话。

"可那些修女骗了你！"她愤怒地叫喊。

"因为她们知道，如果不这样，我永远、永远也不会——哪怕要付出生命的代价——也不会放弃我自己的孩子。"

我能感觉到那个吊坠盒沉重地挂在我身上，紧挨着我的皮肤。在我内心深处的洞穴中，有东西如岩浆般翻滚，试图找到出路。

我讲述恩佐被带走后的生活时，特里惊骇地听着。我告诉她我是如何从修道院中逃出来，磕磕绊绊地开始新生活，在当地银行找到了一份工作，一路往上爬。我把悲伤埋在心中那么多年。我把我的过去隐藏得很好，谁也不知道我身上发生过什么事。我尽量避免与战前或战争期间认识的人接触。我再也没有见过玛格丽特姑妈。

多年来我也曾多次尝试寻找儿子的下落，但那时的收养法让生母无法找到自己的孩子。再说，恩佐的新父母还为他改了名字，并与修女们达成协议，不公开自己的身份。我相信这其中有金钱交易，但无论如何，修女们都拒绝向我透露任何信息。十年后，我再次回到那家修道院请求的时候，她们甚至声称已把那个家庭的资料弄丢了。我一直抱有希望，希望恩佐自己长大后可能会找到办法联系我，但他从来没有过。我同样希望乔万尼有一天会回来找我，如果他还活着，如果他还爱我，他一定会回来找我的，不是吗？作为一对已婚夫妇，我们找到恩佐的可能性将会大得多。可那么多年过去了，由于缺乏信息，这两种希望都落了空。

不过，苍白和消瘦似乎就和当年的红润热情一样适合我。我吸引了很多男性的注意，我拒绝了所有人。除了冷漠无情的名声外，我什么也没得到。

然而，有一个人没有放弃。那是一个征服了许多女人的骄傲男人，他第一眼看到我就相中了我，这从那天他走进银行后的整个举止就能看出来。之后他每一天都找借口回来和我调情。我在银行工作这么多年，还从未见过如此毫无意义的金融交易。

　　"休·吉尔福德·查特是个有魅力、强势、英俊的男人，"我告诉特里，"他非常有权势，是一位知名的地产大亨，他满足了我的虚荣心。他对我粗暴的态度和一次又一次的拒绝毫不在意，他似乎真的很喜欢我这样。总之，他对我赞不绝口。赞美总是好的。"我也没能免俗。身边有一个这样的男人，不管我对他多么冷漠，他却总对我如此热切，这无疑会让人满足。那个时候，我已经有十二年没见过乔万尼了，我知道他再也不会回来找我了。

　　"我并不爱休，但我还是被他吸引了。他向我求婚的时候——随之而来的还有香槟、钻石和立刻前往巴黎一家豪华酒店度假的邀请——嗯，这不是一个多么难的决定，我接受了。我当然并不期待一个完美的婚姻，但我喜欢他带给我的安全感。

　　"他在各个方面改善了我的生活。我得到了奢华的生活，家中有管家服务，享受异国他乡的假期。我还对丈夫的工作产生了兴趣，我通过阅读金钱、投资和房地产等方面的相关书籍自学成才。我丈夫看到我有敏锐的商业头脑，就让我负责他公司在农村的业务。我的主要任务就是购买乡间别墅，再租出去。

　　"不幸的是，我丈夫爱所有的女士，不仅仅是我。结婚一年后，他有了第一次外遇，我第一时间就知道了。他不慌不忙地掩盖自己的痕迹，她却把口红和蕾丝吊袜带弄得到处都是，她是他的秘书。真是些陈词滥调。我对此感到厌恶，但也并不算惊讶。我丈夫厌倦了那个秘书之后，他的外遇次数就像朽木上的虫子一样多。在忍受了八年他的谎言和不忠之后，我提出了离婚。以我在银行工作的经验，加上我对他的财务状况十分了解，这婚我离得不亏。我得到了不少乡下的房产。

"我已经卖掉了大部分，我的钱就是这样来的。"我告诉特里，"这些年来，我精打细算地投资，很少为自己花钱。"我自己评价我在自己身上花钱"很少"，但其实我花得远比艾琳或特里这样的人要多。

"我再也没有想过要结婚。"

特里的双眼就像是两汪清澈的池水，充满了同情。"这不是你的错。"

"多年后，我还真得到了一些关于我儿子的消息。领养家庭的一个表亲找到了我，但我得到的只是他的死讯。"

我清晰地记得那一天。我查看信件的时候，收到了那封三页的信。信中概述了恩佐的生活，或者说，乔·富勒的生活。我得知他在一次登山事故中丧生，我永远也不可能去再次了解他了。

特里用袖口擦拭着眼睛："我的心与你同在。你经历了这么多！可是你——你从来也不哭，薇若妮卡。"

"嗯。"

这是事实。自从玛格丽特姑妈告诉我哭是软弱的表现，我就再也没有掉过一滴眼泪。我不想变得软弱，到现在我也依然不想变得软弱，我一向看不起软弱的人。

"可是从来都不哭，我原以为这是不可能做到的，你是怎么做到的？"特里大声吸着鼻子。

"多年的练习，"我对她说，"一年又一年。"

我继续说下去："那封信里说，恩佐没有孩子，而我也没有理由怀疑。可最近我突然想到，一个被收养的表亲很可能并不能绝对确认这一点。我亲自去核实了一下，就这样发现了我还有一个孙子——帕特里克。"

另一个帕特里克停下脚步，又转身抬头看着我，他听懂了他的名字。我向他伸出手，他凑了过来，用头蹭我的手指。我喜欢他的触碰，喜欢他那尖尖的小喙和蓬松的绒毛。

"这么多年以后找到了自己的孙子，你一定很激动吧！"特里惊呼起来。她是真的很想在我这个悲惨故事的结尾看到一丝希望，她非常想要相信，我和我的孙子从此生活在了一个永远幸福的国度。

我没有回应她。一种奇怪的黏糊糊的感觉盘绕在我的皮肤下面，它像冬天的雾一样让我感到寒冷。

我需要一个人待一会儿。

企鹅帕特里克正在安详地睡着，他的一只脚微微抬起，靠在行李箱的一侧。他的胸部随着呼吸起伏，微微张开的嘴里传出轻柔的企鹅鼾声。

我慢慢站起来。一切都变了。过去的记忆再次浮现，对我的爸爸、妈妈、乔万尼，还有我最爱的宝贝恩佐的回忆，裹挟着痛苦在我的脑海中轮番上演。我的宝贝儿子，我再也没能找到他。他还没来得及学会念我的名字就被带走了，他死的时候甚至都不知道我是想要他的。

我是那么地想念他们，是那么期待一切能重来。他们被一一从我身边夺走，太快地被夺走。我觉得五脏六腑被绞作一团。

这个房间太小了，让我有了幽闭恐惧症。这里太压抑。

就在不远处，在极地广袤的天空下，一个庞大的阿德利企鹅族群在等着我。企鹅们会对我有帮助，我对此万分肯定。它们有着古老的智慧，远远超越在混沌中挣扎的人类。我需要出去，去和它们在一起。就我一个人，薇若妮卡·麦克里迪，与大自然，与5000只企鹅，没有别人。

迪特里希在电脑室，我能听到特里和迈克在厨房里说话。我轻轻地奋力穿上外套和海豹皮靴，拿起手杖。这次我不想再带手提包了。我蹑手蹑脚地溜了出去。

外面寒风凛冽，雪片拍打在我的脸上。我尽量走得很快，让自己离基地越远越好。我没有回头。我的呼吸很急促，呼出的水汽在冰冻的空气中升腾。我勉力支撑着爬上斜坡，每迈出一步都沉重地倚靠在手杖上。

我的脸已经冻得麻木，我感觉到前所未有地冷。天空低垂，黑暗的影子在其中翻滚。我走着，风吹得更加猛烈了，它击打着我的身体，在我耳边呼啸，但我被一股同样凶猛的内在力量所驱使。我要去看看企鹅，和企鹅们单独相处。我一步一步地向前走，一次一次地重复这个过程。尽管我的肺在不停抗议，我还是不知不觉地来到了斜坡顶。

企鹅们就在那里，一幅巨大的图景在我面前展现：那是波涛起伏的生命画卷，由母亲、父亲、夫妻和婴孩们组成的黑白王国。

我开始下坡，迎着飘来的阵阵雪花，漫步在它们之中。也有些企鹅会抬起头来看我，但更多企鹅还是专注于自己的事情。它们一起栖居，一起喂食，一起争论，一起睡觉。

嗯，就是它，我发现了，这就是赋予它们生活目标的东西，是我的生活中一直缺乏的"在一起"。我所拥有的一切都被银子包裹着，挂在项链上，在我的保暖衣里面，紧贴着我的皮肤。四缕头发。

一阵强烈的悲伤席卷了我的全身，我突然在风中恸哭起来，在雪中喷洒着悲伤的热泪。泪水从我内心深处喷涌而出，宛如汹涌的洪流。我做梦也没想过，我的心中埋藏着这么多的眼泪。

呼吸开始变得困难，我的胸腔里发生了一些奇怪的变化，寒冷的感觉就像一座巨大的冰山在里面移动。紧接着，内部的岩块开始毫无预兆地从中崩裂开来，疼痛如镰刀般刺穿了我。我尖叫了一声，那痛苦愈演愈烈，毫无停止之势。我感觉到心中的冰山碎成千万块针尖般的碎片，撕裂我的身体。

我瘫倒在地上。

36　帕特里克

博尔顿

　　我通常不会在周一早上上班前打开电脑，尤其现在才凌晨六点半。可我的睡眠节奏已经被完全打乱了。楼下那对夫妇吵得不可开交，这对好好休息可没什么好处。再说，我还一刻不停地想着薇若妮卡奶奶的事。

　　我本以为那本日记里会有更多的东西，以为她会写到更多关于恩佐宝宝的事——我的父亲，恩佐宝宝。我的肤色像他，是不是还有其他地方像他呢？我知道薇若妮卡把他送给别人收养了，可那完全说不通呀。从日记里看，她似乎用生命在爱着他，她看起来也不像是那种懦弱的女孩，那种会被修女们或其他人说服的女孩。

　　这奇怪的事一直在我脑海里挥之不去。楼下又这么吵，我反正也没法睡觉，所以便从床上坐了起来，想要通过上网来分散自己的注意力。我浏览了一些关于电路和 LED 灯的有趣网站，还看了一些关于桥梁结构的 YouTube 视频。快到起床时间了。

　　下线前我查看了我的电子邮件。你能想到吗，居然有一封来自

"Penggroup4Ant"的邮件。我很好奇会不会又有企鹅攻击手提包，或是关于薇若妮卡奶奶最近做的事情——她收养的那只小企鹅的消息。可邮件的内容完全出乎我的预料。我突然觉得有些难受。

"怎么了，伙计？"

我以为我在微笑，看起来很酷，但在盖夫面前你很难隐藏情绪。我告诉了他薇若妮卡奶奶的事。

"情况很糟？"

"嗯，非常糟糕。到了临终的时候。"

他伸出一只手搭在我的肩膀上，说："我很难过，伙计。这很不容易，尤其是你才刚刚开始了解她。"

连这个程度都还没有到，我根本还说不上"开始了解她"，我总共就见过她两次。不过，读那些日记的时候，我深入了解了十几岁的她。

"她被困在极地，身边有三位科学家和5000只企鹅，这算是怎样的临终体验啊！"我想开个玩笑，但我和盖夫都没有笑。

"太惨了。"他说。

我把广告牌拖到店外摆好，然后回来查看今天的修理清单上有什么。

"你会去吗？"盖夫问。

我茫然地看着他："什么？"

"你会去吗？去南极洲，和她说再见。"

"我们连'你好'都没好好说过呢。"我说。多奇怪的想法啊！我去南极洲？

"这不算是个奇怪的想法，"他仿佛会读心术，"她是你的奶奶，也是你在世上的唯一亲人。"

"得了吧，伙计，这根本不现实。三个理由：a. 她不会希望我去的；b. 她很可能撑不到我去；c. 我的现金流不允许；d. 我可受不了那么冷的

234

天气。"

"你说了四个理由了，伙计。"

我们度过了一个平淡无奇的上午。一个五口之家走进店里，想知道最近买电动车会不会有优惠（并没有）。我们卖出去一些零零碎碎的东西。一个丢了自行车钥匙的小伙子走进来，想要配一把同型号的新钥匙，而不愿意买一把新锁。我花了好长时间向他解释，钥匙和锁的存在就是为了安全，所以不行，即使是同型号的钥匙也不能开他的锁。即使能开，我们也不分开销售。解释得我都要丧失生活意志了，于是盖夫过来了。盖夫可是老练得很。

我努力集中精力，但还是时常走神。老实说，走神的时候更多。我希望能对奶奶说些什么，再一次见到她本人，说上一句……唉，我也不知道该说些什么，但我肯定要说些什么。

我从店里后间拿出三明治准备吃午餐时，盖夫问我："还在想着奶奶的事呢？"

"嗯，我想是的吧。我止不住在想，希望我能早点知道奶奶身上的所有事情。现在我知道该问哪些问题了，希望能得到哪些答案。我还希望她离我更近一些，这样我就能，嗯，让我们的关系变得更好，在她还活着的时候……你懂的。"

"那么你想去和她道别吗？"

"如果可以的话，我会去的，"我承认，"但就像我说的，现金流之类的问题。我连房租都快付不起了，而去趟南极至少要花一千美元吧。"

"但如果你有钱，你会跑那么远，到南极去吗？即使在你讨厌寒冷的情况下。"

我点点头，说："我想我肯定会的。如你所说，她是我唯一的家人。我刚找到她，却马上就要失去她了。我发现她身上还有更多我想了解的东西，而且我觉得我们之间还有需要解决的问题。"

盖夫深深地看了我一眼，看了很久。"帕特里克，伙计，原谅我这么说显得很无情，但这事情也有好的一面。看起来你就要成为百万富翁了。"

不能说我完全没有想过这个问题，但我还是赶紧摆脱掉了这个想法。因为，老实说，这一切看起来都太渺茫，我可不想高兴得太早。

"你认为奶奶会把她的几百万留给我？"

"我是这么认为的。"

"别瞎说了，伙计，她讨厌死我了。"

他摇摇头："我不这么想。你费了很大的劲去机场看她，是不是？我敢打赌她被感动了，即使她并没有表现出来。她把那些日记寄给了你。你说它们都是锁起来的，有挂锁，还有密码，所以那显然不是她会随便处置的东西。后来她还把密码发给了你。没有人读过那些日记，伙计，就连她最信任的看护也没读过。好了，帕特里克，很明显她要把钱留给你！"

我想他这样说确实有道理。老天啊！我成为一个百万富翁，这感觉简直比我会出现在南极洲还要奇怪。我兴奋地轻轻跃起，盖夫举起手，我和他击了个掌。

不过，这兴奋没有持续太久。我不愿去想薇若妮卡奶奶将要在冰天雪地中死去的事情。

"听着，盖夫，我确实想去看她，但我想你应该不会准备好……"

"什么，伙计？说出来吧。"

钱的确是个难题。我什么都不确定。我知道薇若妮卡奶奶是个古怪又冲动的人，一方面，她有可能真的把钱留给了我，但另一方面，她也有可能把钱留给了孤儿院或是别的什么地方。

我脱口而出下面这些词句："你该不会，呃，考虑借给我足够的机票钱吧？"

他在我的背上拍了一下："当然了，伙计。我还以为你都不会问呢！"

老天，我这是在玩什么火呢？我是个彻头彻尾的木偶人吗？如果奶奶真的把遗产给了孤儿院，我要怎么还盖夫的钱呢？

"也许你应该好好考虑一下。"我不由自主地说。

盖夫不以为意："不，你没问题的，伙计。实际上，现在这个时机再好不过了，我刚刚继承了我妈的遗产，我想要好好利用它。"

我们来来回回争辩了几轮，我真的不想欠盖夫这么多钱——要是奶奶一分钱也没留给我的话。但他的想法很坚定，他说我可以在未来二十年里随便什么时候还他这笔钱，分期付款或是怎么样都行。他说为了一个伟大的目的的话，这笔钱其实也算不上很多。他还说反正他也欠我一个大人情，因为如果没有我，这家店也就活不到现在。他真是言重了。

被他这么一说，去南极洲的想法快速地在我脑海中扎了根。我开始觉得自己有点像个英雄。我，勇敢的帕特里克，启程进行一次英勇的远征，为一个老妇人不安的灵魂带去平静和快乐。可我很快又想起了一件事。

"等等，伙计，那小黛西怎么办？你不是要拿这笔钱给她治病吗？要是有什么办法能让她好起来，那可远比把我送去地球的另一端重要得多。"

但他依然不为所动。他说黛西现在接受的就是最好的治疗方法，没有更好的选择了。

我依然觉得内疚。"如果没有办法治疗，那好吃的好玩的呢？"我不愿意黛西因为我而错过生命的乐趣。

"黛西有的是好吃的、好玩儿的，而且我们有足够的钱给她买更多。你就闭嘴吧，去订你的机票去！"

我不再和他争论了。我要去和薇若妮卡奶奶和解。

南极，我来了！

37　薇若妮卡

吊坠岛

　　我的身体仿佛是由一个一个小点拼接而成的畸形怪物，每一个小点都刺痛得厉害。我的身上盖了一大堆毯子，可我还是很冷，很冷。粗重的呼吸与浅浅的喘息夹杂着，每一次吸气吐气都是那么困难。

　　一个女人在周围忙碌着。

　　"看，薇若妮卡，我们的小企鹅来看你了。我每次看到他，他好像都长得更大，也更活跃了。他的状态很棒。"

　　我试着睁开眼睛。光线刺进我勉强睁开的眼皮，亮得无比刺眼。我能辨认出形状，但每样东西的边缘都是模糊的。一个毛茸茸的灰色小身影在房间里摇摇摆摆地走来走去，我想伸出手去摸他，却做不到。我的眼皮也撑不住了，它们再次合上，遮住了那光亮。

　　"你的状态也很棒，薇若妮卡。"我勉强睁开眼睛，看到眼前的女人。她看起来很眼熟，柔软的金发披散在肩上，眼镜让她忧伤的蓝眼睛显得更大了。

　　她是个骗子，我的状态一点也不棒。

她故作兴奋地再次开口说道："我们有一个惊喜，薇若妮卡，你的孙子要来了！他要来南极洲，来看你。"

一个一个单词在我耳边飘荡着，慢慢环绕着彼此。它们在某一瞬间突然结晶，形成某种实体的东西。我能明白它们的含义了。

我知道了我在哪里，知道了这一切是怎么回事。我眼前是一个年轻女孩，她有一个男人的名字。这是个我喜欢的女人，我把她当成朋友。特里。没错，特里——在南极洲吊坠岛上工作的科学家。特里说了什么呢？那句话依然回荡在我脑海中。她说我的孙子要来了。

我的孙子！我的老天爷啊！我的情况一定比我想象中还要糟糕。我张开嘴，想说："告诉他别麻烦了。"可那些话却卡在喉咙里，没法说出口。死亡的过程就是这样吧。谁又能想到它是如此令人沮丧，如此无聊呢？我希望一切赶紧结束，但毫无疑问，它会能拖多久就拖多久，就像生活。这有多乏味啊。

一阵呻吟声从什么地方传来，那是我自己的声音。我感觉到有一只手把我额头上的头发往后拨了一下。

她靠近我的耳朵轻声说着，句子很短，间隔很长，一字一句迸出来的全是些混乱跳跃的想法："他应该很快就到了。我们得再铺一张床。我希望他不介意这里拥挤的环境。但我们总得想办法凑合一下。嗯，见到他还是很高兴的。我很期待……我想。我不知道他会怎么看待这一切。"

我希望她不要再说了。我希望她能把我的孩子从地板上抱起来，让我摸摸他毛茸茸的脑袋。我是真的很想在死前再摸一摸他。

"你必须努力好起来，薇若妮卡，为了你的孙子。"

我的孙子？噢，那个人啊。我想我记得一些关于他的事情。我一时心血来潮，让艾琳把我的日记寄给了他。这是不是太不明智了？我试着厘清思路的时候，头就痛得厉害。是有人说他要来吗？如果他真的要来，我会大吃一惊的。他居然会想到这么做，这足够令我震惊。也许这中间有什么误会吧。

一个声音在背景中喋喋不休："我在想营地里有两个帕特里克该多混乱呢。我想我们可以叫他们帕特里克 1 号和帕特里克 2 号，但也许我们毛茸茸的小香肠该改名字了？你觉得呢，薇若妮卡？"

我一点也不在意，却说不出一个字。

"我们该叫你什么呢，小香肠？"

她停顿了一下，仔细思考起来。我的意识又开始涣散，那些"帕特里克"啊，数字啊，"小香肠"啊，在我头脑中飘来荡去。特里又开口了："我知道了！我想到了。你床边桌子上的那本书是《远大前程》，我们的小香肠也有自己的远大前程，所以我们可以用书里主人公的名字来称呼他。我们可以叫他皮普！"当她转过头去和地板上那个矮胖的小家伙说话时，她的声音都变了，"我们从现在开始叫你皮普，可以吗？"

房间的角落传来某种回应，是一声简短高亢的鸣叫，它听起来就像是"皮普"这个音。

"我就当你答应了噢！"我能从她的语气里听出满满的爱意。

这让我的意识又开始集中起来，"小香肠"是一只企鹅，帕特里克是一只企鹅，皮普是一只企鹅。他们一样，都是我所爱的。我非常希望在我死后这里的人能照顾他。我想他们会的，至少特里会。我想其他几个都是男人，现在我想不起来他们的名字了。我似乎记得，他们也对小香肠帕特里克宝宝怀有好感——现在他似乎叫皮普了。柔软、毛茸茸的皮普，大大的眼睛，大大的脚板。我要是努力听，好像能听到轻微的窸窸窣窣的声音。

"不要，皮普，别动薇若妮卡的拖鞋！"

他在对我的拖鞋做什么呢？我很想看看，可我没法睁开眼睛，转头就更不可能了。

一声叹息试图穿过我的肺，从我嘴里冒出来，但它也做不到。我的呼吸尽管很浅，也一下一下地像钢锯穿透我的内脏。

我还没有完成将遗产赠予阿德利企鹅的法律手续，这真是个巨大的遗憾，我应该早点解决的。我又犯了一个错误。我想我全部的遗产现在都变成我孙子的了，这根本不是我想要的，我希望它被用于有意义的事业。

我又听到了说话声，她的言辞间满是悔意，声音哽咽，显得很痛苦。"薇若妮卡，我真的很抱歉。我很抱歉你大老远跑来，而我们却……却是这个样子。你看起来是那么坚定，那么坚强。我只是没有意识到……我没想到事情会发展到这个地步。你对我们是一个挑战，没有错，但也给我们注入了新鲜的血液。也许只有我一个人这么想，但是……就个人来说，我喜欢你。我非常喜欢你，并且我希望你留下来。"

我希望她不要用过去时态谈论我，这一点也不礼貌。

"看到你对企鹅如此着迷，我觉得尽管我们有很多不同，但我也算是找到了一个志趣相投的人。"

她的情绪变得激动起来，泪流满面。此刻我发现了一件以前从未发现的事：特里很孤独。

"当你告诉我你的故事时，我的心都碎了。"她继续说着，"我多希望能回到那么多年前，回到你最需要朋友的时候，成为你的朋友。那些在你为父母去世而悲痛的时候还对你那么差的人，他们太残忍了，太残忍了，太残忍了。你那时还那么年轻。他们还把你的孩子夺走。这……这真是……真是太可怕了。"

我不知道我还能忍受多久。

突然，房间另一头传来一阵哗啦啦的声音。

"噢，帕特里克！"特里叫道，"不对，皮普！你到底在搞什么呢？噢，薇若妮卡，你真该看看他！他爬到废纸篓里去了，只伸出一个头。他看起来太好笑了！"

38　帕特里克

吊坠岛

我来了。

我，帕特里克，来到了这里，南极洲。真是令人难以置信。

这是一段漫长的旅程。我设法在最后一刻搞到了一张机票，但这航程实在是又颠簸又无聊，而且也实在是太太太长了。不过，最后坐船的那一段，却如史诗般壮丽。所有那些浮动的冰山，形状、大小都各不相同，有些像一块块的奶油奶酪，有的像白面包，有的像牙齿一样锋利，有些像破碎的玻璃在阳光的映照下闪闪发光。这里的野生动物也很疯狂：海豹懒洋洋地躺在岩石上，巨大的海鸟在头顶盘旋，企鹅在水里进进出出，或者成群结队地站在岸边。我还看到了一头巨大的座头鲸。到现在我都还在不敢置信地掐着自己。

而此刻，我到了这个研究基地。感谢上帝，薇若妮卡奶奶坚持住了。看到她这样真是很让人难过。她似乎通过眼睛确认了我的存在，但她不能说话也不能动弹。我不知道她有没有认出我来，这很难说。

我从科学家们那里了解到了更多情况。他们说，她是自己溜出去的——要是他们知道了，他们是绝对不会让她这么做的，尤其是当时暴风雨就要来了。虽然并不是这里有时会发生的那种惊天地泣鬼神的暴烈式暴风雨，但也是挺糟糕的情况。糟糕到，他们马上惊慌失措，拿上急救箱便立刻冲了出去；糟糕到，当他们发现她倒在地上时，甚至担心能不能把她活着送回基地；糟糕到，直升机和医生要等到四小时以后才能过来。

　　好在他们还是把她带回了基地，并很好地为她做了保暖措施。医生终于赶到后，诊断她体温过低，肺部感染。医生给她打了一针青霉素，还开了一些抗生素。他们还说要把她送到阿根廷的一家医院，但他们尝试转移她的时候，她尖叫了起来。医生于是决定，最好还是让她平静地休息。这是在暗示平静地安息吗？他让他们试着联系他的家人，于是我来到了这里。

　　我敢说那些科学家一定气死了。首先，这个八十六岁的老人家非要到这里来，还是个个性比红咖喱还火辣、固执得像野山羊一样的人。然后她还不听安排跑出去，让自己病得这么厉害。再后来，那艘本该载她回去的船却送来了我——这个星球上最疯狂的孙子。

　　我可要提醒你，这三个人本身就挺古怪的，他们就是三个"雪"枪手。根据我对他们的喜爱度排序，他们是：特里、迪特里希和迈克。特里戴着眼镜，很漂亮。一头凌乱的金发塞在帽子里，笑起来还有两个酒窝，眼神充满活力。她自我介绍的时候，我的第一句话是："噢，你叫特里，我还以为是个男的呢。"

　　"大家都这么以为。"她笑着，露出两个酒窝，"嗨，我大概也能算是个男的吧。"她又补充了一句，不过这句话与其说是对我说的，还不如说是对她自己。她并不是自怜，只是实事求是。不过，你只要看着她，就绝对不可能把她当成男人。伙计，才不可能呢！

"你祖母的事，我真是非常非常抱歉。"她说得无比真诚，好像一切都是她的错。

"别担心。"可这听起来好像我一点不在乎，所以我又补充了一句，"她是个坚强的女人。谁知道呢？可能她马上又会健壮如牛了。"可这样听起来又很轻率，所以我说，"你已经做得很好了，谢谢你照顾她！"这句话太空洞了，可我实在想不出还能说什么，所以干脆闭上了嘴。

去看过奶奶后，他们一起带领我参观了他们的住所，也就是这个营地。这里其实很大，至少里面比外面看起来要大。有点像《神秘博士》里的那个宇宙飞船塔迪斯。他们有一间电脑室（基本上就是个橱柜）、一个简易厕所和一间厨房。厨房毗邻一个他们称为"休息室"的房间，这听起来还挺豪华的，但其实并非如此。还有——这一点你会觉得很不可思议——每人一间卧室。我也有一间卧室。好吧，它原本是储藏室，但他们把它清理出来，还给我找了张行军床。嘿，我真高兴我不用和奶奶合住一间。不过，奶奶其实已经有一个室友了。

奇怪的是，这里有一只小企鹅。它是你见过的最奇怪、最可爱的生物，就像个毛茸茸的球，大脚板，个性很突出。他们管他叫"皮普"，据说他已经在营地住了一周半了，科学家们接受了他的存在，仿佛这就是个常态。我不得不说，我觉这一切有点超现实。我很难理解他们的生活方式。

歇了一会儿后，我喝上了一杯浓咖啡，我边喝边问迪特里希："你是怎么跑到这儿来的？"迪特里希是这里的老大，但人不错。这让我有点想起盖夫，但他毛发更茂密，看起来更像外国人。（迈克把想当老板写在了脸上，一点也不友好。他没有让我想起任何人。非要说他像谁的话，可能有点像年轻的皮尔斯·摩根①？）

迪特里希抚摸着自己的胡子，思考着该如何回答我的问题。"啊，你

---

① 英国电视节目《早安英国》的主持人。

知道的，科学发现的刺激，对极端环境下的生命的着迷，以及对生物在这样环境下如何还能生存的好奇。再有，就是有可能在某些不起眼的层面上多多少少对野生动物和环境给到一些帮助……"

"那你呢？"我问迈克。迈克长长地啜了一口咖啡，看着我，盘算着该如何回答。

"我就是为这份工作而生的，"他说，"不做这个真是浪费了我的这些技能。"真是个谦虚的家伙（才怪）。

特里翻了个白眼，没忍住"嘘"了一声。

"那你呢，特里？"我问，"你又是为什么来到这吊坠岛上的？"

"这是我梦想中的工作。我就是喜欢企鹅。"她简短地回答，把眼镜往鼻梁上推了推。

接下来的整个下午，我都待在奶奶的床边。我一直想着那些日记，想着要是她突然清醒过来我该说些什么。整个旅途中我有充足的时间思考，可就是什么也想不出来。如果换作盖夫，他一定会知道该说些什么，而且他会以最合适的方式说出来。但我就不行了，我实在不擅长这种事情。所以，我就像个哑巴一样呆坐在那里。或许，我折腾了这么大老远跑到这里来，这件事情本身就已经让她多多少少稍微感觉好了一些吧。我希望是这样。

吃晚餐的时候，迈克问了我一大堆的问题："帕特里克，你是做什么工作的？"

我不自在地在椅子上扭动着身体。我能看出来迈克不太喜欢我。

特里告诉我，他对任何打破营地现状的新成员都有些抵触。他好不容易才习惯了奶奶的存在，现在又得应付我。嘿，还真是不容易呢！

"我周一在一家自行车店工作，还申请了失业津贴。"我说。

"申请了失业津贴？那么那个自行车店是你唯一一份工作喽？"

"你说对了。"

"那么你的房租是国家帮你付的喽？"——论如何轻而易举地让帕特里克难堪。

"迈克！"特里叫道，"别这么无礼！"

迈克转动着自己的叉子，一下一下精准地往上面绕着意大利面。"对不起，我不是故意要说无礼的话，我只是对我们的新访客很好奇而已，我们平常也没什么客人。"

"没错，我的确是拿社会福利支付的。"我答道。

"我猜你还没成家，没有妻子要养活吧？"

"没有。"

迈克撇了撇嘴，我想那大概是个微笑吧。"那么，你每天在你的单间里都做些什么呢？"

"噢，就是些有的没的。看电视，读杂志，种种花。没什么特别好说的。"

晚饭后，特里跟着我往奶奶的卧室走去，她低声在我耳边说："很抱歉你被审问了。"

我咧嘴笑了笑："那个迈克——有点不好相处，是吧？"

"噢，他有时候是会那样，但一旦熟悉了，他就会好起来的。"

"你们是情侣吗？"

"天哪，才不是！他在伦敦有女朋友，那个女生社会地位不低，好像是为企业界组织各种会议的吧。"

"这样啊，"我说，"真让人惊讶。我还以为他很喜欢你呢。"

她似乎觉得很好笑："迈克？喜欢我？别傻了！"

"是吗，他好像老是盯着你看。"

她不可置信地看了我一眼，便快步走进了薇若妮卡的卧室。我也跟着进去了。企鹅皮普待在地板上他的旅行箱小窝里，他抬头看了看我们，似乎认出了我们的身份，给了我们照顾病人的许可，便又重新躺了下去。

奶奶看起来还是老样子，仰面躺着，一动也不动。她的皮肤上全是斑点，到处都下垂得厉害。她的头发一缕一缕地披散在枕头上，眼睛周围有灰色的眼圈。天哪，她看起来还真是病入膏肓。

特里把手放在奶奶的额头上探了一下："她烧得很厉害，我们看看能不能弄点水给她降降温。你能不能……"

我把胳膊伸到奶奶的后脑勺下面，小心地把她抬起来。我意识到这是我第一次和她有肢体接触。天哪，真是难过，她太脆弱了。她的眼睛轻微地翕动了一下。我的手被什么东西缠住了，那是她脖子上的一条链子。

"这是什么？"

"噢，是她的吊坠链子，"特里答道，"我觉得这可能会让她不舒服，还试过把它弄下来，但她反抗得厉害。她表现得很清楚，不能接受我把这个拿掉。我想它一定对她有特殊意义。"

"嗯，我想一定是的。"我并没有透露我曾经在她的日记里读到过这个吊坠的事。

特里把一杯水送到奶奶嘴边，我们看着她抿了一小口，看着那口水缓慢地流进她的喉咙。她微微动了一下，像是在说这就够了。我把她的头放回枕头上，轻轻捏了捏她的手，可能是我的错觉（我觉得有点难说），但我感觉她缩了一下。

"好了，奶奶，"我说，"好些了吗？"当然，她没有回答。

我不知道她现在到底有没有知觉，但她看起来状况不太好。

一点都不好。

39　薇若妮卡

吊坠岛

死亡有着很多重的魅力。死后你将不会有更多的痛苦，不会有压力，不会有记忆，也不用再做决定。正如哈姆雷特所说："这是一个圆满的结局。"——你可以看到，我依然记得我学生时代读过的莎士比亚的作品——"令人虔诚地祈求。"死亡，永眠。这其实很吸引人，很让人放松。还有一个额外的好处就是你将不再痛苦——我是不是已经说过这一点了？

因为现在，此刻，我感觉到痛苦，它是那么强烈，那么无情，在我身体的每个毛孔进进出出，钳住我的肺，像是强酸腐蚀着我心脏的每一瓣。我真诚地希望死亡快一点到来。

我在南极的这些同伴得把我的尸体运回埃尔郡好好安葬，但也有可能他们懒得麻烦吧。有可能我会被埋在这里的积雪下。也许成群的企鹅会在我的墓前徘徊，用它们独特的方式，无视我日渐腐烂的肉体，自顾自地继续忙着私通、繁殖和排泄。它们也会在我的身边大量死去，我的灵魂可以与它们的灵魂混在一起。当然，前提是我得有灵魂（这还是很让人怀疑的），它们也得有灵魂（这也是不太可能的）。

我快速地回顾了一下我的人生。在这个阶段，人应该领会到一些深刻的启示，不是吗？但这在我身上似乎并未发生。我的过去并没有给我带来什么伟大的智慧，我也没有什么精彩的遗言可以留给子孙后代。我只能想：好吧，这一切到底有什么意义呢？

帕特里克来了，我的孙子帕特里克。他是个大块头，笨拙地站在我的床边。特里帮我戴上了助听器，这样万一他说出什么至理名言我就能听到了。帕特里克确实对我说了"你好，奶奶"，但除此之外就几乎没什么别的了。我没法回答，但我动了动眼皮，告诉他我知道他来了。他看起来是真的很不知所措。他坐在床边的椅子上，手里拿着什么东西，从发出的声音来看，我想那应该是一份报纸或者杂志。他还经常叹气。

我真不知道他为什么来。他一定知道我病得太厉害，无法对遗产做出任何安排。

长时间的沉默过后，我听到有人走进房间。

"你们俩还好吧？"

特里的声音轻柔而温暖，真是让人感到安慰。我的孙子很快就回答了："嗯，很好，只是，呃，你知道的……很安静。"

"皮普已经和我在一起一个小时了，他看着我打扫整理，但我现在把他带回这里待一会儿，我想薇若妮卡大概希望他在这里。他在这里似乎会让她感到舒服一点。你不介意吧？"

"呃，不，不。他很可爱。"

"我需要抖开他垫着的被子，你能抱他一会儿吗？"

"呃……"

我听到一阵轻微的窸窸窣窣声，然后帕特里克突然"噢"地叫了一声。

"暂时还不行，"特里说，"他还不认识你呢。稍等一下。我抱着他，你轻轻地摸摸他，就像这样……"

"你确定他不会再啄我了吗？他的喙还真尖呢！"

"你抓得太急了，所以吓到他了。看到了吗？现在他开心了。有人摸他的脖子他就会和你特别亲近。是不是呀，皮普？"

短暂的停顿过后，她轻轻笑了："看吧，他真的很喜欢你。"

我听到了皮普的叫声，我觉得他在请求我把他放下。

"我们就让他在附近随便转转吧，怎么样？"

"他不会把地板弄脏吗？"

"没事。要是他乱拉的话，我马上清理干净。这不是问题。"

"不会，呃……不卫生什么的吗？"

"嗯，要我说，只要能让薇若妮卡高兴，他愿意来几次就来几次吧。你说呢？"

"嗯，你说得没错。呃，特里，没错。很对。"

帕特里克的声音听起来有些窘迫，让你觉得他从没见过一个年轻女孩抱着一只小企鹅。

特里又说话了："你能帮我照看他一会儿吗？我去倒杯茶。你想来一杯吗？"

"噢，呃，嗯。好的，谢谢。"

我感觉到他又坐了下来，看了几页杂志。接着特里的脚步声出现在门口。

"来吧，我们的茶。我还给皮普拿来了这个，他的晚餐时间到啦。"

一股强烈的鱼腥味在房间里弥漫开来，伴随着各种咔嗒咔嗒的啄食和吮吸声。

在一个垂死的八十六岁老人面前喂企鹅——要不是那个垂死的老人就是我，我一定要笑死了。

40　帕特里克

吊坠岛

2013年1月

　　旧的一年已经过去，新的一年又开始了。日子还是老样子，没有人有心情庆祝。我来到这里已经四天了，这四天里薇若妮卡奶奶水米未进。她只是躺在那里，一脸愠怒的表情。我想这不是一个好兆头。

　　在这里我感觉自己就像是个备用零件。除了坐在她床边，希望她知道我就在这里，我其他什么事也做不了。我说的那些迟钝的话，要是她能听见的话，估计也会不屑一顾吧。不过我很怀疑她是否能听见。那些科学家给了我足够的空间。反正他们都很忙。他们每天都出去数企鹅，给企鹅贴上标签，给企鹅称重，还有其他和企鹅相关的事情，这些事情似乎至关重要。不过他们对我很好。好吧，特里和迪特里希对我很好，迈克只是勉强忍受我的存在罢了，那个家伙真是有问题，他看不起任何没有企鹅研究博士学位的人。

　　我很高兴有企鹅皮普做伴，他在这里待得很自在，睡得多，吃得多，经常在我们脚边打转。好吧，我承认，有时候我会和他说话。你可以说我疯了，但我发现，和企鹅说话真的很轻松。反正，比和一个八十六岁昏迷不醒的人说话要轻松多了。

据特里说，在我到来之前，皮普的名字叫帕特里克。"薇若妮卡用你的名字给他命名。"她说。

这可真是让我大吃一惊。奶奶是个怪人，这一点毫无疑问。她是真的真的很怪。

坐直升机的医生也来了，就是以前来过的那个。他给她开了更多抗生素，说她现在很舒服，除了待在这里陪她，我们也没有别的办法了。他说她会知道的，即使她什么也不表现出来。很快她的状况会有一个转折，不是变好就是变坏，他的言下之意是他不想再被叫过来了，我们确保她够暖和、不脱水就可以了。

床下有个塑料罐，是为紧急情况准备的。特里很棒，她会处理卫生方面的问题。我也提过要帮忙（我感觉我必须这么做），可是，哇，当特里坚持她来的时候，我还真是高兴。她说薇若妮卡会讨厌由一个男人来做这种事，我想她说得对。我想奶奶对现在的整个情况应该都不会喜欢吧。当你那么老了，还病得那么厉害，离家还十万里远，这真是很艰难的情况。

"你不能一直守在薇若妮卡的床边，"特里昨天对我说，"那会让你发疯的。至少现在她的情况很稳定，你可以放心离开一两个小时，去看看阿德利企鹅。"

我必须承认，我非常渴望参观那个聚居地。"好啊，如果你确定可以的话。"我飞快地穿上羊毛衫。

"你穿这个够暖和吗？"

"里面还穿了两件运动衫。但是，嗯，可能不够。我不太习惯这样的寒冷。"为什么我嘴里总是进出些不该说的话来？这让我听起来像个懦夫。

"我们有一件备用的派克大衣，那玩意儿很有用。"她给我拿来一件比我现在身上穿的外套厚十倍的外套。

"谢谢。"

她低头看看我的运动鞋，说："你的准备工作比起你奶奶来可差远了。我想你最好借迈克的备用海豹皮靴来穿。"

"那样他不会发疯吗？"

"不，他会理解的。"

那双海豹皮靴还挺合脚的，而且老实说，确实很有帮助。

噢，这满眼的雪！我几乎都忘了。一走出门口，你就会被这明晃晃的白色震撼。壮阔的风景让你惊叹，那样的纯净度，每次呼吸都锋利地冲击着你的肺。老天，这可真了不起！

一大片闪闪发光的河岸上，企鹅之地展现在我们眼前。企鹅们实在是太酷了。这里企鹅的数量比我预想中的还要多得多，所以你在它们之间几乎看不到地面。它们吵吵闹闹的也是十分厉害。这群家伙，狂野、摇摆、任性，它们就和人类差不多，只不过个头更小，多了一个喙，身上的颜色更黑更白，也更有趣。我发誓，你不可能不喜欢它们。

我不停地说着一些傻乎乎的话，比如"哇""酷"和"太赞了吧"。有些小鸟对我们的出现很好奇，还在我们身边围成了一小圈，我们看着它们，它们也看着我们。我也不知道中了什么邪，弯下腰团了一个小雪球，朝其中一只企鹅扔过去。那雪球一点都不硬，我也只是为了好玩。雪球正好落在了小家伙的脚上，它惊讶地向下看了看，又抬头看向我，目光中并无敌意，只是有些困惑。"抱歉了，伙计，"我对它说，"无意冒犯，只是个科学实验——看看你会不会被激怒。你做得很好嘛，朋友。完全没被激怒，加一分。"

我转向特里，指指她的笔记本，说："最好把这记下来。"

她大笑起来："你真有趣。"

我们继续往前走，我还有点期待这企鹅会朝我背上扔个雪球呢，可并没有。

过了一小会儿，特里说："帕特里克，我在想……"

"什么事，特里？"

"关于你的奶奶，关于薇若妮卡。我想你非常喜欢她，是不是？"

"呃……因为她既阳光又温暖的个性？"

特里乐不可支，她明白我的意思。"但你确实跑了这么远来看她。"

"嗯。那是因为……欸，这很复杂。"

特里似乎不太确定该怎么说，但最后还是决定说出来。

"我猜她告诉过你钱的事？"

"告诉我她有很多钱？是的，嗯，告诉我了。"

短暂的停顿。特里的眼神望向地平线："那她有没有告诉你她打算怎么立遗嘱，怎么处理她的财产？"

"什么？没有！"

她的声音变得很小，我都要听不清她接下来的话了。"据薇若妮卡本人告诉我，她还并没有立下遗嘱。她打算回家以后立一个。"

我很惊讶特里会针对这个话题说个不停，她看起来并不像是很在意金钱的人。

我耸耸肩："我想我们永远也不会知道她的计划是什么了。"

特里大步向前走去，她对着空气说："我想是的吧。"

今天特里是第一个从企鹅聚居地回来的，她和我打了声招呼："嘿，帕特里克。"然后便一头扎进了办公室。

二十分钟后她出来时，我正站在"休息室"里，漫无目的地凝望着一片虚空。你懂的。有时你总得从陪在薇若妮卡奶奶床边的欢乐时光中抽离出来休息那么一会儿。

"老天，我实在想不出还能在博客里写些什么。"特里向我吐露心声，"薇若妮卡早已成了博客的主角之一，可我不想让大家知道她生病了。"

这种情况下我本该献出一颗伟大的智慧宝石，可我居然找不到这宝石在哪儿。

"是很棘手。"我答道。

"我最好还是完全不要提她，我不想说谎，再说……这太让人难过了。"她哽咽了一下，眼眶看起来有些湿润。我想知道安慰她的最好方式是什么。我可以给她一个拥抱吗？在这种情况下，或许可以吧。可我还没来得及拿定主意，迈克和迪特里希就进来了，抖搂着靴子上的积雪。时机就这么过去了。

聊了些绕不过去的"今天过得怎么样""薇若妮卡怎么样""企鹅们怎么样"之后，我提出了一个想了很久的问题。

"我能为你们做顿饭吗？我想为你们做点什么，谢谢你们照顾奶奶。"毕竟我也没法捐钱，我根本没有钱可以捐。

特里的脸上露出笑容："噢，你真好！"

迈克一脸的鄙夷："你会做饭吗？"

"我水平还不错，事实上，很不错。"他这么说让我挺生气的。很显然，他认为我就是个毫无用处的废物。

"啊，这可真是个好消息！"迪特里希叫道，"特别是，如果你能做出点我们平常吃不到的东西那就更好了。我们吃法兰克福香肠、罐装豆子和意大利面都要吃吐了。老天，我们讨厌死那些东西了。"

"我能看看你们的储藏柜吗？"

"当然，欢迎欢迎，我的朋友。跟我来吧。"他把我带到里屋。他们似乎只会用罐装食品和一袋袋的意大利面、大米和现成的调味汁做东西。

除了这些以外，唯一拆过包装的就是一大罐花生酱。

"我们还有些冷冻的东西，"迪特里希说着，把我领到后面的一个单面坡顶房间，"有肉，有蔬菜——能冷冻的那些蔬菜。如果我是你，我一定不会用花椰菜。实在是太难吃了。"

我完全理解冷冻花椰菜这种东西有多难以下咽。不过，我在这里发现了几块冻牛肉。

"这东西还不错，阿根廷货。"迪特里希告诉我。

还有一盒冷冻的红黄辣椒。我开始默默计划起来。

一小时后，厨房里飘出了真正食物的香味：我的匈牙利彩椒烩牛肉，它把几名科学家从基地的各个角落吸引到了火炉前。

我开始分盘，盘子里的牛肉堆得高高的。我本想在上面撒一些新鲜的叶子，但这里并没有新鲜的叶子。我做了很多，足够每个人再来一盘。大家吃得那叫一个风卷残云。我很骄傲，我不介意承认这一点。

"明天的份儿也够了——如果你们不介意同样的菜吃两顿的话。"我对他们说。

"当然不介意！"特里叫道，她的嘴里还塞满牛肉。

"你可以多来几趟！"迪特里希说。

迈克对食物没有发表任何评价，但我能看到他那狼吞虎咽的样子。

"喜欢吗？"我故意问他。

"是的，很棒，确实很好吃。谢谢你。"他生硬地回答。

特里的企鹅日记

2013年1月3日

　　这是企鹅皮普最新的照片。是的，我们决定给他改名字，因为现在我们岛上来了另外一个帕特里克（一个人类）。

　　你会看到，皮普已经长大了很多，现在他的体重有1700克了。他是个激情的探险家，热衷于寻找新的地方睡觉。他最近的兴趣所在是一个废纸篓……

　　最近这段时间，研究中心的生活格外忙碌，我的时间有点不够用，所以我可能只能给大家多发发可爱的企鹅照片啦。

41 薇若妮卡

吊坠岛

爸爸来了，还有妈妈。他们一起在厨房跳舞，是兰贝斯走步舞，脚步重重地落在地板上。窗户敞开着，窗外蓝宝石一般的天空广袤无垠，有些模糊，还微微起伏。一阵风吹进来，两人就如小纸团一般被从地面上吹了起来。我想要抓住他们，追着他们在房间里打转。可爸爸妈妈就像丝带般滑过我的指尖，飘出窗外，两个舞动的身影消失在那片无尽的蔚蓝里。

我听到一个声音在呼唤："薇—若—妮—卡！"这声音刚开始似乎是从我前面传来的，一会儿又仿佛是从背面。我转啊转，直到一个惊雷般的声音从头顶灌下来：快去修道院，去啊！

现在我看见的是珍妮特、诺拉和哈里，他们看起来都不太真实，像是几个人形玩偶，斜眼看着我，伸出手指嘲笑地指着我肿胀的肚子。他们像狼一样兜着圈子。诺拉扑向我。我在流血，流血。但从我的血管里流出来的却不是血，而是草莓酱。

突然我的眼前出现了修女们，一队队走过我眼前，仿佛一条黑白两色的河流。每名修女都抱着一个孩子让我检查，可还没等我看清那是不是我的恩佐，她们便又把孩子抢走了。我再也受不了了，我尖叫着跳进河里，黑白相间的河水流遍我的全身。我等着被修女踩在脚下，可是……那不是人类的脚，那些脚上有蹼，又软又轻。我发现这些修女身上长了光滑紧实的羽毛，还有又短又粗的小尾巴。它们才不是修女，它们是阿德利企鹅。

是乔万尼吗？是他来了吗？我看不清楚，但我想他正弯下腰来，就要吻上来了。我试着念出他的名字，但我的嘴唇太干了。他又缩了回去，没有亲吻，没有抚摩。不，现在我知道了，那不是乔万尼。这是个胡子没刮、头发凌乱、口齿不清、闻起来像鱼的年轻男人，我根本不认识他。等等，我认识他吗？

"帕特里克！"有人在喊，那是个女人的声音，清脆而温柔，"我要去企鹅栖息地了。你自己在这里没问题吧？"

"嗯，没问题。"那个脸伸到我上方的男人回应道。我感觉到一只手在我的前额上停留了一会儿，接着是一句："哎，天哪，你可真烫！"

是乔万尼吗？头发的颜色很像，还有眼睛……可我知道那不是他，至少不是我记忆中的他。而我的记忆力非常好，就像……就像哈姆雷特一样好。

我又动了动嘴唇，想要说话，可依旧是徒劳。

帕特里克，那个名字一直在我脑海中盘旋，我记得好像有个男孩叫帕特里克。没错，那个男孩，我曾希望他会是我的绿洲，可最终他却不过是我干涸的灵魂沙漠中的又一个幻影。我再次与恐惧搏斗。我有个不愉快的印象，我曾经把希望寄托在某个人身上，却发现他脏兮兮的糟糕至极。我脑海中的那个形象似乎和眼前这个人正好相符。

我没法集中注意力。我尽了很大努力来理顺我的思路，却依然一团糟。等等……我想起来了。"帕特里克"和"孙子"这两个词是连在一起的，但那也太荒谬了！帕特里克是一只鸟，是只小小的、毛茸茸的小企鹅。我非常肯定这一点。我的孙子怎么可能是一只企鹅呢？

42　帕特里克

吊坠岛

　　噢，上帝啊！噢，不！她看起来很糟。她的脸皱得像一张旧纸巾，嘴也扭成奇怪的样子。她会突然发出一阵刺耳的呼吸，紧接着却又是可怕的长时间的间隔，如此反复。我弯下身子，去摸她的额头。她的额头很烫，手却冷得像冰块。她抬起无神的眼睛看向我，眼神混浊，毫无意识，似乎还带有一丝恳求。但我又能做些什么呢？

　　唉，我真不好受。我实在不想独自在这里见证这样的痛苦。我冲向房门，把它打开，希望特里还没来得及走出去，可迎接我的却只有一片光亮和寂静。特里已经走出了我的视线，她去看企鹅了，要几个小时以后才会回来，其他人今天一早也都去了栖息地。皮普在他的废纸篓里打瞌睡，看来，陪伴奶奶度过生命最后一刻的只有我和这只企鹅了。

　　我又跑回她的房间，她像离开水的鱼般挣扎着。我抓起一块沾了凉水的法兰绒，贴在她的脸上。她的身体抖动起来，然后猛地向后倒去。

　　"奶奶，奶奶，不要啊！"我疯狂地喊着。我的喉咙哽住了，仿佛有只什么爬行动物卡在里面。

我不希望奶奶就这么死掉，我有一种多年都未曾有过的感觉：突然而至的对亲情的热切渴求。我渴望能更多地了解她，我为我们第一次见面时自己的行为感到羞愧，很遗憾还没能让她知道我愿意付出多大的代价来弥补这一切。还有，她来到了南极。她来到了南极，来到地球尽头这个奇怪的、荒凉的地方——我发现这件事有一种奇妙的让人感动的力量。在这些之外，我脑海里依然萦绕着她日记里的画面：年轻的薇若妮卡，活泼、热情、奔放，准备好迎接即将出现在她生命中的每一件事和每一个人，和现在太不一样了。

她的眉头紧锁，像是在努力解决什么难题。她的嘴唇翕动着，我把耳朵凑过去，努力想要听清楚她在说什么。

又是一阵轻轻浅浅的急促呼吸声，之后，我终于听到一个词，她口中传出的嘶哑、刺耳的低语，那是我的名字：帕特里克。

一听到这个声音，皮普突然醒了。据特里说，自从改了名字以来，这小家伙一直在遭受身份认同危机的困扰。他从废纸篓里爬出来，"扑通"一声滚到地板上，然后，以惊人的力量弹跳起来，正好落在床上。他显然认为奶奶在叫他吃鱼，这个迫不及待的小家伙，他跌跌撞撞地扑倒在被褥上，扭动着肚皮朝她的脸移动。她吓了一跳，睁开眼睛盯着他。他们俩几乎是鼻子对着鼻子，嘴对着嘴，他们仿佛旁若无人地进行着一段无声的对话，我却只是个局外人，旁观者。

我发誓我能看到奶奶身上起了变化。

就在我眼前，某种转变正在发生。

43　薇若妮卡

吊坠岛

我受够了这一切，已经准备好告别这个世界了。谁愿意忍受时间的鞭笞和嘲弄呢……还有那份心痛，和肉体承受的成千上万次大自然的冲击呢？

反正我是不愿意，再也不愿意了。我这辈子算不上成功，那为何还要死死挣扎不放手呢？

可是——当一只小企鹅像炮弹一样扑向你，用闪闪发光的眼睛盯着你的脸时，你会停下手头在做的任何事情，即使那件事情是迎接死亡。

他的身体很温暖，小小的、圆圆的，水平地趴在毯子上，小身体的重量轻压在我的胸膛上，就在我心脏的正上方。

过去的一段时间里，整个世界都在剧烈地动荡。在这一刻，它突然静止了下来。房间这时看起来更清晰、更明亮了，轮廓清楚到令人难以置信，仿佛有人用笔把每一条边都描了一遍。我的头脑变得清醒，重要的是，我身体上所有的疼痛都消失了。我感到无比轻松舒爽。

皮普，这小企鹅叫皮普，我对这一点再清楚不过了。皮普，他是我亲爱的企鹅。后面隐隐约约出现的衣冠不整的男人是帕特里克，我亲爱的孙子。

亲爱的孙子？我是彻底疯了吗？

我一定是产生了幻觉，因为我看到大颗的泪珠从那个男人的脸上落下来。我再次看向皮普，想要确认一下。

他的悲伤都是为了我吗？

"是的，没错。"皮普回答。

我很确定他说话了。他到底说了没有呢？不，他并没有从嘴里说出什么实在的字句。或许他是用眼睛说话的，没错，我想就是这样。多么神奇啊……我开始意识到，企鹅的眼睛可以告诉你很多事情，只要你愿意听。

我的潜意识里不断冒出很多想法，可是，就像刚才说的，它们似乎是通过皮普传递给我的。他全身上下都在微笑。"那么你会活下来和我们一起喽？现在你不会死了，对吧？"

"是吗？"这似乎是一个相当草率的推测。

"不会了，"他毫不犹豫地回答说，"总之，我希望不会。"

我受宠若惊，高兴极了。"你希望不会？"我们的交流无声无息，连嘴唇也不用动。能像这样和企鹅交流，真是一种天赐的际遇。

"我们这样来看吧——"他提出建议，我很有兴趣想要听听他怎么说。他继续说了下去："前一阵子你救了我，我原本是必死无疑的。虽然我只是只企鹅，但你认为我的生命是有价值的。所以，唯一公平的方式，是由我来决定你的生命是否有价值。你知道我怎么想吗？那绝对是有价值的。"

由一只企鹅来告诉你这个，真是太好了。

"你是有选择的，"他依然注视着我，边说边轻轻挪动了一边的侧鳍，触碰我的脸颊，"而我要好好请求你，尽最大努力恢复健康。因为，就我个人而言，我非常希望你能活下去。"

"真的吗？"我呆呆地问。

"真的！还有这里的这个人，你亲爱的孙子，帕特里克。"

"还在念叨帕特里克吗？"

"他难道不是重点吗？"

我看了看帕特里克，他的眼里依然噙满泪水。我现在很疑惑什么才是真实，什么才是虚幻。

我再次把目光转移到皮普身上。"看到了吗？"他说，"别人是完全有可能真心爱你的，即使你非要为难他们，把自己搞得很不可爱。你不必如此孤单的。"

是我脑中的想象，还是真的有一束阳光，正好从房间的另一端照射进来呢？

"好啦，"他说，"多活一会儿，你就会知道的。"

他的形象渐渐变得模糊，轮廓再次不清晰起来。

这段非同寻常的插曲似乎走向尾声，现实开始接管一切。我能感觉到疼痛再次顺着血管流遍全身，可刚才的那些话，却一直在我脑海里回荡。

"多活一会儿，你就会知道的。"

44　薇若妮卡

吊坠岛

"是真的，她的脸完全变了样子，"是帕特里克的声音，"她看上去容光焕发，眼睛一直盯着这个小家伙。"

"真是有意思，"我听到了特里的回应，"这有可能是临死前回光返照的现象。这是一种欢欣沉醉的感受。对有些人来说，这就像是穿越一条光隧道；对有些人来说——嗯，我想薇若妮卡对皮普的感情很深，所以她的表现可能就不一样。"

"嗯，不管是什么，那真的都非常神奇。"

"不过，她似乎确实恢复了一点精神，是不是？"

我确实是恢复了一些力气，我很有可能再活上几天……甚至，再活上几年也不是完全没可能。

眼下这个样子，我并没有办法好好享受生活。但是，听了皮普说的那席话（或者说，他没说出口的那席话），我准备好要再试一次了。

皮普的存在就是一种安慰。即使我闭着眼睛，即使他不在我的视线范围，我也能感觉到他在附近。有时特里会把他抱到床上，让他依偎在我的臂弯，享受着温暖。他鼓励我继续这个生存游戏，让我那颗老心脏保持鲜活。

我的肺就像个疲惫无力的气球，似乎吸入过量的空气就会解体。我的肌肉酸痛，我的喉咙里仿佛铺满了砂纸。我不能说话，也不能坐起来。这样的日子过得实在乏味，我唯一的娱乐就是倾听周围发生的事情。可以说，现在的我比以往任何时候都善于倾听，我从来没有这样细致地关注过别人。

我的确搞不明白善良这回事，我没有信任它的习惯，我总是认为，人们对我好是为了想要回报。现在这个时代，他们想要的回报通常都是钱。但现在我开始动摇了。在吊坠岛上，我周围的这些人都对我很好，以一种我从来没有预料到的方式。我原以为他们全都心怀鬼胎，但也许，他们只是出于本性而对人友善。

迪特里希经常来我的房间，他从不浪费时间扯闲谈，也不会问我好不好，他知道我回答不了，他会用一种急切的声音向我喊："麦克里迪太太，我要给你读《远大前程》的另一章，你肯定会喜欢的。"之后他清清嗓子，不多废话便直接开始读了。我沉浸在一个充满希望和梦想的小男孩的故事中，这讲述使我愉快。它也让我想起我的青春，想起它是如何被迅速吞噬，想到我们是如何被我们的经历所改变。如果我的青春不是那个样子，我又会变成什么样的人呢？如果我的父母还活着会怎样？如果我没有因为战争而认识了乔万尼，如果不是战争把我们再次分开，会怎么样呢？如果我留住了自己的孩子，一切会怎么样呢？

我的眼底慢慢有了压力，某种液体开始涌上来，它在我眼中聚成两汪温热的泉，随后顺着我的脸洒落到枕头上。我并没有试着去阻止，我无能为力。

迪特里希继续读着，现在我很喜欢他的声音，他的奥地利口音很温柔，我喜欢他一字一顿地念出那些单词。有时候，当故事里出现爱情的时候，他会停顿一下，好像也在思考。他在奥地利有妻儿，我能强烈地感觉到他对他们的思念。

时间流逝，几分钟、几小时、几天，我没办法计算时间。迈克、帕特里克和特里来得都比迪特里希还要勤，他们以不同的组合形式出现，每种组合都会带来不一样的感觉。

迈克也会来，这是最让我惊讶的。我知道他不喜欢我，肯定有其他原因。他是为之前对我的冷淡感到内疚，还是他想向别人证明什么？

"薇若妮卡，你好，我来看看你怎么样了。"他总是这样开场，然后坐在我床前的椅子边，"今天的天气稍微暖和了一点，接近 1.8 摄氏度……"（我对这毫无概念，我只知道华氏度。）"可是一点阳光都没有。我很快就要去栖息地了。"他总是告诉我关于企鹅群的新消息，总是在罗列事实。那只叫"煤球"的企鹅依然孤零零地坐在自己的巢里，每天都有更多小企鹅孵化出来，它们中有许多被饥饿和掠食者夺去了生命，活下来的族群欣欣向荣。我在脑海中勾勒出它们的样子，希望有一天我能康复，再次见到它们。

每当迈克和帕特里克不约而同出现，两人也会简短地聊天。迈克总会发表些讽刺的评论，帕特里克则顽强抵抗，他们总有各种各样能打赢嘴仗的办法。而我注意到，当迈克与特里一起出现时，他的语气总会变得柔软、温和得多。

正如我之前怀疑的，迈克只是在拒绝接受现实而已。

当然，特里完全没意识到，她认为自己没有吸引力，简直是个"无性"人，因为她不像那些时尚杂志上的美女，她认为自己就是个"极客"①。她把精力投入到了照顾皮普和我上，我的耳边能听到"请吃点东西吧，薇若妮卡。我煮了蘑菇汤。皮普，耐心点，马上就轮到你了"。她希望做一个对别人有用的人。她甚至对倒夜壶，以及用海绵和法兰绒帮我擦

---

① 俚语，指性格古怪，热爱钻研的人。

身这样令人厌烦的工作都毫不介意。我不得不接受，我感激这女孩的体贴和小心。如果她和我一样对我身体的这些恶作剧感到厌恶的话，她肯定会厌烦做这些事情。幸运的是，她善于隐藏这些。

我的孙子是待在这里时间最长的人，他显然没有其他事情可做，我简直不能理解他为什么会出现在南极。我很难相信他会为了我而跑这么远，但事实好像就是这样。虽然一开始我很厌烦有他在旁边，但现在我已经习惯了。他说了很多话，远比之前要多，有时候我也不清楚他究竟是在对我说话还是对皮普。他喋喋不休地说，说他试着用这里有限的食材做出像样的饭菜，给我们讲他工作的那家自行车店，讲他那个叫盖夫的朋友，还有一个得了癌症的小女孩黛西。他以为我睡着了的时候，甚至会讲到他的寄养家庭，还有他的前女友。慢慢地，我对他的生活了解得越来越多。

我紧闭双眼倾听着，不管那是不是我的幻觉，我都忘不了皮普在我濒死之时对我说的话。我记得他说的关于帕特里克的话，还有一个从我嘴里说出来，似乎又被他重复了一遍的词"亲爱的"。

也许现在只是我的死亡过程被拉长了而已，但是，如果我真的能再多活一段时间，毫无疑问，我将不得不重新审视我对所有事情的看法。

45　帕特里克

吊坠岛

　　奶奶和我至少有一个共同点：我们都对企鹅有疯狂的热爱。说实话，我以前没怎么想过企鹅的事，但现在一切都不一样了。企鹅是一种什么样的生物？我不知道是因为它们身上有人类般的特征，还是因为它们是种很古怪的鸟，反正观察它们简直是一种心理治疗。它们让我笑，让我的心变得柔软。它们是那么小，却生命力满满。这是一件很美的事。

　　科学家们花很多时间在基地写他们的笔记。这里没有电视，超慢的网络也经常被他们用着，所以我开始探索书架上的书。这里的大部分小说都是无聊的古典文学，比如狄更斯和《简·爱》。除了老掉牙的阿加莎·克里斯蒂和福尔摩斯系列，就没有别的犯罪类或动作类故事可以看了。不过这里倒是有很多关于企鹅的书，我已经开始读其中的一本了，它其实还挺有趣的。

　　"知道吗，你祖母很喜欢别人给她读书。"那天看到我在看书，迪特里希这么对我说。

"真的假的？"

"嗯，她好像挺喜欢《远大前程》的，你也可以试试给她读《关于企鹅的一切》，如果你觉得那更适合她的话。"

"谢了，哥们儿，我会试试。"

我真的试了，我每天都给奶奶读大量的企鹅知识。我把皮普放到床上，他很高兴地和我们一起安静地待着。看来他也很喜欢了解自己这个物种嘛。有时他看起来像是在嘲笑我们，仿佛在说："嗯，这一点说得还挺对，至于那一点，伙计，纯粹瞎扯淡嘛。"有时候他还会啄一啄书页，尝尝它们的味道，感受感受它们的质地。

奶奶的脸颊上慢慢有了一丝血色，今天她还大口喝了些汤，是一两勺蔬菜面条汤。她还是不怎么能说话，但今天她用一种非常惊讶的语气说了这么长的一句话——"你做菜很不错，帕特里克。"

我可高兴了："啊，谢谢你，奶奶！"

她还嘟囔了些别的什么，但声音含混不清，我没听明白。

"你说什么，奶奶？你刚才说了什么？"

"我说……"她咳了一会儿，清了清喉咙里的痰，"我说一定是因为你的意大利血统。"

没错！意大利血统！我还从来没这么想过。

我和特里一起出去看了企鹅。雪很轻，是粉状的，就像筛过的糖霜。海水闪耀着银蓝色的光芒，浮冰像厚重的珠宝装饰着整片海洋。

"来到吊坠岛你高兴吗？"特里问我。我们的靴子踏在雪地上吱吱作响。

"不。"我的双手插在口袋里，嘴角下垂，"真是太糟糕了。"

她开始道歉，说整件事该有多么让我难过，我用笑声打断了她。

"特里，别说了！我并没有悲伤到那个程度。"我告诉她，我其实没见过奶奶几次，而那几次都很失败。"不过，我已经开始喜欢她了，"我坦承，"我从没想过有一天会说出这种话。"

"听你这么说我真高兴，帕特里克。"

特里身上有种特质，她让你觉得你什么都可以告诉她，什么都可以，她都能接受。

"我来这里只有一个原因，"我承认，"她给我寄了她十几岁时的日记，她这么做好像有些深意。她有一段悲惨的过去。所以，在她生命的最后时刻来到这里，陪在她身边，似乎是一件该做的事情。"

"什么'最后时刻'？"

我们高兴地咯咯笑了，看来奶奶是能再活一阵子了。

我们到了栖息地，我望向那一大片企鹅，呼吸着令人陶醉的鸟粪臭味。

"今天想帮我称重吗？"特里问我。她教我如何把手伸进水里抓住企鹅，如何避开扎人的尖喙和拍打的侧鳍，如何在它们有时间思考前把它们放进称重袋里，最后再放掉，这真是一项艺术。我被啄了一下，还有几只企鹅从我手中跳了出来，我没来得及抓住便飞走了。不过，没关系，实际上，比"没关系"要好。啊，我真爱这个！

特里负责称重和记录，我则扮演了企鹅猎人的角色。我干得还挺不错的，我这么对自己说。我们很开心，笑声一直没断过。

称完九只还是十只企鹅后，特里对我说："我一直在想薇若妮卡的事。"

"嗯？"每次盖夫想鼓励我发表意见的时候，他就会这么说，我想试试这对特里管不管用，它奏效了。

"她给我讲了她的童年，关于那场战争，关于她的父母、乔万尼，还有她的孩子。"

"奶奶都对你说了？"就连奶奶也觉得特里很值得信任。

特里耸耸肩："薇若妮卡很长时间都不肯谈到自己的事，但突然有一天她把一切都说了出来。"

"也许这些家伙帮了点忙。"我说着，递给特里一只胖胖的、一脸困惑的企鹅。

"嗯，我也这么觉得。"她抓住企鹅，塞进称重袋里，她把读数记到笔记本上。"薇若妮卡一而再、再而三地受到伤害，"她继续说道，"她爱的人一个接一个地消失。我想，这些年来她学会了总是看到每个人最坏的一面，好让自己不产生依恋之情。这都是因为她无法再承受更多的失去了。"

"你说得可能很对，特里。"

她叹了口气，说："突然发现自己的孩子被带走了，我真是无法想象那该有多痛苦！"

"被带走？"

"嗯，她们就是那样对待薇若妮卡的。当修女们把孩子带走，交给那对加拿大夫妇的时候——她甚至都没来得及说再见。"

我呆呆地看着特里，因为她刚才说的话直击要害。"你是说……你是说她别无选择？"

"她没有告诉你吗？日记里没有写吗？"特里惊讶地瞪大了眼睛，她意识到我真的完全不知道这件事后，嘴也张得老大。

"我还以为是她自己把孩子送给别人领养的，虽然她看起来是真的很爱那个孩子。现在我明白了。天哪，可怜的薇若妮卡！可怜的孩子！"

我们都陷入了片刻沉思，过了一会儿，她说："我想你还是知道的好，毕竟他是你的父亲——"她又不安地补充，"你知道他已经死了，对吧？"

"是的，知道。他是四十多岁去世的，登山事故。"

她又叹了口气，脸上带着一种哲人的表情："生活是残酷的，不是吗？就在你好不容易忘了一件事的时候，却又发生了另一件不幸的事。这么多人都死去了。"

"嗯……我不想显得太悲观，但我想我们每个人都会死的。"我说。

她冲我顽皮地微笑了一下，真是美得让人心惊的微笑。"不过，我们现在还没到死的时候，对吧？"

"那是，"我表示同意，"我们一定要好好享受我们还拥有的时间。"

"哎呀，企鹅！"我们一直在全神贯注地聊天，居然把这只企鹅忘在了称重袋里。她把企鹅放出来，我们看着它摇摇摆摆地走了一段，然后跑着加入了它同伴们的行列。

我们又在栖息地待了一会儿，称了至少 30 只企鹅的体重。每一分钟我都很享受，做这些与企鹅相关的工作真是太美好了，我完全明白了特里、迈克和迪特里希为什么对此这么着迷。如果这个项目夭折，那可真是个大悲剧。

我那榆木脑袋终于开了窍。特里和我谈到钱的问题时，她想告诉我的就是这个，但她太小心翼翼了，没能直接说出口。奶奶一定告诉过她，她打算把自己的几百万英镑捐给这个企鹅项目，而不是留给我。我敢打赌，特里一定是被内疚折磨。她太需要钱来支撑她热爱的企鹅项目了，但又觉得我有权拥有这笔钱。她各方面都会考虑到，因为她就是那样一个人。她以为我很在意那些钱。

我真的在意吗？好吧，我们这么说。一直到几个月前，我才知道我有个奶奶。除了还盖夫这趟旅行的费用的问题（我确实很担心这个），我其实根本不知道该怎么花这笔钱，我可能会把它浪费在没用的东西上：电子游戏、健身卡、啤酒、自行车、高档烹饪工具，等等。

不，我不在意。奶奶完全可以把她的几百万留给阿德利企鹅，它们远比我更需要这笔钱。

46　薇若妮卡

吊坠岛

"你对我还挺好的。"

"至于那么惊讶吗，奶奶？"

我过去常常觉得"奶奶"这个词十分可怕，尤其是用在我身上，尤其是从他嘴里说出来。不过，现在我已经习惯了。这个男孩很殷勤，对我的照护也很体贴。

"我承认自己多多少少确实有些惊讶。"我告诉他。

我躺在床上，肩膀和头靠在堆成堆的枕头上，我的身体正在逐渐恢复。当然，我现在依然很虚弱，但可以再次正常地呼吸和进食，真是一种极大的解脱。帕特里克坐在我床边的椅子上，他刚刚给我端来了茶。特里在房间的另一边，把一个鲜艳的橙色标签固定在皮普的脚上，现在皮普开始往外跑了，我们一定要想办法能追踪到他。我非常担心他的安全，我目睹了无数企鹅的死亡，第一次看到小企鹅垂在贼鸥的爪子间的情景令我无法忘怀，如果我们亲爱的皮普出了什么事，我肯定无法接受。我想要把这种念头从我脑海中赶出去，因为这会影响我的血压。

"爱过又失去，总比从来没有爱过强。"这句话在我脑海中反复出现，这是哪本书里写的呢？我想不起来了，反正不是《哈姆雷特》。

等皮普再长大一点，他就得去和他的同伴们一起生活了，特里说我们不能一直养着他，这样做是不对的。他不是人类，他是一只企鹅，我们必须让他发挥他作为一只企鹅的潜能，他的生活应该是远离我们人类的。在一定的时间后，整个栖息地的企鹅将向大海转移。阿德利企鹅会在浮冰上过冬，那里的温度比陆地上要高，它们还能在冰上找到裂缝来捕鱼。这些都是我们人类无法教会皮普做的事情，他必须和他的同胞们一起学习。

我将注意力拉回到我的孙子身上，仔细看帕特里克的脸的话，我能从他的眼睛里隐约看出些乔万尼的影子。

"我承认我对你的第一印象不好，"我告诉他，"那时候我对你不爱干净这件事情很反感，我很高兴自那以后你有所改进。"

他低下头，承认了这一事实："非常感谢。"

"但对我来说，最主要的问题还是，我到你那里的时候，你好像在吸大麻。我以为你上瘾了。"自从他来到这里，倒是完全没有这方面的迹象，但也有可能他只是把这恶心的习惯带到外面去解决了。

他边思考边说："嗯，我想我之前是有那么一点点上瘾，你明白我的意思吗？现在我不抽了，如果你想知道的话，我抽那玩意儿只是因为……有时候我很心烦。当你决定要走进我的生活的时候，我的女朋友刚刚和另一个男人跑了，我那时的生活也很艰难，奶奶。"

"我知道了。"我啜了一小口大吉岭茶，我很惊喜，他泡茶泡得恰到好处，既不太浓也不太淡。

我瞥了一眼特里，她正轻轻拉着皮普身上的标签，确保它系得牢牢的。她边做边有一搭没一搭地听着我们说话。

"来到这里以后，我重新审视了一下对你的看法，"我评论道，"这要感谢特里。成瘾是个很严重的问题，但在某些时刻，我们都是脆弱的。我自己其实就对高质量的茶上瘾。"

帕特里克笑了："哈，喝茶上瘾大概算是种比较好的瘾了。"

特里插话道："有什么瘾是好的吗？"

"我开始怀疑有些瘾可能也不是那么糟，"我回答，"比如你的瘾，特里。"

她惊讶地扬起眉毛："什么瘾？"

"你对企鹅的瘾。"

"嗯，这我不能否认，"她承认，"企鹅们确实占据了我所有的思想和精力。"她好玩似的拉了拉皮普的喙，我们三个人看向他的眼神都满是宠爱。他张开那只绑了新标签的侧鳍，晃了晃，测试它是不是还像原来一样好用，接着满意地把头歪向另一边，开始梳理羽毛。

特里站起来，说："好了，搞定了。我要带他去栖息地了，把他介绍给其他企鹅。"

"你非做不可吗？这么快？"

"我当然会把他带回来的，但现在是时候看看他和同类相处得怎么样了，我们不能让他一直以为自己是人类。现在他已经长大了，可以出去好好散个步了。"

"我也去行吗？"帕特里克也站起身，问道。

"当然。"

我也挣扎着要从床上起来。

"奶奶，你在做什么？"

"和你们一起去。"

"不，你不能去！"帕特里克和特里异口同声地喊。

"你就待在这儿，暖暖和和的。"特里又说。

我开始抗议，却又瘫倒在床上。我实在是太想和他们一起去了，可眼下我的身体状况的确不允许。

帕特里克给我盖好毯子，他那双温柔的大手给了我一些安慰。

我向皮普伸出手，他马上跳了起来，在我的手上蹭来蹭去。

我无比急切地追问："你们会照顾好他的，对吧？"之后看看帕特里克，再看看特里，又说，"不要离他太远。千万别让什么贼鸥、海豹之类的靠近他，还有那些好斗的成年企鹅。要是他看上去饿了，孤单了，或是有什么不开心之类的，立马把他带回家，好吗？"

"我们一定会的，奶奶。"

"我要你们一回来，就马上带他来我房间，即使你们觉得我睡着了也是一样。"

我是不可能睡着的，我担心得一点也睡不着。

"不会有事的，薇若妮卡，"特里说，"相信我们。"

我也只能相信他们了。

门口是不是有声音？是他们回来了吗？我连忙抓起我的助听器戴上，把音量调到最大。

"……就像第一次送孩子上学的妈妈。"

"是的，这肯定不容易。"

"这可能是我的错，让她太离不开他了。"

"别责备你自己了，我知道奶奶是个什么样的人，她这人就是很——"

"喂！"我发出一声咆哮，"是你们吗？皮普也回来了吗？"

"噢，你好呀，薇若妮卡！"特里也高声回答，"是的，我们在脱鞋，马上去你房间。他——"

我听到一阵急促的脚步声，皮普的小脸出现在我的卧室门口。

"皮普！"我喊道。

他扇了扇侧鳍，摆摆头。

"你没事！你没事！"泪水在我的脸颊滑落。

我控制不住自己的眼泪。"啊，我真是傻，居然这么软弱。"帕特里克和特里走了进来，我气呼呼地说。

"软弱？"特里说，"没人说你软弱，薇若妮卡。"

我从枕头下掏出手帕，生气地擦着眼睛。

"哭一哭没有关系的，奶奶。"帕特里克说着，把皮普抱起来，放到床上，"流泪并不意味着软弱。"

特里点点头："我也同意。恰恰相反，当你坚强太久，眼泪才会流下来。"

"别管我了。"我尖刻地说，"你们能详细和我说说皮普在栖息地的情况吗？"

他们告诉我，皮普起初很害羞，一直缩在他们俩的脚边，但很快，他的好奇心被调动了起来，便开始慢慢地向一群和他年龄相仿的小企鹅靠近。小企鹅们互相追逐打闹，他没有加入，只在一旁观察，但显得饶有兴味，并且越靠越近。

特里拿出相机，给我看了一张照片。她嘻嘻笑着说："他对成年企鹅非常警惕，但这是个很好的开始。"

"他绝对是个英雄。"帕特里克补充。

"谢谢你们照顾他。"我对他们俩说。我的声音有些颤抖。

我孙子拍了拍皮普的头，说："这是我们的荣幸，奶奶。"

你能相信吗？帕特里克修好了那台发电机！据特里说，他爬上梯子去看了看那台风力涡轮机，下来后嘴里嘟囔了老半天什么轴承啦，轮毂啦，飞轮之类的专业术语。然后，让迈克非常不爽的是，他自己去找了些旧篱笆的碎片和旧雪橇滑绳，便把那玩意儿修好了。我们现在恢复了正常的电力供应，这意味着，迪特里希可以尽情地听他的 CD，特里可以尽情地用电脑，我也可以想喝多少茶就喝多少茶了。一想到这个我就感觉好多了。

"这可真奇怪，不是吗？我这个孙子，没有受过任何的专业训练，却能想办法修好发电机，你这个培训过的专业人才却办不到。"我向迈克指出了这一点。

"他让我们惊喜，"迈克不情不愿地承认，"但是，我也得为自己说一句，薇若妮卡，我的专长是生物化学，不是机械维修。"

帕特里克，真棒！

我不知道是不是麦克里迪家族的基因里有这样的特质：一种进取精神，一种突破个人界限的追求。在我自己的生命里，我已经经历过好几次这样的追求了，比如来到南极。从我对我儿子生活的有限的了解中，我想他也是这样。他养母那边的那个表亲在信中告诉我，我的恩佐（也就是乔）是个十分固执的人，永远不会承认自己的极限。他喜欢运动，喜欢户外，所以成了个登山爱好者。帕特里克身上也表现出了类似的特质：他来到了这里，还爬上梯子去修好了发电机。我承认，我的确为他感到骄傲。

现在我又能说话了，有件事我想和我的孙子聊聊。

"帕特里克，你说你一点都不记得关于你父亲的事了？"

他摇摇头："不记得了，一点都不记得。你呢？"

"我只记得给他换尿布。"

我还记得抱着他的感觉，他身上的温暖，他用他的小胳膊紧紧地搂住我。我那最最亲爱的人生的希望。

帕特里克对我说："我知道不是你把他送走的。我知道他们从你身边把他夺走了，而你什么也做不了。"

我本以为这一点是十分显而易见的。但凡我在这件事情上略微有那么一点点发言权，事情都会大不一样。有那么一瞬间，我甚至冲动地想要打开我的吊坠盒，给帕特里克看看他父亲的一缕头发，但我做不到。至少现在还不行，这太沉重了。知道帕特里克读过我的日记，我就心满意足了。他知道我是那么爱恩佐，那么宝贝他。

事实上，他知道我的很多事，我却不怎么了解他。

"你妈妈……"我开始了解他的情况。

"我六岁时她就自杀了。"他说。

"噢。"

这让我很难过。任何人走到这一步都是一场悲剧，尤其是那么多并不想死的人却被夺去了生命。把一个小小的男孩独自留在这个世界上也是绝对不应该的。但我又想到，恩佐也抛弃了小帕特里克，这可是他的亲儿子，他为什么要这么做呢？为什么？

"你还记得你小时候，你妈妈有谈起过你爸爸吗？"我问。

"她从来都不提他。不过，奶奶，我可以告诉你：我恨死他了！我觉得她的死全都是他的错，觉得她自杀是因为他抛弃了她。但是……最近我一直在想这个问题，我意识到，事情也不一定是这样。也许，嗯，也许这是她自身的原因，她一直相当抑郁。现在回忆起来，我能发现这一点。也许他已经尽了最大的努力，但就是无法忍受她古怪的行为——也许他就是这样才离开的。"

我看着眼前这个衣着寒酸的男孩，他让我啧啧称奇，他总是把人往好的方面想，他格外宽容，他是个不可否认的好人。

"奶奶，或许有一天——这只是个小建议，如果你不喜欢的话大可以叫我闭嘴——我们可以一起去加拿大，去了解更多关于我爸爸的事，去了解他的生活。"

"我非常乐意，帕特里克。没错，非常乐意。"

特里的企鹅日记

2013年1月9日

　　在这个阶段，生活的意义在于发现。企鹅宝宝们总是充满好奇心，在巢穴外不断探险。我们的皮普也不例外。现在，他已经来过好几次栖息地了，我们很自豪（也很欣慰）的是，他开始交朋友了。不过，他还是喜欢他的人类亲人。

　　你一定会喜欢下面这张照片：薇若妮卡正在给皮普读《远大前程》的第一章。他看起来很感兴趣的样子，是不是？薇若妮卡最近胸部感染，养病期间，他给了她很大的安慰。不过，现在已经完全没有什么可担心的啦。

　　你会发现皮普长大了很多，他的绒毛下也开始长出真正的羽毛了。这些羽毛是大自然的杰作，是他最需要的潜水服。

　　通常情况下，小企鹅与海洋的第一次接触，对它的整个身体都是巨大的冲击。它们会喘得很厉害，在波涛中挣扎，被海浪推来推去，转来转去，它们完全不知道自己的能力……然后，当它们突然下潜，它们会发现自己甚至可以跳出完美的水下芭蕾。

皮普已经经历了几次水龙头和水盆训练。我们会尽最大的努力确保他能和其他企鹅相处融洽，再让他下水——这一天很快就会到来的。

47 薇若妮卡

吊坠岛

特里笑得特别开心。

"我的上一篇博客被转发了八百四十六次！"

迈克从笔记本上抬起头，扬起眉毛："真的？"

"真的！是薇若妮卡给皮普读《远大前程》的那张照片。我还收到了很多有爱的评论呢。"

"哇！干得好呀，特里！"他的语气里有不同寻常的热切和盛情。

"干得好，皮普和薇若妮卡！"她意有所指地回答。

他朝我的方向点了点头，以示谢意。我终于可以下床来到休息室了，他这会儿正坐在椅子上，用一床紫色毯子把自己裹得紧紧的。现在是晚上，我们打算一起看部电影。某个架子上放了一小堆扁平的盒子，据说叫"DVD"（我完全不知道那是什么东西）。特里把电脑显示屏搬了过来，放在桌上，准备和那个可以播放"DVD"的东西连在一起。帕特里克在厨房，为大家准备一份"膝上晚餐"。

与此同时，迪特里希在房间的另一端与皮普玩拔河游戏，他们之间的绳子是迪特里希的橙色围巾。我也不知道他们是怎么开始玩这个的，但皮普才不会放手呢，他把绳子的一端牢牢衔在了嘴里。每当（趴在地上的）迪特里希拉动另一端，皮普的脑袋就会往前伸，他在地板上摇摇晃晃地滑行，展开侧鳍以保持平衡。迪特里希这边稍微放松一些，他便慌忙向后倾，好重新站起来。迪特里希又用力拽了一下，这次皮普"扑通"一声趴了下去，他的双腿疯狂地摆动，被围巾拖着向前滑行，他紧绷着的身体被越拉越长。

"好吧，小家伙，算你赢了，"迪特里希呵呵笑着，把奖品拱手让给了胜利者，"拜托不要把它嚼碎了噢。"皮普高兴地叫了一声，他把围巾拉到角落，一圈一圈地忙着拆散它。

"特里，你刚说你的博客怎么了？"迪特里希边从地上爬起来边问。

"特别棒，"她说，"八百六十四次转发。"

特里和我说过关于推特、文章和转发的事，这些对我来说毫无意义。

"我的天！这比罗伯特·萨德尔博报道企鹅困境的那一次还要好！"

"可不是嘛！"她满脸自豪，"我们还涨了不少粉呢！说不定我们可以试着暗示一下这个企鹅项目遇到的资金困难。"房间的气氛瞬间急转直下，从愉快变成了忧愁。每一次谈到项目可能会被迫终止的问题，情况都是这样。特里向我透露过，就任新职位后，她已经向盎格鲁南极研究委员会提交过资金申请了，但对方不为所动。"你们觉得怎么样呢？"

迪特里希挠了挠下巴："嗯，我们可不想给人留下贪婪的印象。"

"也许——"迈克提出建议，"我们最好不要只把重点放在吊坠岛的这个研究项目上，而要强调企鹅这个物种的危机——甚至是整个地球的危机。"他转向我，我看到他的眼中燃烧着激情。你看，尽管他的行为无礼得像个仙人掌，但他确实关心这件事。"你知道吗？我们正处在自恐龙灭绝以来最严重的物种灭绝时期。一百年内，有一半的现存物种可能都会灭绝。"

作为一个已经活了快一百岁的人，我发现这个时间惊人地短。一百年后我肯定已经不在了，可是……

一半的现存物种都会消失。我以为，我，薇若妮卡·麦克里迪，能改变些什么，但我已经开始意识到：要拯救阿德利企鹅和它们赖以生存的环境，光靠我这一个老太婆和我的几百万英镑遗产，还远远不够。

"在未来十五年到四十年内，大量的物种将会灭绝，"迈克继续说，"北极熊、黑猩猩、大象、雪豹、老虎……还有很多很多。"

"上帝啊！"我惊叫起来。我又感觉到很不舒服了，这让我恐慌。

"我们给下一代留下的遗产是多么可悲啊。"迪特里希说。我知道他在想他自己的孩子，他的眼睛看起来很是湿润。

"那这推特什么的又有什么用呢？"我问特里，"那些个用推特的人，他们能做什么？"我才不信他们会向环保公益机构捐出几百万，即使在某个与我们的时空没有任何相似之处的平行宇宙中，他们也很难有这样的想法。

她看起来很忧郁。"或许我应该在博客上多写写这些内容，给人们一些该如何改变生活方式的建议，建议他们该买什么，该吃什么，该支持哪些行业，该如何旅行。每一件小事都有意义。"

我不知道这种情况到底还能不能补救。在战争时期，每一个人都为共同的利益做出牺牲。只要有足够的人关注和在意，这样的状况是可以再现的。

我在埃尔郡的海岸上用钳子捡垃圾，但我肯定还做得远远不够，我必须努力养成更好的习惯。等我回到家，我要告诉艾琳，虽然很爱吃，但我再也不要把我的钱花在基尔马诺克商店的姜汁薄饼上了。我记得，那些姜汁薄饼的包装是厚纸板盒子，外面还套着一层塑料。那里面是一个模塑的塑料托盘，上面也裹着一层塑料。毫无疑问，它们还是从地球的另一端运过去的，这实在毫无必要。为了这个星球，我甘愿牺牲姜汁薄饼。

"对大自然和我们所有人来说，最可怕的威胁是气候变化。"迈克说，"我们必须向政界人士施加压力，因为他们唯一关心的就是下次选举的结果。我们必须一遍又一遍地告诉他们，我们的世界对我们很重要！"

他说得很对。

"还有什么能比这更重要呢？"特里激情满满地发问。

"比什么更重要？"是帕特里克，他端着托盘，摇摇晃晃地走进房间，托盘里装着酒瓶、奶酪棒、各色蘸酱和迷你比萨。

"丰盛啊！"特里惊叫道，房间里的气氛突然又轻松愉快起来，我不确定她刚才那句话是在回答问题，还是对这些食物的赞叹。

迈克看了她一眼，我没有看明白那个眼神的含义，他似乎在和什么东西做斗争。他随即又将目光转向帕特里克，细细打量他脸上的每一寸肌肤。

"什么？我做了什么不该做的？"我的孙子问道，他把那托盘"啪"的一声放在桌上，疑惑地环视了一圈整间屋子，他的目光最后落在了特里身上。她推了推眼镜，脸颊微微泛起了红晕，她专心地看着食物，说："你这是又要把我们惯坏了，帕特里克！"

"看起来很棒啊，"迪特里希说，"闻起来也很棒。我们开动吧，我的肚子都开始咕噜咕噜叫了。"

帕特里克把奶酪棒递给大家。我把我那根伸进绿色奶油酱之类的东西里蘸了一下，细细嚼了起来，它还真好吃。

"你们决定看什么电影了吗？"他问。

"还没呢，有点别的事耽搁了，"特里答道，"你想看什么？我们之前全都看过了，所以你和薇若妮卡决定吧。"

帕特里克浏览了一下架子上的 DVD，念出了几个名字："《粉红豹归来》《量子危机》《碟中谍》《绿里奇迹》……"

我竖起耳朵听着。"最后一个听起来还不错。"

"你不会喜欢的，奶奶。这电影有点……呃，不太好……"他想了一会儿，又说，"不然看……《名利场》？"

"我觉得这个应该会不错。"

至少在我看来，这部电影非常令人愉悦，一部好的古装电影有很多值得品味的细节，剧中的人物也让我很感兴趣。不过，我注意到帕特里克百无聊赖地扭来扭去，有时还会叹气，我想他是根据我的喜好选择了这部电影，而不是他自己的。

今天早餐我吃得还不错，吃了粥和吐司。没吃完的食物现在还放在床边的托盘上。我很累了，需要休息一会儿。帕特里克和特里站在卧室门口，低声交谈。

"我们是不是应该再把皮普带出去？"我听见特里轻轻地问，"我觉得他开始躁动了。"

"听起来不错。我们要叫醒奶奶吗？"

他们站得很近，我能从他们的声音里听出来。为了继续听，我努力不让自己睡着。

"不要了，"特里回答道，"她又会紧张兮兮地想要和我们一起去的，但她的情况现在还不允许。我们最好就这么溜出去吧。"

"但是我们最好还是给她留张字条，不然等她发现皮普不见了一定会发疯的。"

"你说得对。好主意。"

帕特里克和特里相处得很好，他们之间会有火花吗？帕特里克并没有对她表现出什么特殊感情，但我能觉察出他面对她时越来越热切的目光，就像一棵树在初春的温暖中开始抽芽。特里也挺关心他的，这很明显——不过，特里对每个人都很关心。她把每一个人都当成特别的人来对待，这一点和我完全相反。

我听到帕特里克走到废纸篓前，把皮普拎了出来。"来吧，小鬼，今天和我们一起去！"特里和帕特里克发出咕咕的声音，我知道他们在爱抚那只小企鹅，摸着他的肚子和下巴，他一定非常享受。我偷偷把眼睛张开一条缝，看了他们一眼，他们就像一对为新生儿操心的父母。

他们带着皮普走了出去，轻轻关上了门。我开始仔细琢磨这件事，帕特里克和特里，特里和帕特里克，这两个人是个奇怪的组合，我和皮普让他们之间建立起了某种密切的联系。越想我就越确定，帕特里克和特里这两个人，就像茶杯和茶托。

我不清楚已经过去了多少时间，从日历上看起来现在还是 1 月，我知道我已经错过了原定要回英国的时间。据说一周后会有另一艘船过来，他们打电话咨询了医生，由于我已经明显恢复，他也同意了，我和帕特里克应该乘坐那艘船离开。在帕特里克和特里的问题上，这很不幸，因为他们可能会没有足够的时间来发展感情。即使帕特里克想要延长在这里的时间，也不可能被允许，他既不是科学家，也不是百万富翁。

特里和帕特里克将不可避免地分开。

这正是命运喜欢玩的卑鄙把戏。在我自己有过那么一段漫长而痛苦的经历之后，我深知，你需要多大的力量才能反抗命运的残暴。

可惜，帕特里克和特里都太年轻，意志薄弱，无法意识到这一点，也不会去做点什么。

48　帕特里克

吊坠岛

　　虽然我很高兴她没有死，但要陪奶奶坐船、坐飞机和各种交通工具回家，依然是件苦差事，好在我现在还算比较适应她的小习惯了。人还是要抱以积极的态度的，对吧？

　　"我敢打赌你们一定很高兴我们就要走了。"我对科学家们说。我们快吃完早餐了，我在想该给奶奶拿些什么东西过去，还剩下几块品质勉强说得过去的培根，我要再给她煮一壶大吉岭茶。

　　迪特里希笑着说："不用再担心麦克里迪太太了，这肯定是让我们松了一口气。但少了你们俩，我们会很无聊的。"

　　"我们会想念你做的菜的。"迈克说。

　　迪特里希冲我挤了挤眼。我和他说了盖夫女儿黛西的事，他为她画了一幅企鹅，昨天我把这幅画发给了盖夫。

　　"我们都很习惯变化。"他对我说，"再过几个星期，小企鹅们就会长出新的羽毛，开始和父母一起出海了。那个时候，我们都会非常难过。"

特里凝视着远处的墙壁："你知道每年这个时刻总会到来，可还是会那么难过。"

迈克叹了口气，他也很能体会这种心情："今年会更难过的，因为我们都知道这可能是最后一年了。"

他的感情似乎很复杂。他的女朋友在英国，如果这个项目结束，他就可以去和她团聚，或许还能结婚生子之类的。不过，我还是觉得他挺喜欢一个人的，一个人投入到这冰天雪地的企鹅事业中。他的舒适区在这里。

前几天我从迪特里希那里听说了一件事：奶奶出事的那一天，他们三个都出去找她，但是发现奶奶躺在雪地里的人是迈克。是迈克对她进行了急救并把她背回了基地，其实可以说是迈克救了她的命，他其实远没有平常看起来那么不堪。他就是心里藏了太多事，不愿意在人前表现出来。但他还不错，我甚至可以不时地和他进行愉快的交谈。

特里开始收拾盘子，她看起来很伤心，她太在意那些企鹅了。我很想提议，如果吊坠岛的企鹅项目结束，她要回英国的话，我们可以在那里见面，要是能多和她相处相处就好了。但我什么也没说，我不能让人感觉我希望这个项目赶紧结束。

我走进奶奶的卧室时，她已经起来了，坐在椅子上，膝上盖了一条毯子。皮普蜷在她的大腿上，趴在那里睡着了，他看起来真是无忧无虑啊。奶奶低头看着他，脸上洋溢着怜爱的微笑。我不得不说，这样的情景让我很高兴我有一个奶奶，甚至有点高兴她就是个纯粹的疯子。

她抬头看着我，眼里闪烁着决心。"欸，帕特里克，你来了真好，"她拍拍身边的椅子说，"有几件事要和你说。"

我坐下来："你看起来好多了，奶奶。"

"嗯，我确实好很多了。事实上，我很确定我还能再活上一段时间，甚至可能再活上几年，甚至，往大了说，说不定还能再活上个十年。"

"耶！听你这么说我真高兴！"我又跳了起来，冲过去拥抱她。我似乎没法控制自己，尽管她不是那种喜欢拥抱的人。令我惊讶的是，她伸出双臂搂住了我，回给我一个短暂的拥抱。我很确定我不是在做梦。

这动静把皮普给吵醒了，他从她的腿上跳下来，站在地上开始梳理自己胸部的毛，细小的绒毛逐渐脱落，露出下面更多光滑的新羽毛。

奶奶在椅子旁边她的手提包里摸索着，不是红色的那个（那个被企鹅弄坏了），而是一只丑得惊人的亮粉色配金色的包。她掏出一块手帕，大声擤了擤鼻子，然后看着我的眼睛，说："好了，说正事。我想，我应该要让你知道，我打算一到家就立遗嘱。"

"嗯。"我说。该来的总要来。

她定定地看着我，我从来没有注意过她的眼珠有多少种颜色：有瓦灰色和海绿色，偶尔还闪过一丝金色的光。

"不久前我决定，我会把我的全部遗产捐给企鹅项目。"她对我说。

"嗯。"我点点头。我并不觉得惊讶。

"我与阿德利企鹅建立了强烈的情感连接，"她继续说道，"并且我相信，以某种方式保证物种的存续很有必要。如果能够帮上点忙，我非常乐意。"

"奶奶，你不必告诉我这些的。"她以为我拿不到她的钱一定会气急败坏，可我没有。重要的是她没事。

"总的来说，这些科学家知道他们在做什么，我信任他们，"她还在说，"我死后要确保他们有足够的经费——"

"奶奶，别说了！"

"没必要再拐弯抹角了，帕特里克。我们都知道我差点就死了，我迟早是要死的，与此同时，我将每个月向企鹅项目团队提供经费，让他们继续工作。"

正如我所希望的，就算是吧，但这也就意味着，这三位科学家将一直待在吊坠岛上了。

"特里会很高兴的。"我说。这是事实，她会欣喜若狂，她根本不会想到博尔顿一家自行车店里毫不起眼的我。

奶奶还在继续，她宣布："未来我会为这个项目提供充足的资金，但有一个条件：科学家们每年必须至少拯救一只孤儿小企鹅，来提醒自己他们的心也是肉长的。"

我大笑起来："你还真是喜欢给别人制造难题呢，奶奶。"

她看起来很高兴，似乎把这当成了一种恭维。

特里正坐在休息室的地板上，扭动着身子把自己套进防水裤里。"把冰爪扔给我好吗？"

我假装惊恐地盯着它们，说："这东西杀伤力很强呀。"她从我手里接过冰爪，套在鞋上，然后抬起一只脚冲我晃了晃。冰爪上的尖刺刺穿空气，她笑得像个女巫。

"干得不错，但你生来就不是做恶人的料，特里。"

我也赶紧穿上我的夹克和迈克那双备用的雪地靴，说句公道话，他其实从来没有说过什么。

"你们俩一起出去吗？"迈克在门口徘徊。

他的语气让我恼火。

"他需要出去，"特里说，"薇若妮卡现在没事了。我想我应该带他去栖息地北面，他还从没去过那里，我想今天是他最后的机会了。我们还能看看'煤球'怎么样了。"

"要一起来吗？"我问迈克。

"不，你们俩去吧，我还要分析企鹅粪便呢。"

我们去薇若妮卡的房间带上了皮普，特里说我们要尽可能多地带他去栖息地，很快他就得回去自己谋生了。有时我们会把他放在"托儿所"——那是企鹅父母外出捕鱼时被一起留下的一群小企鹅，皮普越来越勇敢了，他会慢吞吞地绕着其他小企鹅旋转，追逐打闹，玩"跳水坑"的游戏。每一次带他出来，我们都答应奶奶会好好照顾他，我不知道她要怎样才能与这只企鹅分开。

我和特里走得很慢，皮普跟在我们后面几步远的地方，像是只走路不稳的小奶狗。今天并没有那么冷，只是会让你感觉有些凉爽。积雪很零散，某些地方的雪堆很大，像棉花糖，有些地方它又像一张纸巾那么薄，尖利的草叶和圆形鹅卵石都能穿透积雪露出来。

"我希望你来这里以后没有后悔，"特里说，"要是我们知道薇若妮卡的生命力这么顽强，我们也就不会通知你来了。"

我抬头看了看天，它的颜色有点像早餐粥，看起来还有点像素化。

"特里，没问题的。你做得很对。"

"我有吗？我一直都不确定。"

奶奶告诉了她和其他人，说从现在开始，她将为吊坠岛的项目提供资金。大家都万分感激，无以言表，就连迈克也是。不过，面对她的如此慷慨盛情，他多少还是有点尴尬的吧。

"请相信我，我真的从来没有向薇若妮卡要过任何东西，"特里生怕我误会，"虽然她之前提过遗嘱的事，但我真的没想到她会拿出这么多钱。你不会觉得我在利用她吧？"

特里根本不知道她是个多么棒的人。"哎呀，特里，才不会！非要说的话，那也是恰好相反！你是那么真诚、诚实、善良……"这回轮到我说到一半停了下来，我看向她，一切好像变得有点奇怪。我也不知道到底发生了什么，为什么气氛会突然不一样了，通常我们在对方面前都是很放松的。

我快走了几步，喋喋不休地絮叨起来："是你帮助我了解我的奶奶，这是只有你才能做到的事情，你是唯一一个让她很有好感的人，是唯一一个让她敞开了心扉的人。她的护工艾琳照顾了她那么多年，她也没有对艾琳这样。"

这很重要。我现在明白了奶奶对我是多么重要。我的爸爸妈妈全都抛弃了我，以不同的方式抛弃了我。但我的奶奶——她找到了我，没错吧？虽然她这么多年后才想到来找我，但她终究还是找了。

我们爬到了山顶，太阳也慢慢从云层后爬了出来，在远处吊坠孔湖的水面上，洒下一道狭长的光。

"认识奶奶对我来说是个很大的启示，"我对特里说，"也许我大老远跑到这里来是疯了，但我很高兴我这么做了。如果我待在博尔顿，我永远也不可能看到这样的风景！"我看着眼前的景色挥挥手：凹凸不平的地平线，岩石上覆盖着彩色的苔藓地衣，广阔的企鹅栖息地就在我们脚下，那里的生命繁衍不息，属于它们自己的爱与痛持续上演。

"再说了，如果我没有来到南极，我也就不会遇见……"我停下脚步，试探着将视线转向她，我很想知道她会不会也有同样的感受。我从她的眼睛里看不到答案，它们是那么明亮，那么深邃……啊，那是一双让人沉醉不能自拔的眼睛，我赶紧移开了视线。我转向右侧，面向皮普，张开双臂，小家伙正张开侧鳍，奋力追赶着我们。

"……我也就不会遇见这个小家伙了！"

我把他抱在怀里，他发出一声惊叫。我躺倒在雪地上，将它举了起来，摆出个模拟飞行的造型。他粗短的大脚伸在身体后面，侧鳍向外伸展。他的嘴里发出"咕咕"的声音，仿佛也在笑。特里拿起肩上的相机，对准我们，记录下这一刻。"嘿，我真喜欢这个！"她叫道，"一张照片里既有欢乐和童心，又体现了人类和企鹅之间的感情，大家一定都会为它感动的！"她又冲到另一边，想再拍一张，却被一块石头绊倒了，她尖叫了一声，倒在地上。

"你还好吗？"她倒地的声音有一点大，她受伤了吗？有一阵子没有声音。

我放下皮普。特里的头偏向一边，脸埋在了雪里，一动不动。最快去到她身边的办法就是滚下去，所以我那么做了。

我把她转过来，面对着我。她的眼镜被撞歪了，我小心翼翼地替她摘下来，放到我俩旁边。她微笑起来，不，是大笑。这里只有一片纯白，只有我和特里两个人，她的脸对着我的脸，她的唇对着我的唇——在我嘴唇的下方。我们的身体被一层又一层防风雨的户外装备隔开，但我们的嘴唇却紧紧贴在一起。

她有一阵子不能说话，等到嘴唇恢复自由的时候，她回答了我的问题："是的，帕特里克，我很好，谢谢。"

49　帕特里克

吊坠岛

就在那一刻，情况发生了巨大的变化，而我对此无能为力。

不过……哈，结局不是很好嘛！

我们继续走，一直来到了企鹅群的中间。她每走一会儿就停下脚步，噘起嘴向我索吻。在这群穿着燕尾服的小绅士面前，这样做似乎有些太没隐私了，毕竟他们可都在毫不害羞地盯着我们看呢。但是，一个像特里这样的女孩噘起嘴唇等待你亲吻的时候，除了吻她你还能怎么办呢？每一个吻过后，我就越来越担心她对我有什么样的期待，担心我无法满足她的这些期待。而与此同时，我也想从她那里得到更多。我想要拥有她的一切，她的身体，她的情感，她的所有。如果上帝此刻走到我的面前，对我说：“帕特里克，孩子，你有两个选择：一、世界和平；二、你可以和特里一起永远待在南极洲。”我发誓我会选择和特里一起永远待在南极洲。我肯定会毫不犹豫地同意，不开玩笑。

大概接吻了二十次之后，特里说：“我们要想瞒住大家可不容易。”

"呃，特里，我也不想由我来揭开这残忍的真相，但我想他们已经知道了。"我边说边挥着胳膊，示意她看周围那成千上万张看着我们的长着喙的脸。

"我又不是说企鹅，你个神经病！我说的是其他科学家。"

"我们需要瞒着他们吗？"我问。我正想要把这件事宣告全世界呢，我想要站到屋顶上大喊，或者说，站到冰山顶上。

"需要的，帕特里克。"她说得好像这是件再显而易见不过的事。

"特里，偷偷摸摸可不是我的风格。"

"也不是我的风格，"她说，"可我们只能这样。"

"为什么？"

"首先他们会担心。他们会认为我可能会抛弃他们，抛弃这份工作。他们甚至可能担心我会和你一起回英国。"

为什么"未来"这个东西总要掺和进来破坏一切？为什么生活总要给你带来麻烦？每当一切都进展顺利的时候，另一个问题就出现了。而你能怎么办呢？你只能尽你最大的努力，搞明白自己到底还能做些什么。

我还剩下——我想想——嗯，总共五天半的时间和特里在一起，之后便得和奶奶一起回到地球的另一端去了。

"那么，就是这样了？我们之间，雪地里的几个吻？"

"再吻我一次。"她说。

我只好又吻了她一次。

我们一起爬上另一道斜坡，跨过堆满雪和光滑卵石的沟渠，阳光照在我们的背上暖暖的，四周山坡上的冰雪在阳光下闪闪发光，其中还夹杂着星星点点的绿色、蓝色和绿松石色。特里对我们要去的方向胸有成竹。

"看！"她指给我看，是那只全黑的企鹅"煤球"，它坐在自己的巢里，就在我们面前。我仿佛觉得，它的脸上有种自鸣得意的神色。

"还是没有蛋的样子，"特里说，"不过，它好像很有决心的样子。谁知道呢，说不定它已经找到伴侣了。"她对这些事情真是很关心。我喜欢她这一点。

我们顺着原路爬坡回去时，我看到一只皮毛油光水滑的海豹正在岩石上晒太阳，它懒洋洋地盯着我们，这家伙肥头大耳，看得我哈哈大笑。但特里说，海豹是阿德利企鹅的死敌，在地面上还好，但在水下却很致命。海豹会躲在海面下，抓住毫无防备的企鹅的脚，然后凶狠地左右摇晃它，还会在冰上敲打，直到它死去。那时海水中将会渗出一摊红色。

"快去看看皮普吧。"我们同时说出口。我们可能玩得太放肆了。

幸运的是，皮普还好好的。在没有我们鼓励的情况下，他在一个"企鹅托儿所"停了下来，对他的未来而言，这是个很好的信号。他和一群企鹅宝宝一起快乐地跑来跑去，和人类一起的成长经历并没有给他的社交生活带来太多阻碍，这真是让人松了一口气。幸好他的侧鳍上有个橙色标签，要不然还真会混在他的同类中，让我们认不出来。我们都很爱皮普，他的确和其他企鹅长得太像了，在一群挂着黄色标签的企鹅中间，他的橙色标签还是很好认的。

大企鹅们回来了，纷纷来到"托儿所"的旁边，呼唤着自己的孩子。孩子们立刻认出了自己父母的声音，以惊人的准确度直奔它们而去。它们绝对不会错过任何机会来吃一顿反刍的磷虾。皮普也在一些大企鹅身上试了几次，但没有人上当，它们才不会把宝贵的反刍食物浪费在入侵者身上，不管它有多可爱。

"抱歉啊，伙计！"我对他喊道，"你还得跟我们一起回去，直到你学会自己捕鱼为止。"

皮普转过头来打量我，我发誓他听懂了每一句话。反正他飞快地奔向我们，来到跟前后，深情地靠在了特里的膝盖上，又看向伙伴们，好像在说："嘿，伙计们，这是我父母。"

我们俯身蹲到他的高度，对他一番揉捏，一把绒毛掉下来，随着微风飘走了。

　　过了一会儿，特里拉着我起身，伸出双臂搂住了我。我也紧紧抱住她，心中五味杂陈。她长长地叹了口气，说："这太难了。我……噢，上帝啊，我真希望你能留下来。"

　　真好。

　　"不过你不用叫我上帝的。"我说。

　　她玩笑地踢了我的小腿一脚。我本该说"我也真的希望我能留下来"，可现在好像有点晚了。所以我在雪地里画了一个心形，又在里面画了个"T"和"P"。这补救还算是不错吧，总之特里似乎还挺喜欢的。

　　皮普也很感兴趣，他低下头看着我的这个设计。

　　我对他说："我知道你以为'P'是你，可是伙计，这个是我。"

　　他不以为意，还迅速地在那颗心上走了一圈，把那形状和里面的字都弄得模糊不清了。真是个小破坏狂。

　　"我们该怎么办呢？"特里说，我知道她是指我们俩的关系，这是个好问题。

　　"无论如何，一起享受我还在的这五天吧，"我建议道，"享受我们能单独相处的每一刻，尽可能找机会。"

　　这将是无比充实的五天，我们还有一位生病的祖母和一只小企鹅要照顾，一屋子没法回避的科学家，现在还要再加上我们新发展出的激情。

　　我摘下手套，抚摸着她脸上的头发。她的脸颊冰冰凉凉的，很是柔软。她的眼睛看起来有些湿润。

　　有个问题我不得不问。唉，我没有办法。"你真的不想和我一起回英国吗？"

　　企鹅群渐渐地淡去，成了背景，它们的声音也静下去了一会儿，它们似乎都和我一起在等待她的回答。

当时我马上就有了那种感觉：那种沉没的感觉。你懂的。就像超市在做买三送一的啤酒促销，你买了八提啤酒，结果在结账的时候发现你看错了，买三送一的不是啤酒，而是最小包的花生。

我知道我不应该问，我早该猜到她不会把我放在企鹅之上。

"不行，帕特里克，对不起。我……不，我不能。尤其是现在，我们知道这个项目有了未来。我必须成为这其中的一部分。这是我的全部。"

这一切都让我头疼，我必须做点什么来转移一下注意力，我看了看表。"该死，我已经出来好几个小时了，我该回去看奶奶了。"

我迅速地退了几步，在雪地里飞快地奔跑起来。

50　帕特里克

吊坠岛

到底怎么回事？我以为奶奶已经好起来了，以为她已经脱离了危险，以为我们会在下周回家的飞机上一起回忆企鹅的故事，一切都很美好。看来我错了。我从栖息地回来的时候，她又躺回了床上。其他人进来的时候她没有醒过来，我们喂皮普的时候她也没有醒过来，尽管他很吵。我们让她睡了。我用托盘给她送去了一份清淡的晚餐，但就连今天早上的食物她都还没有动过。

今天她一点东西都没有吃，躺在床上都没有动过，她的脸色又变得苍白，变得有些冷漠、疏离。特里、迈克和迪特里希都出去了一整天，所以这里非常安静。我拿起那本大书，试着给奶奶读一些关于企鹅的知识，但是她没有给我任何反应。

快五点的时候，我听到门响，三位科学家一起回来了。

"各位，奶奶情况又不好了，"我匆忙迎上去告诉他们，"她一整天都没吃东西，连动也没动一下。"

特里直奔她的房间，我听到她一遍一遍呼喊着薇若妮卡的名字。她回来的时候脸色白得像纸。

"帕特里克说得没错，我叫不醒她，她看起来病得很厉害。"

迪特里希皱起了眉头："天哪，不，我不相信。"

迈克突然变成了杀伐决断的那一个，他说："我们得赶紧再请位医生过来，我马上用无线电呼叫他们。"在危急时刻，有迈克这样一个人在身边还是很不错的。他冲进厨房，拿起无线电，我听到他急切的声音，另一端则是一个低沉的声音，在问着问题。他回来的时候显得有些恼火。

"他们不肯来，说是正在处理紧急情况，还说除了让薇若妮卡保持舒适和温暖，他们也做不了什么了。"

"他们总能做点什么的吧！"我叫了起来。天哪，我讨厌这样。

他摇摇头："他们又强调她是个老太太，暗示说最好让她安静地走。我真的很抱歉，帕特里克。"

他听起来是很真心的。特里径直走上来，伸出双臂抱住了我。我必须承认，那感觉很美好，可我不能去享受它。我本以为最坏的时候已经过去了，可奶奶现在再次病危，一想到这个我就特别受不了。我已经有了我们能从头开始的希望，我要给她做史上最好吃的柠檬波伦塔蛋糕，而且这次我会认真听她说的每一句话，而不是为丽奈特烦恼。去你的吧，丽奈特！现在我一点也不在乎她。

我真不敢相信，就在我们刚开始彼此了解的时候，奶奶又病危了。我有一种奇怪的感觉，突然意识到的一件事情狠狠地打着我的脸：我的生活再也不会和以前一样了。

51　帕特里克

吊坠岛

也许那天医护人员没来也好，他们要是来了，估计会气死。那天奶奶的身体状况突然变差，可第二天她似乎就好多了，至少她喝下了一些汤，还和我聊了几句。

可是——再接下来的一天，情况再次急转直下。她一动不动地躺在床上，不吃东西，没有反应，又一次在死神的门口徘徊。

她的情况就像个人类溜溜球，我们都快疯了。这一刻她还能吃能喝，精神好得像一匹马，下一刻却又突然凋萎下去，什么也做不了。而当我们以为要在南极为她送行，在这临终的场景中悲伤不已时，她又好了，从床上坐起来，还说她饿了。我真是不明白这到底是怎么回事。

"她就是不让我们放心啊。"第三次这样的起伏过后，迪特里希对我说。

"可不是嘛。"我说。

我给盖夫发邮件说了情况，他回复了，叫我坚持住，做好该做的事情。邮件里附上了小黛西的留言，说谢谢那张企鹅的画，还有一张她拿着画的照片。我把照片打印出来，给迪特里希看，他特别高兴。我也把照片拿给奶奶看了，她一看便兴奋了起来，但很快又萎靡了下去。

即使在最好的情况下，悲伤也是一种奇怪的动物。而当事情陷入"死"胡同的时候（请原谅这个双关）它就更奇怪了。它会消失，但紧接着又卷土重来，再次击中你。这就像是情绪蹦极，绳子将你弹到这里，弹到那里，让你胃里翻滚，让你紧张不安，让你吃不好睡不香。

还有特里。我从没想过自己会这么快就轻易地投入这么多感情，她也这么说。即使我们都知道这段关系无法继续，可我们还是无法控制自己。我们也试过要明智，互相说服我们靠近彼此只是为了寻求安慰……但我知道，她也知道（而且她知道我知道），我们之间绝对不只是这样。

前路有无尽的痛苦在等待，等着向我发动袭击，我正朝向它走去。即使奶奶能活下来，我也会心痛得要命，因为我得和特里说再见了。

奶奶能撑过去吗？原本要载我们回家的那艘船明天就会来到吊坠岛，但说实话，我不知道我们还能不能上船。

52　薇若妮卡

吊坠岛

我一直坚信，不入虎穴焉得虎子。昨天，这里的几个人吃晚饭的时候，我向我亲爱的皮普吐露了秘密。皮普的确很喜欢听人说话，他认真听每一个字，还沉思着用脚搔了搔脑袋。我相信我这个小计划已经得到了他的允许。

在过去的几天里，我的孙子和几位科学家都陷入了无休止的烦恼。他们通过无线电寻求医疗建议，并轮流照看我。迪特里希又开始为我读《远大前程》，迈克又开始告诉我室外的摄氏温度。

与此同时，我仔细地算着日子，注意自己吃了什么、样子看起来怎么样（多亏了我的化妆包）。我观察，倾听。我开始意识到，当我努力去做的时候，我对性格的判断还是相当准确的。

特里和帕特里克经常一起值班照顾我，他们之间有无数意味深长的眼神交流，以为我睡着的时候，还会低声亲昵交谈。有时会出现很长的沉默，我确定我听到了亲吻的声音。

昨天我积攒了一点体力，现在是时候做出另一个小牺牲，好进一步推进我的计划了，今天我就不吃饭了。我从床头柜上的化妆包里拿出一张湿巾，卸掉了脸上所有的妆。我看了看镜子，嗯，我看起来已经不那么健康了。

我们原定今天下午离开，要是你们还不明白的话——现在是我做出小小抵抗的时候了。其他人去吃早饭了，留给我十分钟独处的时间。

我悄悄从床上爬起来，把我的羊毛格子呢晨衣换成了那件丝质紫罗兰睡衣，我相信，这样事情看起来会更加戏剧化一点。接着，我非常小心地在地板上摆好一个姿势：头发胡乱散着，头歪向一边，睡衣包裹着我的身体。我慢慢伸出一条腿，用脚够到了床边的那杯水，将玻璃杯推到桌子的边上……它被越推越远……最后从桌边倒下，"轰"的一声掉到了地板上。

我听到匆匆忙忙的脚步声，还有人在喊："薇若妮卡？薇若妮卡！怎么了？"

接下来是连续的几声："噢，不！""我的上帝！""老天爷啊！"他们全都看到了我。

53　薇若妮卡

吊坠岛
两周半后

我的体格健壮如牛，但一个人的身体所能承受的东西是有限度的。我终于不再折腾了，给自己一个恢复的机会。我通过精心调节自己的健康状况（我自己是这么说），完美地达到了我想要的效果。

我们错过了回去的船，帕特里克被困在这里的时间远远超出之前的预期。这段时间不仅足够他在这里展现出足够的技能，也足以让他和特里以一种尴尬的、耗尽一切的、非常好的传统的方式，为对方神魂颠倒。

我的第二次或许没有那么神奇的康复已经完成了。在过去的两周里，我与科学家们、帕特里克和皮普去了几次栖息地，看到我的小企鹅和他的同类伙伴们相处得那么好，让我既高兴又伤感。这也许是我的想象，但我敢发誓，他开始以一种全新的方式审视他的人类家人，像是自己在与自己辩论，辩论我们是不是几只又大又瘦还长着奇怪斑纹的企鹅。

所有的幼鸟现在都长大了很多，也越来越多地体现出群居的特性。吊坠岛那熙熙攘攘、忙忙碌碌的社群生活就这么继续着，这让我意识到，自从来到这里，关于社群生活我自己也学到了很多。还有，和企鹅们一样，不管环境多恶劣，我，薇若妮卡·麦克里迪，总能活下去。

但是，在这里，我也必须习惯让事情顺其自然地发展，不受我的干涉。所以今天早上，我留在了研究中心整理我的东西。我的思绪又飘回了家里，回到了巴拉海斯，回到了地球的另一边。在这里，家似乎是一种幻觉，是遥远的梦想，只有这片南极荒原才是唯一的现实。这种情况很快就会发生逆转了。

我将重新回到那日复一日单调乏味的生活。我要忙着在餐桌上布置玫瑰，从购物目录里选购灌木，仔细做《每日邮报》上的填字游戏。我将会拄着我的手杖、挎着手提包、拎着钳子沿着海边的小路散步。我不会再需要保暖内衣裤和海豹皮靴。我还会为了灰尘和蜘蛛的事唠叨艾琳。

但有些事却将会永远不一样了。我为几千只鸟的陪伴而沉醉，它们那样纯粹的生活乐趣你只有亲眼见到才会相信。我曾在地球的最南端与三位科学家生活在一起，亲眼见证了他们的工作。也许更令人惊讶的是，我开始与失散多年的孙子分享想法和经验，这个过程相当令人满意。

最重要的是，我和一只企鹅宝宝有过一次争辩，并因此与死亡进行了成功抗争——至少到目前为止还是这样。这些事情会改变一个女人，即使是像我这样脾气差的女人。

帕特里克很快就会回来了，他答应过会回来准备午餐（好像是一顿丰盛的炖菜）。

我听到他来到门口，于是做好了准备。他刚刚脱下外套和靴子，我便急忙开始了已经在脑中酝酿了六小时的谈话，我要确保在忘掉之前把想说的话全说出来。

"帕特里克，我相信你我在吊坠岛上待的时间已经够长了，我们应该尽快回国了，你现在一定也急着想回博尔顿了吧？"

他一屁股坐在椅子上："我……呃，这……嗯，算是吧，但也不是。这很难回答。"

我是不会就这么放过他的，我需要听到他说出来。

"难回答？我明白了。这难道是因为特里？"

他明显一时没有反应过来，他深吸了一口气，又慢慢吐了出来，最后承认道："是因为特里。"

"我也这么想。"什么事都别想骗过薇若妮卡·麦克里迪。我或许的确是个过时的老女人，但我还记得爱是什么样的。同样，我也深深记得离别的痛苦。"那个女孩是不可能离开她的企鹅的。"我对他说。我非常清楚这一点，而帕特里克同样需要理解。"那是她的热爱，她的生命，她的事业。即使你成功地将她带走了，最终她也会恨你的。"

他的肩膀垂了下去。"我想是吧。"

我仔细打量着他，我开始了解他的思想了，我需要小心地处理这个问题，不能让他觉得我在剥夺他的选择。

"想想吧，帕特里克，"我对他说，"好好想一想，事情不一定非得是这样的，我们还有别的办法。"如果这个办法能从他口中说出来，我就知道他是来真的。

"什么办法呢？你的意思是，我留在这里？"他痛苦地摇了摇头，"要是他们能让我留下就好了。他们不会的，他们也不能让我留下。"

他对自己的优点真是一无所知。"他们喜欢你做的菜，"我指出，"你还替他们修好了发电机，你有最实用的生活技能。你还告诉我，你已经很擅长抓捕企鹅了。此外，你读了那么多书，对企鹅科学也有了很深入的了解。"在我说话的时候，他的眉毛也跟着一点点扬了起来，我便也越说越有激情。"多一个像你这样的人，或许会对这里很有价值。这个研究中心显然还有空间容下至少一个人。如果有一点资金来源……如果，比如说，有个人私下赞助你的话……"

帕特里克的眉毛扬得老高。"你在说什么，奶奶？"

我清了清喉咙，小心地措辞："嗯，由于科学家们让我待在这里的时间比预想的要长得多，再说还是在如此困难的情况下，我觉得，除了提供继续这个项目所需的资金外，我还想再多赞助一位研究员。"

他从椅子上一跃而起："你会这么做吗？"他这个样子，我觉得真像一只活泼的大狗得到了它最爱的玩具。

"只有一个条件：这个额外的研究员是你。如果我这么做，你会愿意留下吗？"

他扑到我身上，紧紧拥抱了我，这是第二次发生这样的事。此刻，在他眼里，我从一个固执的老太婆变成了一个闪亮的天使。

"帕特里克，我恳求你，请住手！"

他听了我的话，恭恭敬敬地退后了。我拿过手帕，迅速在眼睛上轻擦了一下。它们总是给我带来麻烦。

与此同时，帕特里克脑中也开始逐渐消化这件事。现在，他又坐回了椅子上，看起来很是沮丧，像是一只被人拿走了心爱玩具的狗。"你真好，奶奶，能想到这个主意，你真是太好了。但这行不通啊，他们在这里有他们自己的规矩，他们是真正的科学家，而我只是个闲人。即使你付钱给他们，他们也不会乐意让我留下来的。"

我小心地叠好手帕，放回手提包里，说："我想你会发现，他们是乐意的。"

"什么？你是什么意思？他们愿意让我留下来？"

我点点头。

"你已经和迪特里希谈过了？"他猛地吸了一口气。

"没错。他认为这是个非常好的主意。"

"真的？"得到心爱玩具的大狗又回来了，正拼命摇着尾巴。可这时他又想到了另一件事，心情顿时又一落千丈。"可是迈克不会同意的，他讨厌死我了。"

"恰恰相反，帕特里克，我也和他商量过了，他完全认可你的价值，坚持要我们说服你留下来协助这个项目。"

这属于对现实情况的美化加工，他不必知道，迈克是在我和迪特里希的大力劝说下才好不容易答应的。

我等着他提出下一个问题。很快就来了。

"那……特里呢？她很快就要当老板了，你和她谈过了吗？"

这条大狗的尾巴这时正悬在半空中，看着紧张、焦虑和希望的神情在他脸上轮番上演，真是相当有趣。

"我还没有向特里提及这个计划，"我告诉他，"我想，最好先确保其他人支持。我想她可能会担心这件事与她自己的利益牵扯，以至于会强迫自己说不。另外我也需要先看看你是否像我想象的那样渴望留下。"

"我想，奶奶。我实在是太太太太太想了！"

一切都完美地符合了我的想象。

"你太好了，奶奶。我简直不敢相信。"

"你那个自行车店老板，没有你也没关系吗？"

"噢，盖夫没问题的，他认识很多可以接替我位置的人，没问题。"

"非常好。"

"不过，我欠盖夫一个很大的人情，"他又想了想，说道，"而且我会超级想他的。"

要是他也能想念我，那就很令人高兴了，但我不允许自己在这方面有任何期待，可是他突然喊道："那你呢，奶奶？既然我们已经团聚了，我很想和你多一些时间相处呢！"这让我很惊喜。

是的，非常惊喜。

他拨弄着自己那头蓬松的头发，说："你有没有想过——你难道没有想过也在这里住下去吗？"

其实我确实也有过这样的念头，不过，我的古怪也是有限度的。再说了，我也意识到，到了我这个年纪，一定程度上的身体舒适还是很有必要的。南极的"夏天"已经很难过了，我实在不敢想象在吊坠岛过冬将会是什么样子。

"我的角色只是企鹅项目的资金提供者，"我告诉帕特里克，"我将按原计划返回苏格兰。"

"那，我一回到北半球，就去看你，"他向我保证说，"等到那时候，或许我们可以一起开始调查我爸爸的事？"

我点点头，承认我们都有这个需求。

我们都沉默了一会儿，脑中翻来覆去思考着未来的可能性。给了他一些时间考虑自己的新机遇后，我对他说："我也对自己的处境考虑了很多，我想好好利用一下我那相当豪华的家，让它发挥比现在更大的作用。那地方可以充满孤独，也可以充满孩子们的笑声。你觉得你的朋友盖夫会愿意偶尔带家人来住一住吗？我尤其想见见他的女儿，朵拉。"

"呃，实际上，她叫黛西。"

那女孩的名字那么难记，真叫人受不了，我摇摇头，摆脱掉不快。"管她是朵拉、黛西还是什么的，你认为她会愿意来我家住上一段时间吗？当然，不可避免地，她将需要忍受我，但她和她哥哥应该能为自己找些乐子。"

"奶奶，他们肯定会喜欢这个提议的！你和黛西一定会相处得很好！"

这将是一种安慰。我十分害怕即将来临的离别，和皮普说再见是最困难的，因为我知道我将再也见不到他了，我无法再经受一次这样的旅行。我向你保证，人们对小企鹅的喜爱是没有极限的。

我相信，特里和其他人都会尽自己所能照顾皮普，但他们也无法保证他绝对远离海上可能存在的多重危险。如果幸运的话，他可能会活得比我长。他们告诉我，企鹅可以活到二十岁，甚至更长。吊坠岛上的团队可能每年都能看到他回来，而一旦他们看到，一定会给我传消息，但我也必须做好面对恐怖结局的准备。现在他的体形已经够大，不会再被贼鸥惦记了，但海豹将成为他面临的最大威胁。

我必须坚强，或许这个叫黛西的女孩会转移我的注意力。可以想象，我甚至可能会向她讲述一些我自己的故事。我开始觉得偶尔告诉别人你的感受是一个好主意，至少，在你选择了合适的人的前提下是这样。

帕特里克似乎还没有从这个消息带来的震动中缓过来，还有一件事我打算提一下来着，是什么呢？我完全想不起来了，这还真是令人沮丧。我知道那是件很重要的事。

54　帕特里克

吊坠岛

"你和黛西一定会相处得很好！"我是这么对她说的。这绝对是真心话，我仿佛能看到他们在一起的样子。一个新的寄托对奶奶是很有好处的，她需要有一个人让她去关心，就像她一直很关心皮普一样，这会激发她最好的一面。

奶奶似乎在思考着什么，沉默了好一阵子。

她终于说道："你的特里。"

特里，这个可爱的名字，这个名字让我心中满怀希望。

"她是百万里挑一的女孩，一百万个女孩里也挑不出一个像她这样的，你听明白了吗？"

"不必这么激动，奶奶，我听明白了。"

奶奶皱着眉头说："你要好好对她，否则我会直接跑到南极来找你算账的——哪怕我死了，都要从坟墓里爬回来找你算账。"

特里的企鹅日记

2013年2月6日

　　最近，企鹅的世界里发生了很多事。皮普过得很好，很快乐，和他的伙伴们在一起的时间越来越长。他的羽毛也越长越多，乱糟糟的，现在他的脑袋长成了莫西干头。

　　你还记得那只叫"煤球"的企鹅吗？我很高兴地告诉大家，它找到了一位伴侣，一位有着明亮眼睛的企鹅美女。我们上次见到它的时候，它看起来十分自豪，还有那么一点惊喜。或许是我多愁善感吧，但我的确觉得企鹅的爱真美好。今年它们或许已经来不及下蛋了，但我敢肯定，它们会快乐地在一起生活很多年。

55　薇若妮卡

吊坠岛

　　即便对像我这样已经八十六岁的人来说，生活的魅力也是多姿多彩的。如果你不介意我的说教，我就详细说一说。没错，生活里总会有接踵而至的痛苦和麻烦（用哈姆雷特的说法，是"一个营一个营的"），但有时候，当你快要放弃的时候，它却又会让你感受到绝对的快乐。这快乐可能来自：你突然惊喜地发现你很爱你的孙子，你身边有一群比你想象中更关心你的科学家，一个女孩不厌其烦地去理解你。一群矮矮胖胖、嗷嗷叫着的鸟儿可能会给你带来启示。即使在一颗深信人类都是坏人的心中，在一颗对这个世界感到厌倦的心中，也有可能突然冒出新的希望。

　　生活可以很慷慨，它可以治愈你的心灵，悄悄告诉你一切都可能重新开始，告诉你做出改变永远都不会太迟。它让你明白，有太多太多事值得我们为之而活，而其中一件——最能带给你意想不到的快乐的一件——就是企鹅。

　　我们望向大海，一艘灰色的大船停靠在海湾中的冰山之间，我的几个旅行箱都在我身边。

我突然想起《哈姆雷特》中的一句话，以前我可能没提过，我的记忆力是很强的，现在我还能回忆起许多童年时读过的莎士比亚作品的片段。

我低声自言自语地念起来："最重要的是对你自己要真诚。"说完我便想起了父亲的话，正是那些话让我每次出门散步时总会带上捡拾垃圾的钳子："薇薇，这个世界上有三种人，有人让这个世界变得更糟，有人不会给这个世界带来任何变化，有人则让这个世界更好。你要尽可能成为让世界变得更好的人。"

我还记得他说这话时的表情，他温暖的微笑，他抽着伍德拜恩香烟在厨房里烟雾缭绕的样子。我是多么希望他和妈妈能活到老年，指引我走过生活的纷乱。即使到了现在，我也还是渴望能有他们在我身边。

我哽咽着转过身去，回望着吊坠岛崎岖不平的景致。蓝灰色的天空宛如光滑的绸缎，矗立的峭壁直插云霄；海岸铺满纯净的白雪和彩色的地衣，海鸥在其间自在翱翔；融化的雪水在黑色的火山岩上流出一道道闪亮的印迹。我想把这一切都记在心里，随身携带。至少也要让它们保存在我的记忆里。我就这么站了一会儿，深呼吸。

我还没有告诉帕特里克，关于遗产我已经改了主意。一回到苏格兰的绿色海岸，我就会立遗嘱，但我不会把我的几百万英镑捐给企鹅项目，我将把每一分钱都留给我的孙子，如何使用这笔钱将完全取决于他的选择。我一直为我们的星球而担忧，为人类对其做出的可怕事情而担忧，但金钱的作用是有限的。有时候，还是要跟随你的心来做决定。

我相信帕特里克。再说如果他脱轨失控，他还有特里，我对她的信任甚至超过对帕特里克的。我不一定对，但我相信，这笔钱一定会给阿德利企鹅带来好处。

是时候说再见了。在旅途的各个环节，每一程的船上和飞机上，都有人员来帮我带路和提行李。我的行李比来时要轻了一些，因为少了一件金色扣子的绿松石色开襟羊毛衫——我把它捐赠给了一项非常好的事业，还有一个已经破损无法修复的红色手提袋，同时还少了肥皂和大吉岭茶。

皮普也来了，在我们身边，我甚至都不忍看他。

"奶奶，你真的不想和我们一起留在南极吗？"帕特里克问。

我感觉到那三个科学家在我背后疯狂地对他做着手势，无比坚定地摇着头，做着割喉的手势。我很想说："是的，我决定在吊坠岛上待到我死的那一天。"但我不确定迈克是否能从这样的恐怖中幸存下来，所以我说出了实情："不了，我该回家了。吊坠岛是你们年轻人的，请你们在这里想清楚你们的未来，企鹅的未来，还有地球的未来吧。这里不适合我，不再适合了。我需要有无限量的热水和新鲜蔬菜的生活，需要有电子火焰的假壁炉和几套高质量的茶具供我选择。再说我也想念巴拉海斯的那些常青植物了。还有，艾琳也需要我。"

特里走上前来，说："你会给我们发电子邮件的吧？"

"电子邮件？"我想不会。

"奶奶不用电子邮件的。"帕特里克解释。

"也许你该考虑买台电脑，麦克里迪太太。"迪特里希建议道。

真是个糟糕的主意。我皱起眉头说："这是绝对不可能发生的。我会用钢笔和墨水给你们写真正的信，我相信艾琳会把它们抄写到她的电脑里。我会让她把你们的回信打印出来的。还有，我当然也会让她打印一份你的那玩意儿，特里。"

"你是说我的博客？"

"没错。"我一时没想起来这个词。

"没有了你，这个博客就大不一样了，薇若妮卡。"

"一切都会不一样了。"迈克眨了眨眼，补充道。

"我们会想你的。"迪特里希握住我的手对我说。

下一个来和我握手的是迈克，他说："保重！你可能不相信，但我真的很高兴你来到了这里。"

我震惊地看着他。

帕特里克和特里分别给了我一个拥抱，然后他们将皮普抱到我面前。我的手指拂过他的羽毛，现在他身上的绒毛已经所剩无几，只有头顶上还剩下一小撮，随着他摇动的头在风中微微摆动。

我知道我再也见不到这只企鹅了，这个小小的、矮胖的朋友，他让我的整个世界都不一样了。他用他的小脑袋顶住我的手，这是他表达感情的方式。他仿佛也知道将要发生什么。

我摸了摸挂在层层保暖衣物下面的那个吊坠，贴在我皮肤上的金属小盒子十分光滑。现在它被塞得满满的，除了之前的四绺头发外，还新加入了两绺人类的头发，以及企鹅身上的一小撮绒毛。

我的眼睛又湿润了，这真让人讨厌，这似乎发生得越来越频繁。

我转身走向那艘船。

特里的企鹅日记

2013年2月9日

　　吊坠岛的研究基地最近发生了翻天覆地的变化。小企鹅们现在已经羽翼丰满，很快就会开始它们的第一次出海之旅。它们会因海里的巨浪而无比紧张，但依然还是会去尝试。它们就是有这样一种态度，即使感觉到恐惧也依然还是会去尝试。看到它们离开我们会很难过的。我们的小皮普也会和它们一起去，我们让他与企鹅群逐渐熟悉了起来，他和同伴们相处的时间也越来越长这是件好事，让我们松了一口气。

　　尽管很想这么做，但我们还是尽量不把企鹅当成黑白相间的小小人类。它们和我们不一样，是非常特别的生物。皮普也不例外，能够与自己的同类互动，去适应我们人类永远无法理解只能钦佩的神秘的"企鹅生活方式"，对他来说至关重要。在海上生活几个月，对他来说将是一场全新的冒险。

我们都为他感到骄傲，尤其是薇若妮卡。

令人难过的是，薇若妮卡已经结束了对这里的访问。不过，与此同时，我们很高兴地欢迎企鹅团队的新助手帕特里克，他正是薇若妮卡的孙子。

薇若妮卡承诺，她将在苏格兰西海岸的家中继续支持企鹅项目。与她共同度过的一段日子真是我们莫大的荣幸，我发自内心地说，我们永远不会忘记她的来访。

56 薇若妮卡

巴拉海斯庄园

2013年3月

"你确定吗，麦克里迪太太？"

"非常确定，艾琳。"

她脸上带着困惑的表情，绞着双手，试图为我的古怪行为找一个合理的解释。

"是因为企鹅吗？"

"在某种程度上，没错。可以说是企鹅改变了一切。"

"以一种好的方式？"她不确定地问。

"没错，是的。非常确定。你甚至可以说是企鹅救了我。"

她的面部肌肉放松下来："噢，麦克里迪太太，这真是太棒了！"

我懒得回答，只是对着壁炉上方一面镀金边的镜子审视着自己。镜子里的薇若妮卡·麦克里迪也看向我，尽管涂了浓重的口红，眉毛也化得很浓，可她还是和以前一样难看。尽管如此，我意识到，我的内心已经发生了重大的转变。

"那，确认一下我理解对了您的意思，"艾琳继续说着，仿佛希望我否认之前给过她的指示，"您想让我把俯瞰玫瑰花园的那两个房间里的床铺好？"

"完全正确。还有，艾琳，请一定要把梳妆台彻底擦干净，已经好多年没有人用过它们了。"

"放心交给我吧！"她在门口又停了下来，警告我说，"他们可能会很吵噢。"

"梳妆台？"

"不，孩子们。"

"帮个忙，艾琳，相信我把这些都想得很清楚了。"

当然，我也不喜欢有四处奔跑的小孩子来搅乱巴拉海斯庄园的宁静，但与此同时，我对这个黛西有强烈的使命感，我要见她。由于她只有八岁，没有家里人的陪伴是不可能进行这么长距离的旅行来到这里的，因此，有点令人担忧，我邀请了他们一家四口人。我以手写的信件发出了邀请，这封信件被英国皇家邮政礼貌而热情地接受了。我相信帕特里克一定也给他自行车店的朋友发送了电子邮件加以解释。看起来，特里的博客在博尔顿也收获了一些粉丝。我想还有一笔账要和盖文①算（我始终无法接受叫他"盖夫"，我真是不明白为什么现在每个人都坚持要把自己的名字变得难听）。

艾琳抱着一大捧干净的床单从洗衣房里出来，"别担心，麦克里迪太太，等我的手空出来，我马上回来关门。"她边往房门外走，边对我喊道。

"别麻烦了，艾琳，门开着没关系。"

这样皮普就能进进出出……可是不对，我必须不断提醒自己，皮普不在这里，他在世界的另一端，我只能衷心地希望他活着，身体健康。企鹅有记忆吗？他会想起我吗？我觉得有点难过。我还能清楚地记起他

---

① 帕特里克一直称呼的"盖夫"是"盖文"的简称。

的样子，他兴奋地张开侧鳍，他那黑白相间的新羽毛闪闪发亮，他的眼里熊熊燃烧着决心的火焰。此刻，他也许正和他的企鹅朋友们一起在雪地上滑行，也许正在深海里追逐捕鱼，也许在灿烂的阳光下、在南极洲的海浪里不管不顾地游泳。

　　我都忘了孩子们有多小了。我们互相自我介绍时，那个小男孩躲在他父亲（他是个大个子）的身后，但黛西跳到了我面前。她的个子真是小，穿着黄色工装裤，头上裹了一条斑点花纹的头巾。她给人一种有决心又有求知欲的感觉。她的皮肤苍白，加上没有头发，足以说明她身体虚弱，但这样的身体状况似乎并没有让她的精力减弱半分。她说话很快，动作也很快。她从我身边冲进门厅，嘴里喋喋不休地说着什么。她的父母满脸羞愧的歉意。

　　我给他们泡茶。

　　我已经考虑过使用哪一套茶具的问题，并且最终选定了那套科尔波特的瓷器。它足够高贵，对那些还不习惯生活中的精致事物的人来说也不算太吓人。艾琳自作聪明，主动承担了做纸杯蛋糕的责任。那些蛋糕看起来可怕极了，上面点缀了花哨的粉色和紫色糖霜，还有对牙齿构成严重威胁的迷你银色糖球。尽管这样，我还是把它们展示在了桌布上，还选择了焦糖华夫饼和酥饼（不是姜汁脆片）作为补充，我们用手推车把所有东西运进了客厅。艾琳给大家递上糕点，同时告诉大家，埃尔郡的天气通常没有这么糟糕。

　　"别被她骗了，"我警告他们，"天气通常比这还要糟糕得多。"

　　"不过可能没有南极那么冷。"盖文说。

　　我勉强同意。"事实上，苏格兰的气候已经发生了变化。在我看来，和我出门前比，天气已经好多了。"

　　我们一边品茶，一边谈论着帕特里克。我可以让盖文和他的妻子放心，我的孙子已经证明了他自己，成了吊坠岛科研团队一位了不起的新成员。他很忙，而且据我所知，还忙得很快乐。盖文问了我很多关于特里的问题，其中一些我早已有所准备，我并没有透露我对自己在那里表现出的创造力有多得意。我们说话的时候，孩子们早已往自己脸上涂满了粉色和紫色的糖霜。

"我们可以去探险吗？可以去参观这个大房子吗？"他们大声嚷嚷着。

我刚刚给了他们允许，他们便开始疯狂地到处乱窜。我听到他们为各种新鲜的发现而尖叫，在楼梯上砰砰地跳，为了听回声在凹室里大叫。我努力压制住自己的惊恐。

盖文和他的妻子告诉我，他们的孩子们很快就会平静下来，他们的车里还有玩具，可以暂时把他们安抚住一阵子。说完他们俩就消失在细雨中，去拿前面提到的那个放在车上行李里的玩具了，艾琳跟在他们身后。那个小男孩听到他们出门的声音，也跟在后面飞快地跑了出去，咆哮着一些难以理解的词句，什么"机器龙"之类的。我不敢去想那可能会是什么东西。

与此同时，我注意到黛西已经回到客厅，现在正在拉开梳妆台的每一个抽屉。我真担心她会打翻烛台。

我弯下腰，拍了拍我旁边的沙发，说："过来，坐在这儿，黛西。有一件事我想告诉你。"

"什么事呀，薇若妮卡？"

她怎么回事？才这么小的一个孩子，居然叫我的教名？我比她年长那么多，何况她才认识我不到二十分钟！不过，我还是不追究了。

"我有一件非常重要的事情要告诉你。"我重复道。

"有多重要呢？"她可没有那么好说服。

"对整个世界都很重要，"我答道，"对这个地球和地球上的每一个人都很重要。这对我个人来说尤其重要。而且——因为你就是未来，黛西——这对你也很重要。"

现在她认真了起来，抛下对梳妆台的兴趣，冲过来在我旁边坐下了。

"但只有等你很安静很安静地好好坐下不动的时候，我才能告诉你。"

"我可以，"她很有气魄地大声向我保证道，"我可以不动。你看。"她摆出一个滑稽的姿势定在了那里，又低声说，"我也可以安静，就像一只老鼠。你看。"

我等了一会儿才开口，这一刻的安静很美妙，她的眼睛睁得大大的，充满了期待。

我会很享受这一切的。

"听着，黛西，我要和你讲企鹅的故事……"

尾 声

乔万尼躺在那不勒斯医院的病床上，他感觉不到自己周围聚集了许多人。他不知道，在他吐出最后一口气的时候，他家族的四代人都和他在一起。他的脑海中念念不忘的，是过去那些明亮的、破碎的片段。

此刻盘旋在他脑中的画面，是他在英格兰北部作为战俘度过的那些年。他回忆起那一年，就在那一年，他遇到了那位漂亮英国姑娘。她叫什么来着？薇若妮卡，没错，就是薇若妮卡。

乔万尼不记得这段恋情是如何结束的，他不记得战后自己是怎样回到了家乡，也不记得那时向母亲吐露心声，宣布他打算回去找薇若妮卡。他母亲不同意他这么做，她坚持说，薇若妮卡肯定已经把他忘了。她说，他应该娶一个可爱的意大利姑娘，那该多好啊，并且正好有那么一个合适的意大利姑娘期待着再见到他，乔万尼听从了母亲的建议。有时他也会怀疑自己做得对不对，会想自己能不能给薇若妮卡幸福。他们之间真的有可能吗？那时他们都曾那么疯狂地爱着对方……可那时，他们也都那么年轻，那么需要温暖……

渐渐地，他接受了自己的新生活，他建立起了一个幸福、快乐的家庭。这些年来，他的家庭给他带来了无数的烦恼和无尽的快乐，他几乎没有时间去思考其他的事情。

可现在，有那么一会儿，薇若妮卡回到了他的脑海里，他的嘴角掠过一丝微笑。她的形象还是那么清晰，美丽的薇若妮卡！当她大步走过德比郡的乡间，罂粟色的衣服随着微风摆动，她的眼里燃烧着决心的火焰。薇若妮卡，她真实、顽固，是那么鲜活。她是那么闪亮的一个妙人儿！不管生活给她什么样的打击，她总能战胜命运。不管她做什么，她都将是了不起的。

致　谢

非常感谢阅读这本书的每一个人。是你们让一切都值得，我衷心希望你们能享受生活中的每一分钟。

本书的创作过程凝结了许多人的心血。和以往一样，我衷心感谢我出色的经纪人达利·安德森和他的团队，没有他们，我不可能写出这本书，你们也就不可能读到了！

万分感谢两位特别优秀的编辑——莎拉·亚当斯和丹妮尔·佩雷兹，感谢你们的智慧和对我的指导。你们让逻辑更加清晰，一切变得更好。在小说创作的不同阶段，还有好些人使我受益匪浅，他们分别是：在早期给予我帮助的弗朗西斯卡·贝斯特和莫莉·特劳福德，以及后期的伊摩金·纳尔逊。能与环球出版社、伯克利公司一起合作，我实在深感荣幸。还要感谢出色的营销和宣传团队成员——艾莉森、露丝、塔拉、丹妮尔、法瑞达和杰西卡，感谢你们的宝贵建议和辛勤工作，你们让我感到骄傲。我还要感谢加拿大企鹅兰登书屋的出色团队，尤其是海伦·史密斯，是你在我最需要的时候送给我一本令人振奋的企鹅书，还有满满的热情。

特别感谢尼娅·威廉姆斯，是你在我手足无措的时候阅读了我写下的第一章，还对我竖起了大拇指。没有你的不断鼓励，我不可能坚持下来。

企鹅是令人惊叹的生物，是它们成就了这个故事。非常感谢我亲爱的朋友厄苏拉·富兰克林，是你对企鹅的热爱给了我最初的灵感，是你的那些企鹅知识书籍帮助我对这一课题的研究，也是你的企鹅照片让我感受到了惊喜、快乐和灵感。

托基的生活海岸让我有了一段与真正的企鹅近距离接触的难忘经历。我从企鹅守护者劳伦那里听来了许多趣闻，还有幸遇到了杰森·凯勒，他慷慨地与我分享了亲手抚养一只企鹅宝宝的经历。诺亚·斯特赖克的《与企鹅同在》（*Among Penguins*）对我而言是无价的，诺亚在书中回答了我许多关于南极洲企鹅研究人员的奇怪问题。澳大利亚南极局的露易丝·艾默生为我提供了阿德利企鹅幼鸟的数据。真心谢谢你们，研究企鹅的人们。

世界上并没有一个"吊坠岛"，但我尽了最大努力去描绘南设得兰群岛的风貌。我非常感谢英国南极调查所，他们的网站里有许多在南极工作的科学家写的有趣的博客。我还从大卫·阿滕伯勒的电视节目中获得了灵感。还有世界自然基金会（WWF），我要感谢他们提供的关于阿德利企鹅的信息，以及他们的"收养企鹅运动"。我不由得开始希望这本小说能激励人们去收养企鹅——或者做一些其他与他们有关的事情，为我们身边的世界做一点贡献。

为了史料的准确性，我查阅了大量的书籍和网站，同时也很幸运地得以和一些亲身经历过第二次世界大战的人交流，还从父母那里听到了一些他们遗留下来的记忆。我很感激位于迈恩黑德的韦斯特利养老院，感激那里的老人们和我分享的战争记忆。还要感谢玛丽·亚当斯让我读她的回忆录，还给我讲述了安德森庇护所和甘油蛋糕的故事。

也要感谢在其他领域的研究中做出贡献的人，包括尼娅·威廉姆斯

（又是你），艾德·诺曼和斯瓦提·辛格。我将对书中的一切错误负责。

有这么多爱书的人支持我的写作，我感到既惭愧又开心。感谢其他的作家们——特丽莎·阿什利、菲德拉·帕特里克、西蒙·霍尔、丽贝卡·丁奈莉和乔·托马斯。还有陶顿布兰登书店的莱昂内尔·沃德，蒂芙顿利兹诺扬书店的凯雷·狄格尔，阿普尔多尔图书节的米歇·汤普金斯，以及约维尔水石书店的马库斯和斯图亚特，当然，还有萨默赛特图书馆的所有人。你们都太棒了。

感谢忍受我的怪脾气并一如既往地支持我的所有朋友们，我经常心不在焉。除了感谢，还要对你们说声抱歉。此外，我还得感谢我们的"喵喵"，它在我写作时总在我身边"喵喵"地叫着，非常有趣，以它的方式给予我精神上的支持，这给了我极大的帮助。热爱动物的人们一定会懂。

最要感谢的人是乔纳森，你为了我牺牲了自己的学习时间，帮我修电脑、处理物流问题、搞定账单、洗衣和园艺等，我才得以好好写作。你一直在我身边支持着我，是你让一切成为可能。